走《はし》れメロス
太《だ》宰《ざい》 治《おさむ》短《たん》編《ぺん》集《しゅう》

太《だ》宰《ざい》 治《おさむ》／作《さく》　西《にし》 加《か》奈《な》子《こ》／編《へん》　浅《あさ》見《み》よう／絵《え》

講談社 青い鳥文庫

目《もく》次《じ》

走《はし》れメロス

暴《ぼう》君《くん》を殺《ころ》そうとして死《し》刑《けい》を言《い》いわたされた
メロスは、妹《いもうと》の結《けっ》婚《こん》式《しき》に出《で》るため、
3日《みっか》間《かん》の約《やく》束《そく》で親《しん》友《ゆう》に身《み》代《が》わりになってもらう。
再《ふたた》び市《し》に戻《もど》るべく走《はし》るメロスに、
困《こん》難《なん》が襲《おそ》いかかる。

メロスは激怒《げきど》した。かならず、かの邪知暴虐《じゃちぼうぎゃく》の王《おう》を除《のぞ》かなければならぬと決意《けつい》した。メロスには政治《せいじ》がわからぬ。メロスは、村《むら》の牧人《ぼくじん》である。笛《ふえ》を吹《ふ》き、羊《ひつじ》と遊《あそ》んで暮《く》らしてきた。けれども邪悪《じゃあく》に対《たい》しては、人一倍《ひといちばい》に敏感《びんかん》であった。きょう未明《みめい》メロスは村《むら》を出発《しゅっぱつ》し、野《の》を越《こ》え山越《やまこ》え、十里《り》（約《やく》四十キロメートル）はなれた、このシラクス（イタリア南端《なんたん》のシチリア島《とう》にあった古代《こだい》ギリシアの都市《とし》）の市《し》にやってきた。メロスには父《ちち》も、母《はは》もない。女房《にょうぼう》もない。十六の、内気《うちき》な妹《いもうと》とふたり暮《ぐ》らしだ。この妹《いもうと》は、村《むら》の、ある律儀《りちぎ》な一牧人《いちぼくじん》を、ちかぢか、花婿《はなむこ》として迎《むか》えることになっていた。結婚式《けっこんしき》も間近《まぢか》なのである。メロスは、それゆえ、花嫁《はなよめ》の衣装《いしょう》やら祝宴《しゅくえん》のごちそうやらを買《か》いに、はるばる市《し》にやってきたのだ。まず、その品々《しなじな》を買《か》い集《あつ》め、それから都《みやこ》の大路《おおじ》をぶらぶら歩《ある》いた。メロスには竹馬《ちくば》の友《とも》（幼《おさな》なじみ）があった。セリヌンティウスである。いまは、このシラクスの市《し》で石工《いしく》をしている。その友《とも》を、これから訪《たず》ねてみるつもりなのだ。ひさしく会《あ》わなかったのだから、訪《たず》ねていくのが楽《たの》しみである。歩《ある》いているうちにメロスは、街《まち》のようすをあやしく思《おも》った。ひっそりしている。もうすでに日《ひ》も落《お》ちて、街《まち》の暗《くら》いのはあたりまえだが、けれども、なんだか、夜《よる》のせいばかりではなく、市全体《しぜんたい》が、やけにさびしい。のんきなメロスも、だんだん不安《ふあん》になってきた。道《みち》で会《あ》った若《わか》い衆《しゅう》をつかまえて、なにかあったのか、二年《ねん》まえにこの市《し》に来《き》たときは、夜《よる》でもみなが歌《うた》をうたって、街《まち》はにぎやかであったはずだが、と質問《しつもん》した。若《わか》い衆《しゅう》は、首《くび》を振《ふ》って答《こた》えなかった。しばらく歩《ある》いて老爺《ろうや》に会《あ》い、こんどはもっと、語勢《ごせい》を強《つよ》くして質問《しつもん》した。老爺《ろうや》は答《こた》えなかった。メロスは両手《りょうて》で老爺《ろうや》のからだをゆすぶって質問《しつもん》をかさねた。老爺《ろうや》は、あたりをはばかる低声《こごえ》で、わずか答《こた》えた。

「王《おう》さまは、人《ひと》を殺《ころ》します。」

「なぜ殺《ころ》すのだ。」

「悪心《あくしん》をいだいている、というのですが、誰《だれ》もそんな、悪心《あくしん》を持《も》ってはおりませぬ。」

「たくさんの人《ひと》を殺《ころ》したのか。」

「はい、はじめは王《おう》さまの妹婿《いもうとむこ》さまを。それから、ご自身《じしん》のお世継《よつ》ぎを。それから、妹《いもうと》さまを。それから、妹《いもうと》さまのお子《こ》さまを。それから、皇后《こうごう》さまを。それから、賢臣《けんしん》のアレキスさまを。」

「おどろいた。国王《こくおう》は乱心《らんしん》か。」

「いいえ。乱心《らんしん》ではございませぬ。人《ひと》を信《しん》ずることができぬ、というのです。このごろは、臣下《しんか》の心《こころ》をも、お疑《うたが》いになり、すこしく派手《はで》な暮《く》らしをしている者《もの》には、人質《ひとじち》ひとりずつ差《さ》しだすことを命《めい》じております。ご命令《めいれい》を拒《こば》めば十字架《じゅうじか》にかけられて殺《ころ》されます。きょうは、六人殺《にんころ》されました。」

聞《き》いて、メロスは激怒《げきど》した。「あきれた王《おう》だ。生《い》かしておけぬ。」

メロスは、単純《たんじゅん》な男《おとこ》であった。買《か》い物《もの》を背負《せお》ったままで、のそのそ王城《おうじょう》に入《はい》っていった。たちまち彼《かれ》は、巡邏《じゅんら》の警吏《けいり》に捕縛《ほばく》された。調《しら》べられて、メロスの懐中《かいちゅう》からは短剣《たんけん》が出《で》てきたので、騒《さわ》ぎが大《おお》きくなってしまった。メロスは、王《おう》のまえに引《ひ》きだされた。

「この短刀《たんとう》で、なにをするつもりであったか。言《い》え！」暴君《ぼうくん》ディオニスは、静《しず》かに、けれども威厳《いげん》をもって問《と》いつめた。その王《おう》の顔《かお》は蒼白《そうはく》で、眉間《みけん》のしわは、きざみこまれたように深《ふか》かった。

「市《し》を暴君《ぼうくん》の手《て》から救《すく》うのだ。」と、メロスは悪《わる》びれずに答《こた》えた。

「おまえがか？」王《おう》は、憫笑《びんしょう》した。

「しかたのないやつじゃ。おまえなどには、わしの孤独《こどく》の心《こころ》がわからぬ。」

「言《い》うな！」と、メロスは、いきりたって反駁《はんばく》した。

「人《ひと》の心《こころ》を疑《うたが》うのは、もっともはずべき悪徳《あくとく》だ。王《おう》は、民《たみ》の忠誠《ちゅうせい》をさえ疑《うたが》っておられる。」

「疑《うたが》うのが正当《せいとう》の心《こころ》がまえなのだと、わしに教《おし》えてくれたのは、おまえたちだ。人《ひと》の心《こころ》は、あてにならない。人間《にんげん》は、もともと私欲《しよく》のかたまりさ。信《しん》じては、ならぬ。」暴君《ぼうくん》は、落《お》ちついてつぶやき、ほっと、ため息《いき》をついた。「わしだって、平和《へいわ》を望《のぞ》んでいるのだが。」

「なんのための平和《へいわ》だ。自分《じぶん》の地位《ちい》を守《まも》るためか。」こんどはメロスが嘲笑《ちょうしょう》した。

「罪《つみ》のない人《ひと》を殺《ころ》して、なにが平和《へいわ》だ。」

「だまれ、下賤《げせん》（身分《みぶん》のいやしい）の者《もの》。」王《おう》は、さっと顔《かお》を上《あ》げて報《むく》いた。「口《くち》では、どんな清《きよ》らかなことでも言《い》える。わしには、人《ひと》のはらわたの奥底《おくそこ》が見《み》えすいてならぬ。おまえだって、いまに、はりつけになってから、泣《な》いてわびたって聞《き》かぬぞ。」

「ああ、王《おう》はりこうだ。うぬぼれているがよい。わたしは、ちゃんと死《し》ぬる覚悟《かくご》でいるのに。命乞《いのちご》いなど、けっしてしない。ただ、——。」と言《い》いかけて、メロスは足《あし》もとに視線《しせん》を落《お》とし瞬時《しゅんじ》ためらい、「ただ、わたしに情《なさ》けをかけたいつもりなら、処刑《しょけい》までに三日間《みっかかん》の日限《にちげん》を与《あた》えてください。たったひとりの妹《いもうと》に、亭主《ていしゅ》を持《も》たせてやりたいのです。三日《みっか》のうちに、わたしは村《むら》で結婚式《けっこんしき》を挙《あ》げさせ、かならず、ここへ帰《かえ》ってきます。」

「ばかな。」と、暴君《ぼうくん》は、しわがれた声《こえ》で低《ひく》く笑《わら》った。

「とんでもないうそを言《い》うわい。逃《に》がした小鳥《ことり》が帰《かえ》ってくると言《い》うのか。」

「そうです。帰《かえ》ってくるのです。」メロスは必死《ひっし》で言《い》いはった。「わたしは約束《やくそく》を守《まも》ります。わたしを、三日間《みっかかん》だけゆるしてください。妹《いもうと》が、わたしの帰《かえ》りを待《ま》っているのだ。そんなにわたしを信《しん》じられないならば、よろしい、この市《し》にセリヌンティウスという石工《いしく》がいます。わたしの無二《むに》の友人《ゆうじん》だ。あれを、人質《ひとじち》として、ここに置《お》いていこう。わたしが逃《に》げてしまって、三日《みっか》めの日暮《ひぐ》れまで、ここに帰《かえ》ってこなかったら、あの友人《ゆうじん》を絞《し》め殺《ころ》してください。たのむ。そうしてください。」

それを聞《き》いて王《おう》は、残虐《ざんぎゃく》な気持《きも》ちで、そっとほくそえんだ。なまいきなことを言《い》うわい。どうせ帰《かえ》ってこないにきまっている。このうそつきにだまされたふりして、放《はな》してやるのもおもしろい。そうして身《み》がわりの男《おとこ》を、三日《みっか》めに殺《ころ》してやるのも気味《きみ》がいい。人《ひと》は、これだから信《しん》じられぬと、わしはかなしい顔《かお》をして、その身《み》がわりの男《おとこ》を磔刑《たっけい》に処《しょ》してやるのだ。世《よ》の中《なか》の、正直者《しょうじきもの》とかいう奴輩《やつばら》に、うんと見《み》せつけてやりたいものさ。

「願《ねが》いを聞《き》いた。その身《み》がわりを呼《よ》ぶがよい。三日《みっか》めには日没《にちぼつ》までに帰《かえ》ってこい。おくれたら、その身《み》がわりを、きっと殺《ころ》すぞ。ちょっとおくれてくるがいい。おまえの罪《つみ》は、永遠《えいえん》にゆるしてやろうぞ。」

「なに、なにをおっしゃる。」

「はは。命《いのち》が大事《だいじ》だったら、おくれてこい。おまえの心《こころ》は、わかっているぞ。」

メロスは、くやしく、地団駄踏《じだんだふ》んだ。ものも言《い》いたくなかった。

竹馬《ちくば》の友《とも》、セリヌンティウスは、深夜《しんや》、王城《おうじょう》に召《め》された。暴君《ぼうくん》ディオニスの面前《めんぜん》で、よき友《とも》とよき友《とも》は、二年《ねん》ぶりで相会《あいお》うた。メロスは、友《とも》にいっさいの事情《じじょう》を語《かた》った。セリヌンティウスは無言《むごん》でうなずき、メロスを、ひしと抱《だ》きしめた。友《とも》と友《とも》のあいだは、それでよかった。セリヌンティウスは、なわ打《う》たれた。メロスは、すぐに出発《しゅっぱつ》した。初夏《しょか》、満天《まんてん》の星《ほし》である。

メロスは、その夜《よ》、一睡《いっすい》もせず十里《り》の道《みち》を急《いそ》ぎに急《いそ》いで、村《むら》へ到着《とうちゃく》したのは、あくる日《ひ》の午前《ごぜん》、日《ひ》は、すでに高《たか》く昇《のぼ》って、村人《むらびと》たちは野《の》に出《で》て仕事《しごと》をはじめていた。メロスの十六の妹《いもうと》も、きょうは兄《あに》のかわりに羊群《ようぐん》の番《ばん》をしていた。よろめいて歩《ある》いてくる兄《あに》の、疲《ひ》労困憊《ろうこんぱい》の姿《すがた》を見《み》つけておどろいた。そうして、うるさく兄《あに》に質問《しつもん》を浴《あ》びせた。

「なんでもない。」メロスは無理《むり》に笑《わら》おうと努《つと》めた。「市《し》に用事《ようじ》を残《のこ》してきた。また、すぐ市《し》に行《い》かなければならぬ。明日《あす》、おまえの結婚式《けっこんしき》を挙《あ》げる。早《はや》いほうがよかろう。」

妹《いもうと》は、ほおを赤《あか》らめた。

「うれしいか。きれいな衣装《いしょう》も買《か》ってきた。さあ、これから行《い》って、村《むら》の人《ひと》たちに知《し》らせてこい。結婚式《けっこんしき》は、明日《あす》だと。」

メロスは、また、よろよろと歩《ある》きだし、家《いえ》へ帰《かえ》って神々《かみがみ》の祭壇《さいだん》を飾《かざ》り、祝宴《しゅくえん》の席《せき》を調《ととの》え、まもなく床《とこ》に倒《たお》れふし、呼吸《こきゅう》もせぬくらいの深《ふか》い眠《ねむ》りに落《お》ちてしまった。

目《め》がさめたのは夜《よる》だった。メロスは起《お》きてすぐ、花婿《はなむこ》の家《いえ》を訪《おとず》れた。そうして、少《すこ》し事《じ》情《じょう》があるから、結婚式《けっこんしき》を明日《あす》にしてくれ、とたのんだ。婿《むこ》の牧人《ぼくじん》はおどろき、それはいけない、こちらには、まだなんのしたくもできていない、ぶどうの季節《きせつ》まで待《ま》ってくれ、と答《こた》えた。メロスは、待《ま》つことはできぬ、どうか明日《あす》にしてくれたまえと、さらに押《お》してたのんだ。婿《むこ》の牧人《ぼくじん》も頑強《がんきょう》であった。なかなか承諾《しょうだく》してくれない。夜明《よあ》けまで議論《ぎろん》を続《つづ》けて、やっと、どうにか婿《むこ》をなだめ、すかして、説《と》きふせた。結婚式《けっこんしき》は真昼《まひる》に行《おこな》われた。新《しん》郎新婦《ろうしんぷ》の、神々《かみがみ》への宣誓《せんせい》がすんだころ、黒雲《くろくも》が空《そら》をおおい、ぽつりぽつり雨《あめ》が降《ふ》りだし、やがて車軸《しゃじく》を流《なが》すような大雨《おおあめ》となった。祝宴《しゅくえん》に列席《れっせき》していた村人《むらびと》たちは、なにか不吉《ふきつ》なものを感《かん》じたが、それでも、めいめい気持《きも》ちを引《ひ》きたて、狭《せま》い家《いえ》の中《なか》で、むんむん蒸《む》し暑《あつ》いのもこらえ、陽気《ようき》に歌《うた》をうたい、手《て》を打《う》った。メロスも、満面《まんめん》に喜色《きしょく》をたたえ、しばらくは王《おう》との、あの約束《やくそく》をさえ忘《わす》れていた。祝宴《しゅくえん》は、夜《よる》に入《はい》っていよいよ乱《みだ》れ華《はな》やかになり、人々《ひとびと》は、そとの豪雨《ごうう》を、まったく気《き》にしなくなった。メロスは、一生《いっしょう》このままここにいたい、と思《おも》った。このよい人《ひと》たちと生涯《しょうがい》暮《く》らしていきたいと願《ねが》ったが、いまは、自分《じぶん》のからだで、自分《じぶん》のものではない。ままならぬことである。メロスは、わが身《み》にむち打《う》ち、ついに出発《しゅっぱつ》を決意《けつい》した。明日《あす》の日没《にちぼつ》までには、まだ充分《じゅうぶん》の時《とき》がある。ちょっと一眠《ひとねむ》りして、それからすぐに出発《しゅっぱつ》しよう、と考《かんが》えた。そのころには、雨《あめ》も小降《こぶ》りになっていよう。少《すこ》しでも長《なが》く、この家《いえ》にぐずぐずとどまっていたかった。メロスほどの男《おとこ》にも、やはりみれんの情《じょう》というものはある。今宵呆然《こよいぼうぜん》、歓喜《かんき》に酔《よ》っているらしい花嫁《はなよめ》に近《ちか》より、

「おめでとう。わたしは疲《つか》れてしまったから、ちょっとごめんこうむって眠《ねむ》りたい。目《め》がさめたら、すぐに市《し》に出《で》かける。たいせつな用事《ようじ》があるのだ。わたしがいなくても、もう

おまえには優《やさ》しい亭主《ていしゅ》があるのだから、けっしてさびしいことはない。おまえの兄《あに》の、いちばんきらいなものは、人《ひと》を疑《うたが》うことと、それから、うそをつくことだ。おまえも、それは、知《し》っているね。亭主《ていしゅ》とのあいだに、どんな秘密《ひみつ》でも作《つく》ってはならぬ。おまえに言《い》いたいのは、それだけだ。おまえの兄《あに》は、たぶんえらい男《おとこ》なのだから、おまえもその誇《ほこ》りを持《も》っていろ。」

花嫁《はなよめ》は、夢見《ゆめみ》ごこちでうなずいた。メロスは、それから花婿《はなむこ》の肩《かた》をたたいて、

「したくのないのはおたがいさまさ。わたしの家《いえ》にも、宝《たから》といっては、妹《いもうと》と羊《ひつじ》だけだ。

ほかには、なにもない。全部《ぜんぶ》あげよう。もうひとつ、メロスの弟《おとうと》になったことを誇《ほこ》ってくれ。」

花婿《はなむこ》は、もみ手《で》して、てれていた。メロスは笑《わら》って村人《むらびと》たちにも会釈《えしゃく》して、宴席《えんせき》から立《た》ちさり、羊小屋《ひつじごや》にもぐりこんで、死《し》んだように深《ふか》く眠《ねむ》った。

目《め》がさめたのは、あくる日《ひ》の薄明《はくめい》のころである。メロスははねおき、南無三《なむさん》、寝《ね》すごしたか、いや、まだまだ大丈夫《だいじょうぶ》、これからすぐに出発《しゅっぱつ》すれば、約束《やくそく》の刻限《こくげん》までには充分《じゅうぶん》まにあう。きょうは、ぜひとも、あの王《おう》に、人《ひと》の信実《しんじつ》の存《そん》するところを見《み》せてやろう。そうして笑《わら》って、はりつけの台《だい》に上《のぼ》ってやる。メロスは、ゆうゆうと身《み》じたくをはじめた。雨《あめ》も、いくぶん小降《こぶ》りになっているようすである。身《み》じたくはできた。さて、メロスは、ぶるんと両腕《りょううで》を大《おお》きく振《ふ》って、雨中《うちゅう》、矢《や》のごとく走《はし》りでた。

わたしは、今宵《こよい》、殺《ころ》される。殺《ころ》されるために走《はし》るのだ。身《み》がわりの友《とも》を救《すく》うために走《はし》るのだ。王《おう》の奸佞邪知《かんねいじゃち》を打《う》ち破《やぶ》るために走《はし》るのだ。走《はし》らなければならぬ。そうして、わたしは殺《ころ》される。若《わか》いときから名誉《めいよ》を守《まも》れ。さらば、ふるさと。若《わか》いメロスは、つらかった。いくどか、立《た》ちどまりそうになった。えい、えいと大声《おおごえ》あげて自分《じぶん》をしかりながら走《はし》った。村《むら》を出《で》て、野《の》を横切《よこぎ》り、森《もり》をくぐりぬけ、隣村《となりむら》に着《つ》いたころには、雨《あめ》もやみ、日《ひ》は高《たか》く昇《のぼ》って、そろそろ暑《あつ》くなってきた。メロスは額《ひたい》の汗《あせ》を、こぶしで払《はら》い、ここまでくれば大丈夫《だいじょうぶ》、もはや故郷《こきょう》へのみれんはない。妹《いもうと》たちは、きっとよい夫婦《ふうふ》になるだろう。わたしには、いま、なんの気《き》がかりもないはずだ。まっすぐに王城《おうじょう》に行《い》きつけば、それでよいのだ。そんなに急《いそ》ぐ必要《ひつよう》もない。ゆっくり歩《ある》こうと、持《も》ちまえののんきさを取《と》りかえし、好《す》きな小歌《こうた》をいい声《こえ》でうたいだした。ぶらぶら歩《ある》いて二里《り》（約《やく》八キロメートル）行《い》き三里《り》行き、そろそろ全里程《ぜんりてい》のなかばに到達《とうたつ》したころ、降《ふ》ってわいた災難《さいなん》、メロスの足《あし》は、はたと、とまった。見《み》よ、前方《ぜんぽう》の川《かわ》を。きのうの豪雨《ごうう》で山《やま》の水源地《すいげんち》は氾濫《はんらん》し、濁流《だくりゅう》とうとうと下流《かりゅう》に集《あつ》まり、猛勢一挙《もうせいいっきょ》に橋《はし》を破壊《はかい》し、ドードーとひびきをあげる激流《げきりゅう》が、こっぱみじんに橋《はし》げたをはねとばしていた。彼《かれ》は茫然《ぼうぜん》と立《た》ちすくんだ。あちこちと眺《なが》めまわし、また、声《こえ》を限《かぎ》りに呼《よ》びたててみたが、繋舟《けいしゅう》は残《のこ》らず波《なみ》にさらわれて影《かげ》なく、渡《わた》し守《もり》の姿《すがた》も見《み》えない。流《なが》れはいよいよ、ふくれあがり、海《うみ》のようになっている。メロスは川岸《かわぎし》にうずくまり、男泣《おとこな》きに泣《な》きながらゼウスに手《て》をあげて哀願《あいがん》した。「ああ、しずめたまえ、荒《あ》れ狂《くる》う流《なが》れを！　時《とき》は刻々《こっこく》に過《す》ぎていきます。太陽《たいよう》もすでに真昼時《まひるどき》です。あれがしずんでしまわぬうちに、王《おう》城《じょう》に行《い》きつくことができなかったら、あのよい友《とも》だちが、わたしのために死《し》ぬのです。」

濁流《だくりゅう》は、メロスのさけびをせせら笑《わら》うごとく、ますますはげしく躍《おど》り狂《くる》う。波《なみ》は波《なみ》をのみ、まき、あおりたて、そうして時《とき》は、刻一刻《こくいっこく》と消《き》えていく。いまはメロスも覚悟《かくご》した。泳《およ》ぎきるよりほかにない。ああ、神々《かみがみ》も照覧《しょうらん》あれ！　濁流《だくりゅう》にも負《ま》けぬ愛《あい》と誠《まこと》の偉大《いだい》な力《ちから》を、いまこそ発揮《はっき》してみせる。メロスは、ザンブと流《なが》れに飛《と》びこみ、百匹《ぴき》の大蛇《だいじゃ》のようにのたうち荒《あ》れ狂《くる》う波《なみ》を相手《あいて》に、必死《ひっし》の闘争《とうそう》を開始《かいし》した。満身《まんしん》の力《ちから》を腕《うで》にこめて、押《お》し寄《よ》せ渦《うず》まき引《ひ》きずる流《なが》れを、なんのこれしきと、かきわけかきわけ、めくらめっぽう獅子《しし》奮迅《ふんじん》の人《ひと》の子《こ》の姿《すがた》には、神《かみ》もあわれと思《おも》ったか、ついに憐憫《れんびん》をたれてくれた。押《お》し流《なが》されつつも、みごと、対岸《たいがん》の樹木《じゅもく》の幹《みき》に、すがりつくことができたのである。ありがたい。メロスは馬《うま》のように大《おお》きな胴《どう》ぶるいをひとつして、すぐにまた先《さき》を急《いそ》いだ。一刻《いっこく》といえども、むだにはできない。日《ひ》は、すでに西《にし》に傾《かたむ》きかけている。ぜいぜい荒《あら》い呼吸《こきゅう》をしながら峠《とうげ》を登《のぼ》り、登《のぼ》りきって、ほっとしたとき、とつぜん、目《め》のまえに一隊《いったい》の山賊《さんぞく》が躍《おど》りでた。

「待《ま》て。」

「なにをするのだ。わたしは日《ひ》のしずまぬうちに王城《おうじょう》へ行《い》かなければならぬ。放《はな》せ。」

「どっこい放《はな》さぬ。持《も》ち物全部《ものぜんぶ》を置《お》いていけ。」

「わたしには、命《いのち》のほかには、なにもない。その、たったひとつの命《いのち》も、これから王《おう》にくれてやるのだ。」

「その、命《いのち》がほしいのだ。」

「さては、王《おう》の命令《めいれい》で、ここで、わたしを待《ま》ちぶせしていたのだな。」

山賊《さんぞく》たちは、ものも言《い》わず、いっせいにこん棒《ぼう》を振《ふ》りあげた。メロスはひょいと、からだを折《お》りまげ、飛鳥《ひちょう》のごとく身近《みぢか》のひとりにおそいかかり、そのこん棒《ぼう》を奪《うば》いとって、

「気《き》の毒《どく》だが、正義《せいぎ》のためだ！」と、猛然一撃《もうぜんいちげき》、たちまち、三人《にん》をなぐり倒《たお》し、残《のこ》る者《もの》のひるむすきに、さっさと走《はし》って峠《とうげ》を下《くだ》った。一気《いっき》に峠《とうげ》を駆《か》けおりたが、さすがに疲労《ひろう》し、おりから午後《ごご》の灼熱《しゃくねつ》の太陽《たいよう》がまともに、かっと照《て》ってきて、メロスはいくどとなくめまいを感《かん》じ、これではならぬ、と気《き》をとりなおしては、よろよろ二、三歩《ぽ》歩《ある》いて、ついに、がっくりひざを折《お》った。立《た》ちあがることができぬのだ。天《てん》を仰《あお》いで、くやし泣《な》きに泣《な》きだした。ああ、あ、濁流《だくりゅう》を泳《およ》ぎきり、山賊《さんぞく》を三人《にん》も撃《う》ち倒《たお》し韋駄天《いだてん》（ひじょうな速《はや》さで走《はし》る仏教《ぶっきょう》の守《まも》り神《がみ》）、ここまで突破《とっぱ》してきたメロスよ。真《しん》の勇者《ゆうしゃ》、メロスよ。いま、ここで、疲《つか》れきって動《うご》けなくなる

とは情《なさ》けない。愛《あい》する友《とも》は、おまえを信《しん》じたばかりに、やがて殺《ころ》されなければならぬ。おまえは、希代《きたい》の不信《ふしん》の人間《にんげん》、まさしく王《おう》の思《おも》うつぼだぞと、自分《じぶん》をしかってみるのだが、全身《ぜんしん》なえて、もはや、いも虫《むし》ほどにも前進《ぜんしん》かなわぬ。路傍《ろぼう》の草原《くさはら》にごろんと寝《ね》ころがった。身体疲労《しんたいひろう》すれば、精神《せいしん》もともにやられる。もう、どうでもいいという、勇者《ゆうしゃ》に不似合《ふにあ》いな、ふてくされた根性《こんじょう》が、心《こころ》のすみに巣食《すく》った。わたしは、これほど努力《どりょく》したのだ。約《やく》束《そく》を破《やぶ》る心《こころ》は、みじんもなかった。神《かみ》も照覧《しょうらん》、わたしは、せいいっぱいに努《つと》めてきたのだ。動《うご》けなくなるまで走《はし》ってきたのだ。わたしは不信《ふしん》の徒《と》ではない。ああ、できることなら、わたしの胸《むね》を裁《た》ち割《わ》って、真紅《しんく》の心臓《しんぞう》をお目《め》にかけたい。愛《あい》と信実《しんじつ》の血液《けつえき》だけが動《うご》いているこの心臓《しんぞう》を見《み》せてやりたい。けれども、わたしは、この大事《だいじ》なときに、精《せい》も根《こん》もつきたのだ。わたしは、よくよく不幸《ふこう》な男《おとこ》だ。わたしは、きっと笑《わら》われる。わたしの一家《いっか》も笑《わら》われる。わたしは友《とも》をあざむいた。中途《ちゅうと》で倒《たお》れるのは、はじめからなにもしないのと同《おな》じことだ。ああ、もう、どうでもいい。これが、わたしの定《さだ》まった運命《うんめい》なのかもしれない。セリヌンティウスよ、ゆるしてくれ。きみは、いつでも、わたしを信《しん》じた。わたしもきみを、あざむかなかった。わたしたちは、ほんとうによい友《とも》と友《とも》であったのだ。一度《いちど》だって、暗《くら》い疑惑《ぎわく》の雲《くも》を、おたがい胸《むね》に宿《やど》したことはなかった。いまだって、きみは、わたしを無心《むしん》に待《ま》っているだろう。ああ、待《ま》っているだろう。ありがとう、セリヌンティウス。よくも、わたしを信《しん》じてくれた。それを思《おも》えば、たまらない。友《とも》と友《とも》のあいだの信実《しんじつ》は、この世《よ》でいちばん誇《ほこ》るべき宝《たから》なのだからな。セリヌンティウス、わたしは走《はし》ったのだ。きみをあざむくつもりは、みじんもなかった。信《しん》じてくれ！　わたしは急《いそ》ぎに急《いそ》いで、ここまできたのだ。濁流《だくりゅう》を突破《とっぱ》した。山賊《さんぞく》の囲《かこ》みからも、するりと抜《ぬ》けて一気《いっき》に峠《とうげ》を駆《か》けおりてきたのだ。わたしだから、できたのだよ。ああ、このうえ、わたしに望《のぞ》みたもうな。放《ほう》っておいてくれ。どうでも、いいのだ。わたしは負《ま》けたのだ。だらしがない。笑《わら》ってくれ。王《おう》はわたしに、ちょっとおくれてこい、と耳打《みみう》ちした。おくれたら、身《み》がわりを殺《ころ》して、わたしを助《たす》けてくれると約束《やくそく》した。わたしは王《おう》の卑劣《ひれつ》をにくんだ。けれども、いまになってみると、わたしは王《おう》の言《い》うままになっている。わたしは、おくれていくだろう。王《おう》は、ひとり合点《がてん》してわたしを笑《わら》い、そうして事《こと》もなく、わたしを放免《ほうめん》するだろう。そうなったら、わたしは、死《し》ぬよりつらい。わたしは、永遠《えいえん》に裏切《うらぎ》り者《もの》だ。地上《ちじょう》でもっとも不名誉《ふめいよ》の人種《じんしゅ》だ。セリヌンティウスよ、わたしも死《し》ぬぞ。きみといっしょに死《し》なせてくれ。きみだけはわたしを信《しん》じてくれるにちがいない。いや、それもわたしの、ひとりよがりか？　ああ、もういっそ、悪徳者《あくとくしゃ》として生《い》きのびてやろうか。村《むら》にはわたしの家《いえ》がある。羊《ひつじ》もいる。妹夫婦《いもうとふうふ》は、まさか、わたしを村《むら》から追《お》いだすようなことはしないだろう。正義《せいぎ》だの、信実《しんじつ》だの、愛《あい》だの、考《かんが》えてみれば、くだらない。人《ひと》を殺《ころ》して自分《じぶん》が生《い》きる。それが人間世界《にんげんせかい》の定法《じょうほう》ではなかったか。ああ、なにもかも、ばかばかしい。わたしは、みにくい裏切《うらぎ》り者《もの》だ。どうとも勝手《かって》にするがよい。やんぬるかな。——四肢《しし》を投《な》げだして、うとうと、まどろんでしまった。

ふと耳《みみ》に、潺々《せんせん》、水《みず》の流《なが》れる音《おと》が聞《き》こえた。そっと頭《あたま》をもたげ、息《いき》をのんで耳《みみ》をすました。すぐ足《あし》もとで水《みず》が流《なが》れているらしい。よろよろ起《お》きあがって、見《み》ると、岩《いわ》の裂《さ》けめから、こんこんと、なにか小《ちい》さくささやきながら清水《しみず》がわきでているのである。その泉《いずみ》に吸《す》いこまれるようにメロスは身《み》をかがめた。水《みず》を両手《りょうて》ですくって、ひと口《くち》飲《の》んだ。ほうと長《なが》いため息《いき》が出《で》て、夢《ゆめ》からさめたような気《き》がした。歩《ある》ける。行《い》こう。肉体《にくたい》の疲労回復《ひろうかいふく》とともに、わずかながら希望《きぼう》が生《う》まれた。義務遂行《ぎむすいこう》の希望《きぼう》である。わが身《み》を殺《ころ》して、名誉《めいよ》を守《まも》る希望《きぼう》である。斜陽《しゃよう》は赤《あか》い光《ひかり》を、木々《きぎ》の葉《は》に投《とう》じ、葉《は》も枝《えだ》も燃《も》えるばかりに輝《かがや》いている。日《にち》没《ぼつ》までには、まだ間《ま》がある。わたしを待《ま》っている人《ひと》があるのだ。少《すこ》しも疑《うたが》わず、静《しず》かに期《き》待《たい》してくれている人《ひと》があるのだ。わたしは信《しん》じられている。わたしの命《いのち》なぞは問題《もんだい》ではない。死《し》んでおわび、など気《き》のいいことは言《い》っておられぬ。わたしは、信頼《しんらい》に報《むく》いなければならぬ。いまは、ただその一事《いちじ》だ。走《はし》れ！　メロス。

わたしは信頼《しんらい》されている。わたしは信頼《しんらい》されている。先刻《せんこく》の、あの悪魔《あくま》のささやきは、あれは夢《ゆめ》だ。悪《わる》い夢《ゆめ》だ。忘《わす》れてしまえ、五臓《ごぞう》（漢方医学《かんぽういがく》で、肺《はい》・心《しん》・脾《ひ》・腎《じん》・肝《かん》の五つの内臓《ないぞう》）が疲《つか》れているときは、ふいと、あんな悪《わる》い夢《ゆめ》を見《み》るものだ。メロス、おまえの恥《はじ》ではない。やはり、おまえは真《しん》の勇者《ゆうしゃ》だ。ふたたび立《た》って走《はし》れるようになったではないか。ありがたい！　わたしは、正義《せいぎ》の士《し》として死《し》ぬことができるぞ。ああ、日《ひ》がしずむ。ずんずんしずむ。待《ま》ってくれ、ゼウスよ。わたしは生《う》まれたときから正直《しょうじき》な男《おとこ》であった。正直《しょうじき》な男《おとこ》のままにして死《し》なせてください。

道《みち》ゆく人《ひと》を押《お》しのけ、はねとばし、メロスは黒《くろ》い風《かぜ》のように走《はし》った。野原《のはら》で酒宴《しゅえん》の、その宴席《えんせき》のまっただ中《なか》を駆《か》けぬけ、酒宴《しゅえん》の人《ひと》たちを仰天《ぎょうてん》させ、犬《いぬ》をけとばし、小川《おがわ》を飛《と》びこえ、少《すこ》しずつしずんでゆく太陽《たいよう》の十倍《ばい》も速《はや》く走《はし》った。一団《いちだん》の旅人《たびびと》と、さっとすれちがった瞬間《しゅんかん》、不吉《ふきつ》な会話《かいわ》を小耳《こみみ》にはさんだ。「いまごろは、あの男《おとこ》も、はりつけにかかっているよ。」ああ、その男《おとこ》、その男《おとこ》のために、わたしは、いまこんなに走《はし》っているのだ。その男《おとこ》を死《し》なせてはならない。急《いそ》げ、メロス。おくれてはならぬ。愛《あい》と誠《まこと》の力《ちから》を、いまこそ知《し》らせてやるがよい。風態《ふうてい》なんかは、どうでもいい。メロスは、いまは、ほとんど全裸体《ぜんらたい》であった。呼吸《こきゅう》もできず、二度《ど》、三度《ど》、口《くち》から血《ち》がふきでた。見《み》える。はるか向《む》こうに小《ちい》さく、シラクスの市《し》の塔楼《とうろう》が見《み》える。塔楼《とうろう》は、夕日《ゆうひ》を受《う》けて、きらきら光《ひか》っている。

「ああ、メロスさま。」うめくような声《こえ》が、風《かぜ》とともに聞《き》こえた。

「誰《だれ》だ。」メロスは走《はし》りながらたずねた。

「フィロストラトスでございます。あなたのお友《とも》だちセリヌンティウスさまの弟子《でし》でございます。」その若《わか》い石工《いしく》も、メロスの後《あと》について走《はし》りながらさけんだ。「もう、だめでございます。むだでございます。走《はし》るのは、やめてください。もう、あのかたをお助《たす》けになることはできません。」

「いや、まだ日《ひ》はしずまぬ。」

「ちょうどいま、あのかたが死刑《しけい》になるところです。ああ、あなたはおそかった。おうらみ申《もう》します。ほんの少《すこ》し、もうちょっとでも早《はや》かったなら！」

「いや、まだ日《ひ》はしずまぬ。」

メロスは胸《むね》の張《は》りさける思《おも》いで、赤《あか》く大《おお》きい夕日《ゆうひ》ばかりを見《み》つめていた。走《はし》るよりほかはない。

「やめてください。走《はし》るのは、やめてください。いまはご自分《じぶん》のお命《いのち》が大事《だいじ》です。あのかたは、あなたを信《しん》じておりました。刑場《けいじょう》に引《ひ》きだされても、平気《へいき》でいました。王《おう》さまが、さんざんあのかたをからかっても、メロスは来《き》ます、とだけ答《こた》え、強《つよ》い信念《しんねん》を持《も》ちつづけているようすでございました。」

「それだから走《はし》るのだ。信《しん》じられているから走《はし》るのだ。まにあう、まにあわぬは問題《もんだい》でないのだ。人《ひと》の命《いのち》も問題《もんだい》でないのだ。わたしは、なんだか、もっとおそろしく大《おお》きいもののために走《はし》っているのだ。ついてこい！　フィロストラトス。」

「ああ、あなたは気《き》が狂《くる》ったか。それでは、うんと走《はし》るがいい。ひょっとしたら、まにあわぬものでもない。走《はし》るがいい。」

言《い》うにや及《およ》ぶ。まだ日《ひ》はしずまぬ。最後《さいご》の死力《しりょく》をつくして、メロスは走《はし》った。メロスの頭《あたま》は、からっぽだ。なにひとつ考《かんが》えていない。ただ、わけのわからぬ大《おお》きな力《ちから》に引《ひ》きずられて走《はし》った。日《ひ》は、ゆらゆら地平線《ちへいせん》に没《ぼっ》し、まさに最後《さいご》の一片《いっぺん》の残光《ざんこう》も、消《き》えようとしたとき、メロスは疾風《しっぷう》のごとく刑場《けいじょう》に突入《とつにゅう》した。まにあった。

「待《ま》て。その人《ひと》を殺《ころ》してはならぬ。メロスが帰《かえ》ってきた。約束《やくそく》のとおり、いま、帰《かえ》ってきた。」と、大声《おおごえ》で刑場《けいじょう》の群衆《ぐんしゅう》に向《む》かってさけんだつもりであったが、のどがつぶれて、かすれた声《こえ》が、ひそかに出《で》たばかり、群衆《ぐんしゅう》は、ひとりとして彼《かれ》の到着《とうちゃく》に気《き》がつかない。すでに、はりつけの柱《はしら》が高々《たかだか》と立《た》てられ、なわを打《う》たれたセリヌンティウスは、じょじょに釣《つ》りあげられてゆく。メロスは、それを目撃《もくげき》して最後《さいご》の勇《ゆう》、先刻《せんこく》、濁流《だくりゅう》を泳《およ》いだように群衆《ぐんしゅう》をかきわけ、かきわけ、

「わたしだ、刑吏《けいり》！　殺《ころ》されるのは、わたしだ。メロスだ。彼《かれ》を人質《ひとじち》にしたわたしは、ここにいる！」と、かすれた声《こえ》で、せいいっぱいにさけびながら、ついに、はりつけ台《だい》に昇《のぼ》り、釣《つ》りあげられてゆく友《とも》の両足《りょうあし》に、かじりついた。群衆《ぐんしゅう》は、どよめいた。あっぱれ。ゆるせと、口々《くちぐち》にわめいた。セリヌンティウスのなわは、ほどかれたのである。

「セリヌンティウス。」メロスは目《め》に涙《なみだ》を浮《う》かべて言《い》った。「わたしをなぐれ。力《ちから》いっぱい

に、ほおをなぐれ。わたしは、途中《とちゅう》で一度《ど》、悪《わる》い夢《ゆめ》を見《み》た。きみがもし、わたしをなぐってくれなかったら、わたしは、きみと抱擁《ほうよう》する資格《しかく》さえないのだ。なぐれ。」

セリヌンティウスは、すべてを察《さっ》したようすでうなずき、刑場《けいじょう》いっぱいに鳴《な》りひびくほど音高《おとたか》くメロスの右《みぎ》ほおをなぐった。なぐってから優《やさ》しくほほえみ、

「メロス、わたしをなぐれ。同《おな》じくらい音高《おとたか》く、わたしのほおをなぐれ。わたしはこの三日《みっか》のあいだ、たった一度《いちど》だけ、ちらと、きみを疑《うたが》った。生《う》まれてはじめて、きみを疑《うたが》った。きみがわたしをなぐってくれなければ、わたしはきみと抱擁《ほうよう》できない。」

メロスは腕《うで》にうなりをつけてセリヌンティウスのほおをなぐった。

「ありがとう、友《とも》よ。」ふたり同時《どうじ》に言《い》い、ひしと抱《だ》きあい、それから、うれし泣《な》きに、おいおい声《こえ》を放《はな》って泣《な》いた。

群衆《ぐんしゅう》の中《なか》からも、歔欷《きょき》（すすり泣《な》き）の声《こえ》が聞《き》こえた。暴君《ぼうくん》ディオニスは、群衆《ぐんしゅう》の背後《はいご》からふたりのさまを、まじまじと見《み》つめていたが、やがて静《しず》かにふたりに近《ちか》づき、顔《かお》を赤《あか》らめて、こう言《い》った。

「おまえらの望《のぞ》みはかなったぞ。おまえらは、わしの心《こころ》に勝《か》ったのだ。信実《しんじつ》とは、けっし

て空虚《くうきょ》な妄想《もうそう》ではなかった。どうか、わしも仲間《なかま》に入《い》れてくれまいか。どうか、わしの願《ねが》いを聞《き》きいれて、おまえらの仲間《なかま》のひとりにしてほしい。」

どっと群衆《ぐんしゅう》のあいだに歓声《かんせい》が起《お》こった。

「ばんざい、王《おう》さま、ばんざい。」

ひとりの少女《しょうじょ》が、緋《ひ》のマントをメロスにささげた。メロスは、まごついた。よき友《とも》は、気《き》をきかせて教《おし》えてやった。

「メロス、きみは、まっぱだかじゃないか。早《はや》くそのマントを着《き》るがいい。このかわいい娘《むすめ》さんは、メロスの裸体《らたい》を、みなに見《み》られるのが、たまらなくくやしいのだ。」

勇者《ゆうしゃ》は、ひどく赤面《せきめん》した。

（古伝説《こでんせつ》と、シルレルの詩《し》から。）

ろまん燈《どう》籠《ろう》

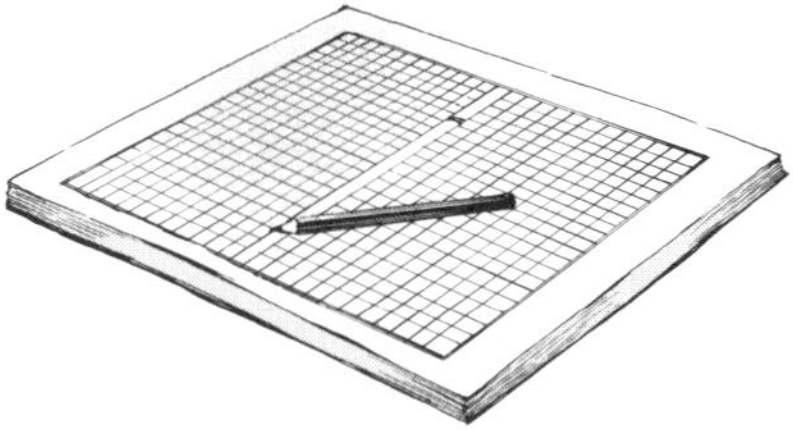

ロマンス好《ず》きの兄妹《きょうだい》5人《にん》が、
正月《しょうがつ》にリレー形式《けいしき》で小説《しょうせつ》を書《か》き連《つら》ねていく。
魔法使《まほうつか》いの娘《むすめ》ラプンツェルと王子《おうじ》の
恋物語《こいものがたり》は、予想外《よそうがい》の展開《てんかい》に!?

その一

八年《ねん》まえに亡《な》くなった、あの有名《ゆうめい》な洋画《ようが》の大家《たいか》、入江新之助氏《いりえしんのすけし》の遺家族《いかぞく》はみな少《すこ》し変《か》わっているようである。いや、変調子《へんちょうし》というのではなく、案外《あんがい》そのような暮《く》らしかたのほうが正《ただ》しいので、かえってわたしども一般《いっぱん》の家庭《かてい》のほうこそ変調子《へんちょうし》になっているのかもしれないが、とにかく、入江《いりえ》の家《いえ》の空気《くうき》は、ふつうの家《いえ》のそれとは少《すこ》しちがっているようである。この家庭《かてい》の空気《くうき》から暗示《あんじ》を得《え》て、わたしは、よほどまえにひとつの短編小説《たんぺんしょうせつ》を創《つく》ってみたことがある。わたしは不流行《ふりゅうこう》の作家《さっか》なので、創《つく》った作品《さくひん》を、すぐに雑誌《ざっし》に載《の》せてもらうこともできず、その短編小説《たんぺんしょうせつ》も長《なが》いあいだ、わたしの机《つくえ》の引《ひ》き出《だ》しの底《そこ》にしまわれたままであったのである。そのほかにも、わたしには三つ、四つ、そういう未発表《みはっぴょう》のままの、いわば筺底深《きょうていふか》く秘《ひ》めたる作品《さくひん》があったので、おととしの早春《そうしゅん》、それらを一纏《ひとまと》めにして、いきなり単行本《たんこうぼん》として出版《しゅっぱん》したのである。貧《まず》しい創作集《そうさくしゅう》ではあったが、わたしには、いまでも多少《たしょう》の愛着《あいちゃく》があるのである。なぜなら、その創作集《そうさくしゅう》の中《なか》の作品《さくひん》は、一様《いちよう》にあまく、なんの野心《やしん》も持《も》たず、ひどく楽《たの》しげに書《か》かれているからである。いわゆる力作《りきさく》は、なんだかぎくしゃくして、あとで作者自身《さくしゃじしん》が読《よ》みかえしてみると、いやな気《き》がしたりなどするものであるが、気楽《きらく》な小曲《しょうきょく》には、そんなことがないのである。れいによって、その創作《そうさく》集《しゅう》も、あまり売《う》れなかったようであるが、わたしは別段《べつだん》そのことを残念《ざんねん》にも思《おも》っていない。売《う》れなくて、よかったとさえ思《おも》っている。愛着《あいちゃく》は感《かん》じていても、その作品集《さくひんしゅう》の内容《ないよう》を、最上質《さいじょうしつ》のものとは思《おも》っていないからである。冷厳《れいげん》の鑑賞《かんしょう》には、とても堪《た》えられる代物《しろもの》ではないのである。いわば、だらしない作品《さくひん》ばかりなのである。けれども、作者《さくしゃ》の愛着《あいちゃく》は、またおのずから別《べつ》のものらしく、わたしは時折《ときおり》、そのあまったるい創作集《そうさくしゅう》を、こっそり机上《きじょう》に開《ひら》いて読《よ》んでいることもあるのである。その創作集《そうさくしゅう》の中《なか》でも、もっとも軽薄《けいはく》で、しかもいちばん作者《さくしゃ》に愛《あい》されている作品《さくひん》は、すなわち、冒頭《ぼうとう》において述《の》べた入江新之助氏《いりえしんのすけし》の遺家族《いかぞく》から暗示《あんじ》を得《え》たところの短編小説《たんぺんしょうせつ》であるというわけなのである。もとより軽薄《けいはく》な、たわいのない小説《しょうせつ》ではあるが、どういうわけだか、わたしには忘《わす》れられない。

――兄妹《きょうだい》、五人《にん》あって、みんなロマンスが好《す》きだった。

長男《ちょうなん》は二十九歳《さい》、法学士《ほうがくし》である。人《ひと》に接《せっ》するとき、少《すこ》し尊大《そんだい》ぶる悪癖《あくへき》があるけれども、これは彼自身《かれじしん》の弱《よわ》さを庇《かば》う鬼《おに》の面《めん》であって、まことは弱《よわ》く、とても優《やさ》しい。弟妹《ていまい》たちと映《えい》画《が》を見《み》にいって、これは駄作《ださく》だ、愚作《ぐさく》だと言《い》いながら、その映画《えいが》のさむらいの義理人情《ぎりにんじょう》にまいって、まず、まっさきに泣《な》いてしまうのは、いつも、この長兄《ちょうけい》である。それにきまっていた。映画館《えいがかん》を出《で》てからは、急《きゅう》に尊大《そんだい》に、むっと不機嫌《ふきげん》になって、みちみちひとことも口《くち》をきかない。生《う》まれて、いまだ一度《いちど》もうそというものをついたことがないと、躊躇《ちゅうちょ》せず公言《こうげん》している。それは、どうかと思《おも》われるけれど、しかし、剛直《ごうちょく》、潔白《けっぱく》の一面《いちめん》は、たしかに具有《ぐゆう》していた。学校《がっこう》の成績《せいせき》はあまりよくなかった。卒業後《そつぎょうご》は、どこへもつとめず、固《かた》く一家《いっか》を守《まも》っている。イプセンを研究《けんきゅう》している。このごろ『人形《にんぎょう》の家《いえ》』をまた読《よ》みかえし、重大《じゅうだい》な発見《はっけん》をして、すこぶる興奮《こうふん》した。ノラが、あのとき恋《こい》をしていた。お医者《いしゃ》のランクに恋《こい》をしていたのだ。それを発見《はっけん》した。弟妹《ていまい》たちを呼《よ》び集《あつ》めてそのところを指摘《してき》し、大声《おおごえ》叱咤《しった》、説明《せつめい》に努力《どりょく》したが、徒労《とろう》であった。弟妹《ていまい》たちは、どうだか、と首《くび》をかしげて、にやにや笑《わら》っているだけで、いっこうに興奮《こうふん》の色《いろ》を示《しめ》さぬ。いったいに弟妹《ていまい》たちは、この兄《あに》をあまく見《み》ている。なめているふうがある。

長女《ちょうじょ》は、二十六歳《さい》。いまだ嫁《とつ》がず、鉄道省《てつどうしょう》に通勤《つうきん》している。フランス語《ご》が、かなりよくできた。背丈《せたけ》が、五尺《しゃく》三寸《ずん》（約《やく》百六十センチメートル）あった。すごく、痩《や》せている。弟妹《ていまい》たちに、馬《うま》、と呼《よ》ばれることがある。髪《かみ》を短《みじか》く切《き》って、ロイド眼鏡《めがね》をかけている。心《こころ》が派手《はで》で、誰《だれ》とでもすぐ友《とも》だちになり、一生懸命《いっしょうけんめい》に奉仕《ほうし》して、捨《す》てられる。それが、趣味《しゅみ》である。憂《ゆう》愁《しゅう》、寂寥《せきりょう》の感《かん》を、ひそかに楽《たの》しむのである。けれども一度《ど》、同《おな》じ課《か》に勤務《きんむ》している若《わか》い官《かん》吏《り》（役人《やくにん》）に夢中《むちゅう》になり、そうして、やはり捨《す》てられたときには、そのときだけは、さすがに、しんからげっそりして、間《ま》の悪《わる》さもあり、肺《はい》が悪《わる》くなったとうそをついて、一週間《しゅうかん》も寝《ね》て、それから首《くび》に包帯《ほうたい》をまいて、やたらにせきをしながら、お医者《いしゃ》に見《み》せにいったら、レントゲンで精細《せいさい》に調《しら》べられ、まれに見《み》る頑強《がんきょう》の肺臓《はいぞう》であるといって医者《いしゃ》にほめられた。文学鑑賞《ぶんがくかんしょう》は、本格的《ほんかくてき》であった。じつによく読《よ》む。洋《よう》の東西《とうざい》を問《と》わない。力余《ちからあま》って自分《じぶん》でもなにやら、こっそり書《か》いている。それは本箱《ほんばこ》の右《みぎ》の引《ひ》き出《だ》しに隠《かく》してある。逝去《せいきょ》二年《ねん》後《ご》に発表《はっぴょう》のこと、と書《か》きしたためられた紙片《しへん》が、その蓄積《ちくせき》された作品《さくひん》の上《うえ》に、きちんと載《の》せられているのである。二年後《ねんご》が、十年後《ねんご》と書《か》き改《あらた》められたり、二か月後《げつご》と書《か》きなおされたり、ときには、百年後《ねんご》、となっていたりするのである。

　次男《じなん》は、二十四歳《さい》。これは、俗物《ぞくぶつ》であった。帝大《ていだい》の医学部《いがくぶ》に在籍《ざいせき》。けれども、あまり学《がっ》校《こう》へは行《い》かなかった。からだが弱《よわ》いのである。これは、ほんものの病人《びょうにん》である。おどろくほど、美《うつく》しい顔《かお》をしていた。吝嗇《りんしょく》（けち）である。長兄《ちょうけい》が、人《ひと》にだまされて、モンテーニュの使《つか》ったラケットと称《しょう》する、へんてつもない古《ふる》いラケットを五十円《えん》に値切《ねぎ》って買《か》ってきて、得々《とくとく》としていたときなど、次男《じなん》は、かげでひとり、あまりの痛憤《つうふん》に、大熱《おおねつ》を発《はっ》した。その熱《ねつ》のために、とうとう腎臓《じんぞう》を悪《わる》くした。人《ひと》を、どんな人《ひと》をも、蔑視《べっし》したがる傾向《けいこう》がある。人《ひと》がなにか言《い》うと、けっという奇怪《きかい》な、からす天狗《てんぐ》の笑《わら》い声《ごえ》に似《に》た不愉快《ふゆかい》きわまる笑《わら》い声《ごえ》を発《はっ》するのである。ゲーテ一点張《いってんば》りである。これとても、ゲーテの素朴《そぼく》な詩精神《しせいしん》に敬服《けいふく》しているのではなく、ゲーテの高位高官《こういこうかん》に傾倒《けいとう》しているらしい、ふしが、ないでもない。あやしいものである。けれども、兄妹《きょうだい》みんなで、即興《そっきょう》の詩《し》など競作《きょうさく》する場合《ばあい》には、いつでも一番《ばん》である。できている。俗物《ぞくぶつ》だけに、いわば情熱《じょうねつ》の客観的把握《きゃっかんてきはあく》が、はっきりしている。自身《じしん》その気《き》で精進《しょうじん》すれば、あるいは二流《にりゅう》の作家《さっか》くらいには、なれるかもしれない。この家《いえ》の、足《あし》の悪《わる》い十七の女中《じょちゅう》に、死《し》ぬほど好《す》かれている。

次女《じじょ》は、二十一歳《さい》。ナルシッサスである。ある新聞社《しんぶんしゃ》が、ミス・日本《にっぽん》を募《つの》っていたとき、あのときには、よほど自己推薦《じこすいせん》しようかと、三夜身悶《やみもだ》えした。大声《おおごえ》あげて、わめき散《ち》らしたかった。けれども、三夜《や》の身悶《みもだ》えの果《は》て、自分《じぶん》の身長《しんちょう》が足《た》りないことに気《き》がつき、断念《だんねん》した。兄妹《きょうだい》のうちで、ひとり目立《めだ》って小《ちい》さかった。四尺七寸《しゃくすん》（約《やく》百四十二センチメートル）である。けれども、けっして、みっともないものではなかった。なかなかである。深夜《しんや》、裸形《らぎょう》で鏡《かがみ》に向《む》かい、にっとかわいく微笑《びしょう》してみたり、ふっくらした白《しろ》い両足《りょうあし》を、ヘチマコロンで洗《あら》って、その指先《ゆびさき》にそっと自身《じしん》で接吻《せっぷん》して、うっとり目《め》をつぶってみたり、一度《ど》鼻《はな》の先《さき》に、針《はり》で突《つ》いたような小《ちい》さい吹《ふ》き出物《でもの》して、憂鬱《ゆううつ》のあまり、自殺《じさつ》を図《はか》ったことがある。読《どく》書《しょ》の選定《せんてい》に特色《とくしょく》がある。明治初年《めいじしょねん》の、『佳人之奇遇《かじんのきぐう》』『経国美談《けいこくびだん》』などを、古本屋《ふるほんや》から捜《さが》してきて、ひとりで、くすくす笑《わら》いながら読《よ》んでいる。黒岩涙香《くろいわるいこう》、森田思軒《もりたしけん》などの翻訳《ほんやく》をも、好《この》んで読《よ》む。どこから手《て》に入《い》れてくるのか、名《な》の知《し》れぬ同人雑誌《どうじんざっし》をたくさん集《あつ》めて、おもしろいなあ、うまいなあ、と真顔《まがお》でつぶやきながら、端《はし》から端《はし》まで、たんねんに読破《どくは》している。ほんとうは、鏡花《きょうか》をひそかに、もっとも愛読《あいどく》していた。

末弟《まってい》は、十八歳《さい》である。ことし一高《いちこう》の、理科甲類《りかこうるい》に入学《にゅうがく》したばかりである。高等学校《こうとうがっこう》へ入《はい》ってから、彼《かれ》の態度《たいど》が俄然《がぜん》変《か》わった。兄《あに》たち、姉《あね》たちには、それがおかしくてならない。けれども末弟《まってい》は、大《おお》まじめである。家庭内《かていない》のどんなささやかな紛争《ふんそう》にでも、かならず末弟《まってい》は、ぬっと顔《かお》を出《だ》し、たのまれもせぬのに思案深《しあんぶか》げに審判《しんぱん》を下《くだ》して、これには、母《はは》をはじめ一家《いっか》じゅう、閉口《へいこう》している。いきおい末弟《まってい》は一家《いっか》じゅうから敬遠《けいえん》の形《かたち》である。末弟《まってい》には、それが不満《ふまん》でならない。長女《ちょうじょ》は、彼《かれ》のぶっとふくれた不機嫌《ふきげん》の顔《かお》を見《み》かねて、ひとりでは大人《おとな》になった気《き》でいても、誰《だれ》も大人《おとな》と見《み》ぬぞかなしき、という和歌《わか》を一首《しゅ》つくって末弟《まってい》に与《あた》え彼《かれ》の在野遺賢《ざいやいけん》の無聊《ぶりょう》（たいくつ）をなぐさめてやった。顔《かお》が熊《くま》の子《こ》のようで、愛《あい》くるしいので、きょうだいたちが、なにかと彼《かれ》にかまいすぎて、それがために、彼《かれ》は多少《たしょう》おっちょこちょいのところがある。探偵小説《たんていしょうせつ》を好《この》む。ときどきひとり部屋《へや》の中《なか》で、変装《へんそう》してみたりなどしている。語学《ごがく》の勉強《べんきょう》と称《しょう》して、和文対訳《わぶんたいやく》のドイルのものを買《か》ってきて、和《わ》文《ぶん》のところばかり読《よ》んでいる。きょうだいじゅうで、家《いえ》のことを心配《しんぱい》しているのは自分《じぶん》だけだと、ひそかに悲壮《ひそう》の感《かん》に打《う》たれている。——

以上《いじょう》が、その短編小説《たんぺんしょうせつ》の冒頭《ぼうとう》の文章《ぶんしょう》であって、それから、ささやかな事件《じけん》が、わずかに展開《てんかい》するという仕組《しく》みになっていたのであるが、それは、もとよりたわいのない作品《さくひん》であったことはまえにも述《の》べた。わたしの愛着《あいちゃく》は、その作品《さくひん》に対《たい》してよりも、その作中《さくちゅう》の家《か》族《ぞく》に対《たい》してのほうが強《つよ》いのである。わたしは、あの家庭全体《かていぜんたい》を好《す》きであった。たしかに、

実在《じつざい》の家庭《かてい》であった。すなわち、故人《こじん》、入江新之助《いりえしんのすけ》氏《し》の遺家族《いかぞく》のスケッチにちがいないのである。もっとも、それはかならずしも事実《じじつ》そのままの叙述《じょじゅつ》ではなかった。大《おお》げさな言《い》いかたで、自分《じぶん》でも少《すく》なからず狼狽《ろうばい》しながら申《もう》し上《あ》げるのであるが、いわば、詩《し》と真実以外《しんじついがい》のものは、適度《てきど》に整理《せいり》して叙述《じょじゅつ》した、というわけなのである。ところどころに、大《おお》うそをさえ、まぜている。けれども、だいたいは、あの入江《いりえ》の家庭《かてい》の姿《すがた》を、写《うつ》したものだ。一毛《いちもう》において差異《さい》はあっても、九牛《きゅうぎゅう》においては、リアルであるというわけなのだ。もっともわたしは、あの短編小説《たんぺんしょうせつ》において、兄妹《きょうだい》五人《にん》と、それから優《やさ》しく賢明《けんめい》な御母堂《ごぼどう》についてだけ書《か》いたばかりで、祖父《そふ》ならびに祖母《そぼ》のことは、作品構成《さくひんこうせい》の都合上《つごうじょう》、無礼千万《ぶれいせんばん》にも割愛《かつあい》してしまっているのである。これは、たしかに不当《ふとう》なる処置《しょち》であった。入江《いりえ》の家《いえ》を語《かた》るのに、その祖父《そふ》、祖母《そぼ》を除外《じょがい》しては、やはり、どうしても不完全《ふかんぜん》のようである。わたしは、いまはそのおふたりについても語《かた》っておきたいのである。そのまえにひとつお断《ことわ》りしなければならないことがある。それは、わたしのこれからの叙述《じょじゅつ》の全部《ぜんぶ》は、現在《げんざい》ことしの、入江《いりえ》の家《いえ》の姿《すがた》ではなく、四年《ねん》まえにわたしがひそかに短編小説《たんぺんしょうせつ》に取《と》りいれたそのときの入江《いりえ》の家《いえ》の雰囲気《ふんいき》にほかならないという一事《いちじ》である。いまの入江家《いりえけ》は、少《すこ》しちがっている。結婚《けっこん》した人《ひと》もある。亡《な》くなられた人《ひと》さえある。四年以前《ねんいぜん》にくらべて、いささか暗《くら》くなっているようである。そうしてわたしも、いまは入江《いりえ》の家《いえ》に、むかしほど気楽《きらく》に遊《あそ》びに行《い》けなくなってしまった。つまり、五人《にん》の兄妹《きょうだい》も、またわたしも、みんなが少《すこ》しずつ大人《おとな》になってしまって、礼儀《れいぎ》も正《ただ》しく、よそよそしく、いわゆる、あの「社会人《しゃかいじん》」というものになったようすで、おたがい、たまに会《あ》っても、ちっともおもしろくないのである。はっきり言《い》えば、現在《げんざい》の入江家《いりえけ》は、わたしにとって、あまり興味《きょうみ》がないのである。書《か》くならば、四年《ねん》まえの入江家《いりえけ》を書《か》きたいのである。それゆえ、わたしのこれから叙述《じょじゅつ》するのも、四年《ねん》まえの入江《いりえ》の家《いえ》の姿《すがた》である。現在《げんざい》は、少《すこ》しちがっている。それだけをお断《ことわ》りしておいて、さて、そのころの祖父《そふ》は、——毎日《まいにち》、なにもせずに遊《あそ》んでばかりいたようである。もし入江《いりえ》の家《か》系《けい》に、非凡《ひぼん》なロマンの血《ち》が流《なが》れているとしたならば、それは、この祖父《そふ》から、はじまったものではないかと思《おも》われる。もはや八十を過《す》ぎている。毎日《まいにち》、用事《ようじ》ありげに、麹町《こうじまち》の自宅《じたく》の裏門《うらもん》から、そそくさと出《で》かける。じつにすばやい。この祖父《そふ》は、壮年《そうねん》のころは横浜《よこはま》で、かなりの貿易商《ぼうえきしょう》を営《いとな》んでいたのである。令息《れいそく》の故新之助氏《こしんのすけし》が、美術学校《びじゅつがっこう》へ入学《にゅうがく》したときにも、少《すこ》しも反対《はんたい》せぬばかりか、かえって身辺《しんぺん》の者《もの》に誇《ほこ》ってさえいたというほどの豪傑《ごうけつ》である。年《とし》とって隠居《いんきょ》してからでも、なかなか家《いえ》にじっとしてはいない。家人《かじん》のすきをうかがっては、ひらりと身《み》をひるがえして裏門《うらもん》から脱出《だっしゅつ》する。すたすた二、三丁《ちょう》（約《やく》三百二十七メートル）歩《ある》いて、うしろを振《ふ》りかえり、家人《かじん》が誰《だれ》もついてこないということを見《み》とどけてから、懐中《かいちゅう》より鳥打《とりう》ち帽《ぼう》をひょいと取《と》りだして、あみだにかぶるのである。派手《はで》な格子縞《こうしじま》の鳥打《とりう》ち帽《ぼう》であるが、ひどく古《ふる》びている。けれども、これをかぶらないと散歩《さんぽ》の気分《きぶん》が出《で》ないのである、四十年間《ねんかん》、愛用《あいよう》している。これをかぶって、銀座《ぎんざ》に出《で》る。資生堂《しせいどう》へ入《はい》って、ショコラというものを注文《ちゅうもん》する。ショコラ一ぱいに、一時間《じかん》も二時間《じかん》も、ねばっている。あちら、こちらを見渡《みわた》し、むかしの商売仲間《しょうばいなかま》が若《わか》い芸妓《げいぎ》などを連《つ》れてあらわれると、たちまち大声《おおごえ》で呼《よ》びかけ、放《はな》すものでない。無理《むり》やり、自分《じぶん》のボックスにすわらせて、ゆるゆると厭味《いやみ》を言《い》いだす。これが、こらえられぬ楽《たの》しみである。家《いえ》へ帰《かえ》るときには、かならず、誰《だれ》かにわずかなお土産《みやげ》を買《か》っていく。やはり、気《き》がひけるのである。このごろは、めっきりまた、家族《かぞく》のご機嫌《きげん》をうかがうようになった。勲章《くんしょう》を発明《はつめい》した。メキシコの銀貨《ぎんか》に穴《あな》をあけて赤《あか》い絹紐《きぬひも》をとおし、家族《かぞく》において、その一週間《しゅうかん》もっとも功労《こうろう》のあったものに、これを贈呈《ぞうてい》するという案《あん》である。誰《だれ》も、あまりほしがらなかった。その勲章《くんしょう》をもらったが最後《さいご》、その一週間《しゅうかん》は、家《いえ》にあるときかならず胸《むね》に吊《つ》り下《さ》げていなければいけないというのであるから、家族《かぞく》ひとしく閉口《へいこう》している。母《はは》は、舅《しゅうと》に孝行《こうこう》であるから、それをもらっても、ありがたそうな顔《かお》をして、帯《おび》の上《うえ》に、それでもなるべく目立《めだ》たないように吊《つ》り下《さ》げる。祖父《そふ》の晩酌《ばんしゃく》のビールを一本多《ぽんおお》くしたときには、母《はは》は、いやおうなしに、この勲章《くんしょう》をその場《ば》で授《じゅ》与《よ》されてしまうのである。長兄《ちょうけい》も、まじめな性質《せいしつ》であるから、たまに祖父《そふ》の寄席《よせ》のお伴《とも》の功《こう》などで、うっかり授与《じゅよ》されてしまうことがあっても、それでもさすがに悪《わる》びれず、一週《しゅう》間《かん》、胸《むね》にちゃんと吊《つ》り下《さ》げている。長女《ちょうじょ》、次男《じなん》は、逃《に》げまわっている。長女《ちょうじょ》は、わたしにはとてもその資格《しかく》がありませんからと固辞《こじ》してりこうに逃《に》げている。ことに次男《じなん》は、その勲章《くんしょう》を自分《じぶん》の引《ひ》き出《だ》しにしまいこんで、落《お》としたとうそをついたことさえある。祖父《そふ》は、たちまち次男《じなん》のうそを看破《かんぱ》し、次女《じじょ》に命《めい》じて、次男《じなん》の部屋《へや》を捜査《そうさ》させた。次女《じじょ》は、運悪《うんわる》くそのメダルを発見《はっけん》したので、こんどは、次女《じじょ》に贈呈《ぞうてい》された。祖父《そふ》は、この次女《じじょ》を偏愛《へんあい》しているようすがある。次女《じじょ》は、一家《いっか》じゅうでもっともたかぶり、少《すこ》しの功《こう》もないのに、それでも祖父《そふ》は、なにかというとこの次女《じじょ》に勲章《くんしょう》を贈呈《ぞうてい》したがるのである。次女《じじょ》は、その勲章《くんしょう》をもらうと、たいてい自分《じぶん》の財布《さいふ》の中《なか》に入《い》れておく。祖父《そふ》は、次女《じじょ》にだけは、そんな除外《じょがい》例《れい》を許可《きょか》するのである。胸《むね》に吊《つ》り下《さ》げずとも、いいのである。一家《いっか》じゅうで、多少《たしょう》でも、その勲章《くんしょう》をほしいと思《おも》っているのは、末弟《まってい》だけである。末弟《まってい》もさすがにそれを授与《じゅよ》されて胸《むね》に吊《つ》り下《さ》げられると、なんだかはずかしくて落《お》ちつかない気《き》がするのだけれど、それを取《と》り上《あ》げられて誰《だれ》かほかの人《ひと》に渡《わた》されるときには、ふっとさびしくなるのである。次女《じじょ》の留守《るす》に、次女《じじょ》の部屋《へや》へこっそり入《はい》っていって財布《さいふ》を捜《さが》しだし、その中《なか》のメダルをなつかしそうに眺《なが》めているときもある。祖母《そぼ》は、この勲章《くんしょう》を一度《いちど》も授与《じゅよ》されたことがない。はじめから、きっぱり拒否《きょひ》しているのである。ひどく、はっきりした人《ひと》なのである。ばからしい、と言《い》っている。この祖母《そぼ》は、末弟《まってい》を目《め》に入《い》れても痛《いた》くないほどかわいがっている。末弟《まってい》が一時《いっとき》、催眠術《さいみんじゅつ》の研究《けんきゅう》をはじめて、祖父《そふ》、母《はは》、兄《あに》たち姉《あね》たち、みんなにその術《じゅつ》をかけてみても誰《だれ》もいっこうにかからない。みんな、きょろきょろしている。大笑《おおわら》いになった。末《まっ》弟《てい》ひとり泣《な》きべそかいて、汗《あせ》を流《なが》し、最後《さいご》に祖母《そぼ》へかけてみたら、たちまちにかかった。祖母《そぼ》はいすに腰《こし》かけて、こくりこくりと眠《ねむ》りはじめ、術者《じゅつしゃ》のおごそかな問《と》いに、無心《むしん》に答《こた》えるのである。

「おばあさん、花《はな》が見《み》えるでしょう?」

「ああ、きれいだね。」

「なんの花《はな》ですか？」

「れんげだよ。」

「おばあさん、いちばん好《す》きなものはなんですか？」

「おまえだよ。」

術者《じゅつしゃ》は、少《すこ》し興《きょう》ざめた。

「おまえというのは、誰《だれ》ですか？」

「和夫《かずお》（末弟《まってい》の名《な》）じゃないか。」

そばで拝見《はいけん》していた家族《かぞく》のものが、どっと笑《わら》いだしたので、祖母《そぼ》は覚醒《かくせい》した。それでも、まず、術者《じゅつしゃ》の面目《めんぼく》は、保《たも》ち得《え》たのである。とにかく祖母《そぼ》だけは、術《じゅつ》にかかったのだから。でも、あとでまじめな長兄《ちょうけい》が、おばあさん、ほんとうにかかったのですか、とこっそり心配《しんぱい》そうにたずねたとき、祖母《そぼ》は、ふんと笑《わら》って、かかるものかね、とつぶやいた。

以上《いじょう》が、入江家《いりえけ》の人《ひと》たち全部《ぜんぶ》のだいたいの素描《そびょう》である。もっと、くわしく紹介《しょうかい》したいのであるが、いまは、それよりも、この家族全部《かぞくぜんぶ》で連作《れんさく》したひとつのかなり長《なが》い「小説《しょうせつ》」

を、お知《し》らせしたいのである。入江《いりえ》の家《いえ》の兄妹《きょうだい》たちは、みんな、多少《たしょう》ずつ文芸《ぶんげい》の趣味《しゅみ》を持《も》っていることはまえにも言《い》っておいた。彼《かれ》らはときどき、物語《ものがたり》の連作《れんさく》をはじめることがある。たいてい、曇天《どんてん》の日曜《にちよう》などに、兄妹《きょうだい》五人《にん》、客間《きゃくま》に集《つど》っておそろしく退屈《たいくつ》してくると、長兄《ちょうけい》の発案《はつあん》で、はじめるのである。ひとりが、思《おも》いつくままに勝手《かって》な人物《じんぶつ》を登場《とうじょう》させて、それから順々《じゅんじゅん》に、その人物《じんぶつ》の運命《うんめい》やらなにやらを捏造《ねつぞう》していって、ついに一編《ぺん》の物語《ものがたり》を創造《そうぞう》するという遊戯《ゆうぎ》である。簡単《かんたん》にすみそうな物語《ものがたり》なら、その場《ば》で順々《じゅんじゅん》に口《くち》で言《い》って片《かた》づけてしまうのであるが、発端《ほったん》から大《おお》いにおもしろそうなときには、大事《だいじ》をとって、順々《じゅんじゅん》に原稿用紙《げんこうようし》に書《か》いて回《まわ》すことにしている。そのような、彼《かれ》ら五人《にん》の合作《がっさく》の「小説《しょうせつ》」が、すでに四、五編《へん》も、たまっているはずである。たまには、祖父《そふ》、祖母《そぼ》、母《はは》もお手伝《てつだ》いすることになっている。このたびの、やや長《なが》い物語《ものがたり》にも、やはり、祖父《そふ》、祖母《そぼ》、母《はは》のお手伝《てつだ》いがあるようである。

その二

たいてい末弟《まってい》が、よくできもしないくせに、まず、まっさきに物語《ものがた》る。そうして、たいてい失敗《しっぱい》する。けれども末弟《まってい》は、絶望《ぜつぼう》しない。こんどこそと意気込《いきご》む。お正月五日間《しょうがついつかかん》のやすみのとき、彼《かれ》らは、少《すこ》し退屈《たいくつ》して、れいの物語《ものがたり》の遊戯《ゆうぎ》をはじめた。そのときも、末弟《まってい》は、僕《ぼく》にやらせてくださいい僕《ぼく》に、と先陣《せんじん》を志願《しがん》した。まいどのことではあり、兄姉《あにあね》たちは笑《わら》ってゆるした。このたびは、年《とし》のはじめの物語《ものがたり》でもあり、大事《だいじ》をとって、原稿用紙《げんこうようし》にきちんと書《か》いて順々《じゅんじゅん》に回《まわ》すことにした。締《し》め切《き》りは翌日《よくじつ》の朝《あさ》。めいめいが一日《いちにち》たっぷり考《かんが》えて書《か》くことができる。五日《いつか》めの夜《よる》か、六日《むいか》めの朝《あさ》には、一編《ぺん》の物語《ものがたり》が完成《かんせい》する。それまでの五日間《いつかかん》、彼《かれ》ら五人《にん》の兄妹《きょうだい》たちは、かすかに緊張《きんちょう》し、ほのかに生《い》きがいを感《かん》じている。

末弟《まってい》は、れいによって先陣《せんじん》を志願《しがん》し、ゆるされて発端《ほったん》を説《と》き起《お》こすことになったが、さて、なんの腹案《ふくあん》もない。スランプなのかもしれない。引《ひ》きうけなければよかったと思《おも》った。一月一日《がっついたち》、ほかの兄妹《きょうだい》たちは、それぞれ、よそへ遊《あそ》びに出《で》てしまった。祖父《そふ》はもちろん、早朝《そうちょう》から燕尾服《えんびふく》を着《き》て姿《すがた》を消《け》したのである。家《いえ》に残《のこ》っているのは、祖母《そぼ》と母《はは》だけである。末弟《まってい》は、自分《じぶん》の勉強室《べんきょうしつ》で、鉛筆《えんぴつ》をけずりなおしてばかりいた。泣《な》きたくなってきた。万事窮《ばんじきゅう》して、とうとう悪事《あくじ》をたくらんだ。剽窃《ひょうせつ》である。これよりほかは、ないと思《おも》った。

胸《むね》をどきどきさせて、アンデルセン童話集《どうわしゅう》、グリム物語《ものがたり》、ホームズの冒険《ぼうけん》などを読《よ》みあさった。あちこちから盗《ぬす》んで、どうやら、まとめた。

——むかし北《きた》の国《くに》の森《もり》の中《なか》に、おそろしい魔法使《まほうつか》いの婆《ばあ》さんが住《す》んでいました。じつに、悪《わる》いみにくい婆《ばあ》さんでありましたが、ひとり娘《むすめ》のラプンツェルにだけは優《やさ》しく、毎《まい》日《にち》、金《きん》の櫛《くし》で髪《かみ》をすいてやってかわいがっていました。ラプンツェルは、美《うつく》しい子《こ》でした。そうして、たいへん活発《かっぱつ》な子《こ》でした。十四になったら、もう、婆《ばあ》さんの言《い》うことをきかなくなりました。婆《ばあ》さんを逆《ぎゃく》にときどき、しかることさえありました。それでも、婆《ばあ》さんはラプンツェルをかわいくてたまらないので、笑《わら》って負《ま》けていました。森《もり》の木々《きぎ》が、木《こ》枯《が》らしに吹《ふ》かれて一日一日《いちにちいちにち》、素肌《すはだ》をあらわし、魔法使《まほうつか》いの家《いえ》でも、そろそろ冬籠《ふゆご》もりのしたくに取《と》りかかりはじめたころ、すばらしい獲物《えもの》がこの魔法《まほう》の森《もり》の中《なか》に迷《まよ》いこみました。馬《うま》に乗《の》ったきれいな王子《おうじ》が、たそがれの森《もり》の中《なか》に迷《まよ》いこんできたのです。それは、この国《くに》の十六歳《さい》の王子《おうじ》でした。狩《か》りに夢中《むちゅう》になり、家来《けらい》たちにはぐれてしまい、帰《かえ》りの道《みち》を見《み》失《うしな》ってしまったのでした。王子《おうじ》の金《きん》の鎧《よろい》は、薄暗《うすぐら》い森《もり》の中《なか》で松明《たいまつ》のように光《ひか》っていました。婆《ばあ》さんは、これを見《み》のがすはずは、ありません。風《かぜ》のように家《いえ》を飛《と》びだし、たちまち王子《おうじ》を、馬《うま》から引《ひ》きずり落《お》としてしまいました。

「この坊《ぼっ》ちゃんは、肥《こ》えているわい。この肌《はだ》の白《しろ》さは、どうじゃ。胡桃《くるみ》の実《み》で肥《こ》やしたんじゃな！」とのどを鳴《な》らして言《い》いました。婆《ばあ》さんは長《なが》い剛《こわ》い髭《ひげ》を生《は》やしていて、まゆ毛《げ》は目《め》の上《うえ》までかぶさっているのです。「まるで、太《ふと》らした小羊《こひつじ》そっくりじゃ。さて、味《あじ》はどんなもんじゃろ。冬籠《ふゆご》もりには、こいつの塩漬《しおづ》けがいちばんいい。」とにたにた笑《わら》いながら短刀《たんとう》を引《ひ》きぬき、王子《おうじ》の白《しろ》いのどにねらいをつけた瞬間《しゅんかん》、

「あっ！」と婆《ばあ》さんはさけびました。婆《ばあ》さんは娘《むすめ》のラプンツェルに、耳《みみ》をかまれてしまったからです。ラプンツェルは婆《ばあ》さんの背中《せなか》に飛《と》びついて、婆《ばあ》さんの左《ひだり》の耳朶《みみたぶ》を、いやというほどかんで放《はな》さないのでした。

「ラプンツェルや、ゆるしておくれ。」と婆《ばあ》さんは、娘《むすめ》をかわいがってあまやかしていますから、ちっとも怒《おこ》らず、無理《むり》に笑《わら》ってあやまりました。ラプンツェルは、婆《ばあ》さんの背中《せなか》をゆすぶって、

「この子《こ》は、あたしと遊《あそ》ぶんだよ。このきれいな子《こ》を、あたしにおくれ。」と、だだをこねました。かわいがられ、わがままに育《そだ》てられていますから、とても強情《ごうじょう》で、一度《いちど》言《い》いだ

したら、もう後《あと》へは引《ひ》きません。婆《ばあ》さんは、王子《おうじ》を殺《ころ》して塩漬《しおづ》けにするのを一晩《ひとばん》だけ、がまんしてやろうと思《おも》いました。

「よし、よし。おまえにあげるわよ。今晩《こんばん》は、おまえのお客《きゃく》さまに、うんとごちそうしてやろう。そのかわり、明日《あす》になったら、婆《ばあ》さんにかえしてくだされ。」

ラプンツェルは、うなずきました。その夜《よる》、王子《おうじ》は魔法《まほう》の家《いえ》で、たいへん優《やさ》しくされましたが、生《い》きたここちもありませんでした。晩《ばん》のごちそうは、蛙《かえる》の焼《や》き串《ぐし》、小《ちい》さい子供《こども》の指《ゆび》を詰《つ》めた蝮《まむし》の皮《かわ》、天狗茸《てんぐだけ》と二十日鼠《はつかねずみ》のしめった鼻《はな》と青虫《あおむし》の五臓《ごぞう》（漢方医学《かんぽういがく》で、肺《はい》・心《しん》・脾《ひ》・腎《じん》・肝《かん》の五つの内臓《ないぞう》）とで作《つく》ったサラダ、飲《の》み物《もの》は、沼《ぬま》の女《おんな》の作《つく》った青《あお》みどろのお酒《さけ》と、墓穴《はかあな》からできる硝酸酒《しょうさんしゅ》とでした。錆《さ》びた釘《くぎ》と教会《きょうかい》の窓《まど》ガラスとが食後《しょくご》のお菓子《かし》でした。王子《おうじ》は、見《み》ただけで胸《むね》が悪《わる》くなり、どれにも手《て》をつけませんでしたが、婆《ばあ》さんと、ラプンツェルは、おいしいおいしいと言《い》って飲《の》み食《く》いしました。いずれも、この家《いえ》の、とっておきの料理《りょうり》なのでありました。

食事《しょくじ》がすむと、ラプンツェルは、王子《おうじ》の手《て》をとって自分《じぶん》の部屋《へや》へ連《つ》れていきました。ラプンツェルは、王子《おうじ》と同《おな》じくらいの背丈《せたけ》でした。部屋《へや》へ入《はい》ってから、王子《おうじ》の肩《かた》を抱《だ》いて、王《おう》子《じ》の顔《かお》をのぞき、小《ちい》さい声《こえ》で言《い》いました。

「おまえがあたしをきらいにならないうちは、おまえを殺《ころ》させはしないよ。おまえ、王子《おうじ》さまなんだろ？」

　ラプンツェルの髪《かみ》の毛《け》は、婆《ばあ》さんに毎日《まいにち》すいてもらっているおかげで、まるで黄金《おうごん》をつむいだようにみごとに光《ひか》り、脚《あし》の辺《あた》りまで伸《の》びていました。顔《かお》は天使《てんし》のように、ふっくりして、黄色《きいろ》いバラの感《かん》じでありました。唇《くちびる》は小《ちい》さく苺《いちご》のように真《ま》っ赤《か》でした。目《め》は黒《くろ》くすんで、どこかかなしみをたたえていました。王子《おうじ》は、いままで、こんな美《うつく》しい女《おんな》の子《こ》を見《み》たことがない、と思《おも》いました。

「ええ。」と王子《おうじ》は低《ひく》く答《こた》えて、少《すこ》し気《き》もゆるんで、涙《なみだ》をぽたぽた落《お》としました。

　ラプンツェルは、黒《くろ》くすんだ目《め》で、じっと王子《おうじ》を見《み》つめていましたが、ちょっとうなずいて、

「おまえがあたしをきらいになっても、人《ひと》に殺《ころ》させはしないよ。そうなったら、あたしが自分《じぶん》で殺《ころ》してやる。」と言《い》って、自分《じぶん》も泣《な》いてしまいました。それから急《きゅう》に大声《おおごえ》で笑《わら》いだして、涙《なみだ》を手《て》の甲《こう》でぬぐい、王子《おうじ》の目《め》をも同様《どうよう》に拭《ふ》いてやって、「さあ、今夜《こんや》はあたしといっしょに、あたしの小《ちい》さな動物《どうぶつ》のところに寝《ね》るんだよ。」と元気《げんき》そうに言《い》って隣《となり》の寝室《しんしつ》

に案内《あんない》しました。そこには、藁《わら》と毛布《もうふ》が敷《し》いてありました。上《うえ》を見《み》ますと、梁《はり》や止《と》まり木《ぎ》に、およそ百羽《わ》ほどの鳩《はと》がとまっていました。みんな、眠《ねむ》っているように見《み》えましたが、ふたりが近《ちか》づくと、少《すこ》しからだを動《うご》かしました。

「これは、みんな、あたしのだよ。」とラプンツェルは教《おし》えて、すばやく手近《てぢか》の一羽《わ》をつかまえ、足《あし》を持《も》ってゆすぶりました。鳩《はと》はおどろいて羽根《はね》をばたばたさせました。「キスしてやっておくれ！」とラプンツェルは鋭《するど》くさけんで、その鳩《はと》で王子《おうじ》のほおを打《う》ちました。

「あっちの烏《からす》は、森《もり》のやくざ者《もの》だよ。」と部屋《へや》のすみの大《おお》きい竹籠《たけかご》を顎《あご》でしゃくってみせて、「十羽《ぱ》いるんだが、なにしろみんな、やくざ者《もの》でね、ちゃんと竹籠《たけかご》に閉《と》じこめておかないと、すぐ飛《と》んでいってしまうのだよ。それから、ここにいるのは、あたしの古《ふる》い友《とも》だちのベエだよ。」と言《い》いながら一匹《ぴき》の鹿《しか》を、角《つの》をつかんで部屋《へや》のすみから引《ひ》きずりだしてきました。鹿《しか》の首《くび》には銅《どう》の首輪《くびわ》がはまっていて、それに鉄《てつ》の太《ふと》い鎖《くさり》がつながれていました。「こいつも、しっかり鎖《くさり》でつないでおかないと、あたしたちのところから逃《に》げだしてしまうのだよ。どうしてみんな、あたしたちのところに、いつかないのだろう。どうでもいいや。あたしは毎晩《まいばん》、ナイフでもって、このベエの首《くび》をくすぐってやるんだ。するとこいつは、とてもこわがって、じたばたするんだよ。」そう言《い》いながらラプンツェルは壁《かべ》の裂《さ》けめからぴかぴか光《ひか》る長《なが》いナイフを取《と》りだして、それでもって鹿《しか》の首《くび》をなでまわしました。かわいそうに、鹿《しか》は、せつながって身《み》をくねらせ、脂汗《あぶらあせ》を流《なが》しました。ラプンツェルは、そのさまを見《み》て大声《おおごえ》で笑《わら》いました。

「きみは寝《ね》るときも、そのナイフをそばに置《お》いとくのかね？」と王子《おうじ》は少《すこ》しこわくなって、そっと聞《き》いてみました。

「そうさ。いつだってナイフを抱《だ》いて寝《ね》るんだよ。」とラプンツェルは平気《へいき》な顔《かお》で答《こた》えました。「なにが起《お》こるかわからないもの。それはいいから、さあもう寝《ね》よう。おまえが、どうしてこの森《もり》へ迷《まよ》いこんだか、それをこれから聞《き》かせておくれ。」ふたりは藁《わら》の上《うえ》に並《なら》んで寝《ね》ました。王子《おうじ》は、きょう森《もり》へ迷《まよ》いこむまでの事《こと》の次第《しだい》を、どもりどもり申《もう》しました。

「おまえは、その家来《けらい》たちとわかれて、さびしいのかい？」

「さびしいさ。」

「お城《しろ》へ帰《かえ》りたいのかい?」

「ああ、帰《かえ》りたいな。」

「そんな泣《な》きべそをかく子《こ》は、いやだよ!」と言《い》ってラプンツェルは急《きゅう》にはねおき、「それよりか、うれしそうな顔《かお》をするのがほんとうじゃないか。ここに、パンが二つと、ハムがひとつあるからね、途中《とちゅう》でおなかがすいたら、食《た》べるがいいや。なにをぐずぐずしているんだね。」

王子《おうじ》は、あまりのうれしさに思《おも》わず飛《と》びあがりました。ラプンツェルは母《かあ》さんのように落《お》ちついて、

「ああ、この毛《け》の長靴《ながぐつ》をおはき。おまえにあげるよ。途中《とちゅう》、寒《さむ》いだろうからね。おまえには寒《さむ》い思《おも》いをさせやしないよ。これ、お婆《ばあ》さんの大《おお》きな指《ゆび》なし手袋《てぶくろ》さ。さあ、はめてごらん。ほら、手《て》だけ見《み》ると、まるであたしの汚《きたな》いお婆《ばあ》さんそっくりだ。」

王子《おうじ》は、感謝《かんしゃ》の涙《なみだ》を流《なが》しました。ラプンツェルは次《つぎ》に鹿《しか》を引《ひ》きずりだし、その鎖《くさり》をほどいてやって、

「ベエや、あたしはできればおまえを、もっとナイフでくすぐってやりたいんだよ。とて

もおもしろいんだもの。でも、もう、どうだっていいや。おまえを、逃《に》がしてやるからね、この子《こ》をお城《しろ》まで連《つ》れていっておくれ。この子《こ》は、お城《しろ》へ帰《かえ》りたいんだってさ。どうだって、いいや。うちのお婆《ばあ》さんより速《はや》く走《はし》れるのは、おまえのほかにないんだからね。しっかりたのむよ。」

王子《おうじ》は鹿《しか》の背《せ》に乗《の》り、

「ありがとう、ラプンツェル。きみを忘《わす》れやしないよ。」

「そんなこと、どうだっていいや。ベエや、さあ、走《はし》れ！　背中《せなか》のお客《きゃく》さまを振《ふ》り落《お》としたら承知《しょうち》しないよ。」

「さようなら。」

「ああ、さようなら。」泣《な》きだしたのは、ラプンツェルのほうでした。

鹿《しか》は闇《やみ》の中《なか》を矢《や》のように疾駆《しっく》しました。やぶを飛《と》びこえ森《もり》を突《つ》きぬけ一直線《いっちょくせん》に湖水《こすい》を渡《わた》り、狼《おおかみ》が吠《ほ》え、烏《からす》がさけぶ荒野《こうや》を一目散《いちもくさん》、背後《はいご》に、しゅっしゅっと花火《はなび》の燃《も》えて走《はし》るような音《おと》が聞《き》こえました。

「振《ふ》りむいては、いけません。魔法使《まほうつか》いのお婆《ばあ》さんが追《お》い駆《か》けているのです。」と鹿《しか》は走《はし》りながら教《おし》えました。「大丈夫《だいじょうぶ》です。わたしより速《はや》いものは、流《なが》れ星《ぼし》だけです。でも、あなたはラプンツェルの親切《しんせつ》を忘《わす》れちゃいけませんよ。気性《きしょう》は強《つよ》いけれども、さびしい子《こ》です。さあ、もうお城《しろ》に着《つ》きました。」

王子《おうじ》は、夢《ゆめ》みるような気持《きも》ちで、お城《しろ》の門《もん》のまえに立《た》っていました。

かわいそうなラプンツェル。魔法使《まほうつか》いの婆《ばあ》さんは、こんどは怒《おこ》ってしまったのです。大《だい》事《じ》な大事《だいじ》な獲物《えもの》を逃《に》がしてしまった。わがままにも程《ほど》があります。と言《い》ってラプンツェルを森《もり》の奥《おく》の真《ま》っ暗《くら》い塔《とう》の中《なか》に閉《と》じこめてしまいました。その塔《とう》には、戸口《とぐち》もなければ階段《かいだん》もなく、ただ頂上《ちょうじょう》の部屋《へや》に、小《ちい》さい窓《まど》がひとつあるだけで、ラプンツェルは、その頂上《ちょうじょう》の部屋《へや》にあけくれ寝起《ねお》きする身《み》のうえになったのでした。かわいそうなラプンツェル。一年《ねん》たち二年《ねん》たち、薄暗《うすぐら》い部屋《へや》の中《なか》で誰《だれ》にも知《し》られず、むなしく美《うつく》しさを増《ま》していました。もうすっかり大人《おとな》になって考《かん》え深《ぶか》い娘《むすめ》になっていました。いつも王子《おうじ》のことを忘《わす》れません。さびしさのあまり、月《つき》や星《ほし》に向《む》かって歌《うた》をうたうこともありました。さびしさが歌声《うたごえ》の底《そこ》にこもっているので、森《もり》の鳥《とり》や木々《きぎ》もそれを聞《き》いて泣《な》き、お月《つき》さまも、うるみました。月《つき》に一度《ど》ずつ、魔法使《まほうつか》いの婆《ばあ》さんが見《み》まわりにきました。そうして食《た》べ物《もの》や着物《きもの》を置《お》いていきました。婆《ばあ》さんは、ラプンツェルを、やっぱりかわいくて、塔《とう》の中《なか》で飢《う》え死《じ》にさせるのが、つらいのです。婆《ばあ》さんには魔法《まほう》の翼《つばさ》があるので、自由《じゆう》に塔《とう》の頂上《ちょうじょう》の部屋《へや》に出入《でい》りすることができるのでした。三年《ねん》たち、四年《ねん》たち、ラプンツェルも、自然《しぜん》に十八歳《さい》になりました。薄暗《うすぐら》い部屋《へや》の中《なか》で、自分《じぶん》で気《き》がつかずに美《うつく》しく輝《かがや》いていました。自分《じぶん》の花《はな》の香気《こうき》は、自分《じぶん》では気《き》がつきません。その年《とし》の秋《あき》に、王子《おうじ》は狩《か》りに出《で》かけ、またもや魔《ま》の森《もり》に迷《まよ》いこみ、ふとかなしい歌《うた》を耳《みみ》にしました。なんとも言《い》えず胸《むね》にしみ入《い》るので、魂《たましい》を奪《うば》われ、ふらふら塔《とう》の下《した》まで来《き》てしまいました。ラプンツェルではないかしら。王子《おうじ》は、四年《ねん》まえの美《うつく》しい娘《むすめ》をけっして忘《わす》れてはいませんでした。
「顔《かお》を見《み》せておくれ！」と王子《おうじ》はせいいっぱいの大声《おおごえ》でさけびました。「かなしい歌《うた》は、やめてください。」

塔《とう》の上《うえ》の小《ちい》さい窓《まど》から、ラプンツェルは顔《かお》を出《だ》して答《こた》えました。「そうおっしゃるあなたは誰《だれ》です。かなしい者《もの》にはかなしい歌《うた》が救《すく》いなのです。人《ひと》のかなしさもおわかりにならないくせに。」

「ああ、ラプンツェル！」王子《おうじ》は、狂喜《きょうき》しました。「わたしを思《おも》い出《だ》しておくれ！」

ラプンツェルのほおは一瞬《いっしゅん》さっと青白《あおじろ》くなり、それからほのぼの赤《あか》くなりました。けれども、幼《おさな》いころの強《つよ》い気性《きしょう》がまだ少《すこ》し残《のこ》っていたので、

「ラプンツェル？　その子《こ》は、四年《ねん》まえに死《し》んじゃった！」とできるだけつめたい口調《くちょう》で答《こた》えました。けれども、それから大声《おおごえ》で笑《わら》おうとして、すっと息《いき》を吸《す》いこんだら急《きゅう》に泣《な》きたくなって、笑《わら》い声《ごえ》のかわりにはげしい嗚咽《おえつ》が出《で》てしまいました。

あの子《こ》の髪《かみ》は、金《きん》の橋《はし》。

あの子《こ》の髪《かみ》は、虹《にじ》の橋《はし》。

森《もり》の小鳥《ことり》たちは、いっせいに奇妙《きみょう》な歌《うた》をうたいはじめました。ラプンツェルは泣《な》きながらも、その歌《うた》を小耳《こみみ》にはさみ、ふっとすばらしい霊感《れいかん》に打《う》たれました。ラプンツェルは、自分《じぶん》の美《うつく》しい髪《かみ》の毛《け》を、二《ふた》まき三《み》まき左《ひだり》の手《て》にまきつけて、右《みぎ》の手《て》にはさみを握《にぎ》りました。もういままでは、ラプンツェルのみごとな黄金《おうごん》の髪《かみ》の毛《け》は床《ゆか》にとどくほど長《なが》く伸《の》びていたのです。じょきり、じょきり、惜《お》しげもなく切《き》って、それから髪《かみ》の毛《け》を結《むす》びあわせ、長《なが》い一本《ぽん》の綱《つな》を作《つく》りました。それは太陽《ひ》のもとでもっとも美《うつく》しい綱《つな》でした。窓《まど》の縁《ふち》にその端《はし》を固《かた》く結《ゆ》わえて、自分《じぶん》はその美《うつく》しい金《きん》の綱《つな》を伝《つた》って、するする下《した》へ降《お》りていきました。

「ラプンツェル。」王子《おうじ》は小声《こごえ》でつぶやいて、ただ、うっとりと見惚《みほ》れていました。地上《ちじょう》に降《お》りたったラプンツェルは、急《きゅう》に気弱《きよわ》くなって、なにも言《い》えず、ただそっと王子《おうじ》の手《て》の上《うえ》に、自分《じぶん》の白《しろ》い手《て》をかさねました。

「ラプンツェル、こんどはわたしがきみを助《たす》ける番《ばん》だ。いや一生《いっしょう》、きみを助《たす》けさせておくれ。」王子《おうじ》は、もはや二十歳《はたち》です。とても、たのもしげに見《み》えました。ラプンツェルは、かすかに笑《わら》ってうなずきました。

ふたりは、森《もり》を抜《ぬ》けだし、婆《ばあ》さんの気《き》づかぬうちにと急《いそ》ぎに急《いそ》いで荒野《こうや》を横切《よこぎ》り、めでたく無事《ぶじ》にお城《しろ》にたどりつくことができたのです。お城《しろ》ではふたりを、大《おお》よろこびで迎《むか》えました。

末弟《まってい》が苦心《くしん》の揚《あ》げ句《く》、やっとここまで書《か》いて、それから、たいへん不機嫌《ふきげん》になった。失敗《しっぱい》である。これでは、なにも物語《ものがたり》の発端《ほったん》にならない。おしまいまで、自分《じぶん》ひとりで書《か》いてしまった。またしても兄《あに》や、姉《あね》たちに笑《わら》われるのは火《ひ》を見《み》るよりも明《あき》らかである。末弟《まってい》は、ひそかに苦慮《くりょ》した。もう、日《ひ》が暮《く》れてきた。よそへ遊《あそ》びに出《で》かけた兄《あに》や、姉《あね》たちも、そろそろ帰宅《きたく》したようすで、茶《ちゃ》の間《ま》から大勢《おおぜい》の陽気《ようき》な笑《わら》い声《ごえ》が聞《き》こえる。僕《ぼく》は孤独《こどく》だ、と末弟《まってい》は言《い》い知《し》れぬ寂寥《せきりょう》の感《かん》に襲《おそ》われた。そのとき、救《すく》い主《ぬし》があらわれた。祖母《そぼ》である。祖《そ》母《ぼ》は、さっきから勉強室《べんきょうしつ》にひとり閉《と》じこもっている末弟《まってい》を、かわいそうでならない。

「また、はじめたのかね。うまく書《か》けたかい？」と言《い》って、そのとき、祖《そ》母《ぼ》は末弟《まってい》の勉強《べんきょう》室《しつ》に入《はい》ってきたのである。

「あっちへ行《い》って！」末弟《まってい》は不機嫌《ふきげん》である。

「また、しくじったね。おまえは、よくできもしないくせに、こんなばかげた競争《きょうそう》に入《はい》るからいけないよ。お見《み》せ。」

「わかるもんか！」

「泣《な》かなくてもいいじゃないか。ばかだね。どれどれ。」と祖《そ》母《ぼ》は帯《おび》のあいだから老眼鏡《ろうがんきょう》を取《と》りだし、末弟《まってい》のおとぎばなしを小《ちい》さい声《こえ》を出《だ》して読《よ》みはじめた。くつくつ笑《わら》いだして、「おやおや、この子《こ》は、まあ、ませたことを知《し》っているじゃないか。おもしろい。よく書《か》けていますよ。でも、これじゃ、あとが続《つづ》かないね。」

「あたりまえさ。」

「困《こま》ったね？　わたしならば、こう書《か》くね。お城《しろ》では、ふたりを大《おお》よろこびで迎《むか》えました。けれども、これから不幸《ふしあわ》せが続《つづ》きます、と書《か》きます。どうだろうね。こんな魔法使《まほうつか》いの娘《むすめ》と、王子《おうじ》さまでは身分《みぶん》がちがいすぎますよ。どんなに好《す》きあっていたって、末《すえ》は、うまくいかないね。こんな縁談《えんだん》は、不幸《ふしあわ》せのもとさ。どうだね？」と言《い》って、末弟《まってい》の肩《かた》を人《ひと》さし指《ゆび》で、とんと突《つ》いた。

「知《し》っていますよ、そんなことぐらい。あっちへ行《い》って！　僕《ぼく》には、僕《ぼく》の考《かんが》えがあるんですからね。」

「おや、そうかい。」祖母《そぼ》は落《お》ちついたものである。たいてい、末弟《まってい》の考《かんが》えというものがわかっているのである。「大急《おおいそ》ぎで、あとを書《か》いて、茶《ちゃ》の間《ま》へおいで。おなかが、すいたろう。お雑煮《ぞうに》を食《た》べて、それから、かるたでもして遊《あそ》んだらいいじゃないか。そんな、競《きょう》争《そう》なんて、つまらない。あとは、大《おお》きい姉《ねえ》さんにたのんでおしまい。あれは、とても上手《じょうず》だから。」

祖母《そぼ》を追《お》いだしてから、末弟《まってい》は、おもむろにいわゆる、自分《じぶん》の考《かんが》えなるものを書《か》き加《くわ》えた。

「けれども、これから不幸《ふしあわ》せが続《つづ》きます。魔法使《まほうつか》いの娘《むすめ》と、王子《おうじ》とでは、身分《みぶん》があまりにちがいすぎます。ここから不幸《ふしあわ》せが起《お》こるのです。あとは大姉《おおねえ》さんに、お願《ねが》いいたします。ラプンツェルを大事《だいじ》にしてやってください。」と祖母《そぼ》の言《い》ったとおりに書《か》いて、ほっとため息《いき》をついた。

その三

きょうは二日《ふつか》である。一家《いっか》そろって、お雑煮《ぞうに》を食《た》べてそれから長女《ちょうじょ》ひとりは、すぐに自《じ》分《ぶん》の書斎《しょさい》へしりぞいた。純白《じゅんぱく》の毛糸《けいと》のセーターの、胸《むね》には、黄色《きいろ》い小《ちい》さなバラの造花《ぞうか》をつけている。机《つくえ》のまえに少《すこ》しひざを崩《くず》してすわり、それから眼鏡《めがね》をはずして、にやにや笑《わら》いながらハンケチで眼鏡《めがね》の玉《たま》を、せっせと拭《ふ》いた。それが終《お》わってから、また眼鏡《めがね》をかけ、目《め》を大《おお》げさにぱちくりとさせた。急《きゅう》にまじめな顔《かお》になり、すわりなおして机《つくえ》にほおづえをつき、しばらく思《おも》いにしずんだ。やがて、万年筆《まんねんひつ》をとって書《か》きはじめた。

——恋愛《れんあい》の舞踏《ぶとう》の終《お》わったところから、つねに、真《しん》の物語《ものがたり》がはじまります。めでたく結《むす》ばれたところで、たいていの映画《えいが》は、the《ジ》 end《エンド》 になるようでありますが、わたしたちの知《し》りたいのは、さて、それからどんな生活《せいかつ》をはじめたかという一事《いちじ》であります。人生《じんせい》は、けっして興奮《こうふん》の舞踏《ぶとう》の連続《れんぞく》ではありません。白々《しらじら》しく興《きょう》ざめの宿命《しゅくめい》の中《なか》に寝起《ねお》きしているばかりであります。わたしたちの王子《おうじ》と、ラプンツェルも、おたがい子供《こども》のときにちらと顔《かお》を見《み》あわせただけで、はなれがたい愛着《あいちゃく》を感《かん》じ、たちまちわかれてともに片時《かたとき》も忘《わす》れられず、苦労《くろう》の末《すえ》に、ふたたび成人《せいじん》の姿《すがた》で相会《あいあ》うことができたのですが、この物語《ものがたり》はけっしてこれだけでは終《お》わりませせぬ。お知《し》らせしなければならぬことは、むしろその後《ご》の生活《せいかつ》にあるのです。王子《おうじ》とラプンツェルは、手《て》を握《にぎ》りあって魔《ま》の森《もり》から逃《のが》れ、広《ひろ》い荒野《こうや》を飲《の》まず食《く》わず終始無言《しゅうしむごん》で夜《よる》ひる歩《ある》いて、やっとお城《しろ》にたどりつくことができたものの、さて、それからがたいへんです。

王子《おうじ》も、ラプンツェルも、死《し》ぬほど疲《つか》れていましたが、ゆっくりやすんでいるひまもありませんでした。王《おう》さまも、王妃《おうひ》も、また家来《けらい》の衆《しゅう》も、ひとしく王子《おうじ》の無事《ぶじ》をよろこび矢継《やつ》ぎ早《ばや》に、このたびの冒険《ぼうけん》について質問《しつもん》を集中《しゅうちゅう》し、王子《おうじ》の背後《はいご》にうなだれて立《た》っている異様《いよう》に美《うつく》しい娘《むすめ》こそ四年《ねん》まえ、王子《おうじ》を救《すく》ってくれた恩人《おんじん》であるということもやがて判明《はんめい》いたしましたので、城《しろ》じゅうのよろこびも二倍《ばい》になったわけでした。ラプンツェルは香水《こうすい》の風《ふ》呂《ろ》に入《い》れられ、美《うつく》しい軽《かる》いドレスを着《き》せられ、それから、全身《ぜんしん》が埋《う》まってしまうほど厚《あつ》く、ふんわりしたふとんに寝《ね》かされ、寝息《ねいき》も立《た》てぬくらいの深《ふか》い眠《ねむ》りに落《お》ちました。ずいぶん長《なが》いこと眠《ねむ》り、やがて熟《じゅく》しきった無花果《いちじく》が自然《しぜん》にぽたりと枝《えだ》からはなれて落《お》ちるように、眠《ねむ》り足《た》りてぽっかり目《め》をさましましたが、枕《まくら》もとには、正装《せいそう》し、すっかり元気《げんき》を快復《かいふく》した王子《おうじ》が笑《わら》って立《た》っておりました。ラプンツェルは、ひどくはずかしく思《おも》いました。

「あたし、帰《かえ》ります。あたしの着物《きもの》は、どこ？」と少《すこ》し起《お》きかけて、言《い》いました。

「ばかだなあ。」王子《おうじ》は、のんびりした声《こえ》で、「着物《きもの》は、きみが着《き》てるじゃないか。」

「いいえ、あたしが塔《とう》で着《き》ていた着物《きもの》よ。かえしてちょうだい。あれは、お婆《ばあ》さんが一等《いっとう》いい布《ぬの》ばかり寄《よ》せ集《あつ》めて縫《ぬ》ってくださった着物《きもの》なのよ。」

「ばかだなあ。」王子《おうじ》はふたたび、のんびりした声《こえ》で言《い》いました。「もう、さびしくなったのかい？」

ラプンツェルは、思《おも》わずこっくりうなずき、急《きゅう》に胸《むね》がふさがって、たまらなくなり、声《こえ》を放《はな》って泣《な》きました。お婆《ばあ》さんからはなれて、他人《たにん》ばかりのお城《しろ》にいるのをさびしく思《おも》ったのではありません。それは、まえから覚悟《かくご》して来《き》たことでございます。それに、あの婆《ばあ》さんはけっしていい婆《ばあ》さんでないし、また、たといよいお婆《ばあ》さんであっても、娘《むすめ》というものは、好《す》きな人《ひと》さえそばにいてくださったら、肉親全部《にくしんぜんぶ》とはなれたとて、ちっともさびしがらず、まるで平気《へいき》なものでございます。ラプンツェルの泣《な》いたのは、さびしかったからではありませぬ。それはきっとはずかしく、くやしかったからでありましょう。お城《しろ》へ夢《む》中《ちゅう》で逃《に》げてきて、こんな上等《じょうとう》の着物《きもの》を着《き》せられ、こんな柔《やわ》らかいふとんに寝《ね》かされ、前後《ぜんご》不覚《ふかく》に眠《ねむ》ってしまって、さてさめて落《お》ちついて考《かんが》えてみると、あたしは、こんな身分《みぶん》じゃなかった、あたしはいやしい魔法使《まほうつか》いの娘《むすめ》だったということが、はっきりわかって、それでいたたまらない気持《きも》ちになり、はずかしいばかりか、ひどい屈辱《くつじょく》さえ感《かん》ぜられ、帰《かえ》りますなどと唐突《とうとつ》なことを言《い》いだしたのではないでしょうか。ラプンツェルには、やっぱり小《ちい》さいころの、勝《か》ち気《き》な片意地《かたいじ》の性質《せいしつ》が、まだ少《すこ》し残《のこ》っているようであります。苦労《くろう》を知《し》らない王子《おうじ》には、そんなことのわかろうはずがありませぬ。ラプンツェルがとつぜん、泣《な》きだしたので、すこぶる当惑《とうわく》して、

「きみは、まだ、疲《つか》れているんだ。」と勝手《かって》な判断《はんだん》を下《くだ》し、「おなかも、すいているんだ。とにかく食事《しょくじ》のしたくをさせよう。」と低《ひく》くつぶやきながら、あたふたと部屋《へや》を出《で》ていき

ました。

やがて五人《にん》の侍女《じじょ》がやってきて、ラプンツェルをふたたび香水《こうすい》の風呂《ふろ》に入《い》れ、こんどはまえの着物《きもの》よりもっと重《おも》い、真紅《しんく》の着物《きもの》を着《き》せました。顔《かお》と手《て》に、薄《うす》く化粧《けしょう》をほどこしました。少《すこ》し短《みじか》い金髪《きんぱつ》をも上手《じょうず》にたばねてくれました。真珠《しんじゅ》の首飾《くびかざ》りをゆったりかけて、ラプンツェルがすっくと立《た》ちあがったときには、五人《にん》の侍女《じじょ》がそろって、深《ふか》いため息《いき》をもらしました。こんなに気高《けだか》く美《うつく》しい姫《ひめ》をいままで見《み》たこともなし、また、これからもこの世《よ》で見《み》ることはないだろうと思《おも》いました。

ラプンツェルは、食事《しょくじ》の部屋《へや》にとおされました。そこには王《おう》さまと、王妃《おうひ》と王子《おうじ》の三人《にん》が、晴《は》れやかに笑《わら》って立《た》っていました。

「おうきれいじゃ。」王《おう》さまは両手《りょうて》をひろげてラプンツェルを迎《むか》えました。

「ほんとうに。」と王妃《おうひ》も満足《まんぞく》げにうなずきました。王《おう》さまも王妃《おうひ》も、慈悲深《じひぶか》く、少《すこ》しもたかぶることのない、とても優《やさ》しい人《ひと》でした。

ラプンツェルは、少《すこ》しさびしそうにほほえんで挨拶《あいさつ》しました。

「おすわり。ここへおすわり。」王子《おうじ》は、すぐにラプンツェルの手《て》をとって食卓《しょくたく》につか

せ、自分《じぶん》もその隣《となり》にぴったりくっついてすわりました。おかしいくらいに得意《とくい》な顔《かお》でした。

王《おう》さまも王妃《おうひ》も軽《かる》く笑《わら》いながら着席《ちゃくせき》し、やがてなごやかな食事《しょくじ》がはじめられたのでしたが、ラプンツェルひとりは、ただ、まごついておりました。つぎつぎと食卓《しょくたく》に運《はこ》ばれてくるお料理《りょうり》を、どうして食《た》べたらいいのやら、まるで見当《けんとう》がつかないのです。いちいち隣《となり》の王子《おうじ》のほうを盗《ぬす》み見《み》て、こっそりその手《て》つきを真似《まね》て、どうやら口《くち》に入《い》れることができても、青虫《あおむし》の五臓《ごぞう》のサラダや蛆《うじ》のつくだ煮《に》などの婆《ばあ》さんのお料理《りょうり》ばかり食《た》べつけているラプンツェルには、その王《おう》さまの最上級《さいじょうきゅう》のごちそうも、なんだかへんな味《あじ》で胸《むね》が悪《わる》くなるばかりでありました。鶏卵《けいらん》の料理《りょうり》だけはさすがにおいしいと思《おも》いましたが、でも、やっぱり森《もり》の烏《からす》の卵《たまご》ほどには、おいしくないと思《おも》いました。

食卓《しょくたく》の話題《わだい》は豊富《ほうふ》でした。王子《おうじ》は、四年《ねん》まえの恐怖《きょうふ》を語《かた》り、またこのたびの冒険《ぼうけん》を誇《ほこ》り、王《おう》さまはその一語一語《いちごいちご》に感動《かんどう》し、深《ふか》くうなずいてそのたびごとに祝盃《しゅくはい》を傾《かたむ》けるので、ついには、ひどく酔《よ》いを発《はっ》し、王妃《おうひ》に背負《せお》われて別室《べっしつ》にしりぞきました。王子《おうじ》とふたりきりになってから、ラプンツェルは小《ちい》さい声《こえ》で言《い》いました。

「あたし、おもてへ出《で》てみたいの。なんだか胸《むね》が苦《くる》しくて。」顔《かお》が真《ま》っ青《さお》でした。

王子《おうじ》は、あまりに上機嫌《じょうきげん》だったので、ラプンツェルの苦痛《くつう》に同情《どうじょう》することを忘《わす》れていました。人《ひと》は、自分《じぶん》で幸福《こうふく》なときには、他人《たにん》の苦《くる》しみに気《き》がつかないものなのでしょう。ラプンツェルの青《あお》い顔《かお》を見《み》ても、少《すこ》しも心配《しんぱい》せず、

「食《た》べすぎたのさ。庭《にわ》を歩《ある》いたら、すぐなおるさ。」と軽《かる》く言《い》って立《た》ちあがりました。

そとは、よいお天気《てんき》でした。もう秋《あき》も、なかばなのに、ここの庭《にわ》ばかりはさまざまの草《くさ》花《ばな》がいっぱい咲《さ》いておりました。ラプンツェルは、やっと、にっこり笑《わら》いました。

「せいせいしたわ。お城《しろ》の中《なか》は暗《くら》いので、わたしは夜《よる》かと思《おも》っていました。」

「夜《よる》なものか。きみは、きのうの昼《ひる》から、けさまで、ぐっすり眠《ねむ》っていたんだ。寝息《ねいき》もないくらいに深《ふか》く眠《ねむ》っていたので、わたしは、死《し》んだのじゃないかと心配《しんぱい》していた。」

「森《もり》の娘《むすめ》が、そのときに死《し》んでしまって、目《め》がさめてみると、上品《じょうひん》なお姫《ひめ》さまになっていたらよかったのだけれど、目《め》がさめても、やっぱり、あたしはお婆《ばあ》さんの娘《むすめ》だったわ。」

ラプンツェルは本気《ほんき》に残念《ざんねん》がって、そう言《い》ったのでしたが、王子《おうじ》はそれをラプンツェルのお道化《どけ》と解《かい》して、大《おお》いに笑《わら》い興《きょう》じ、

「そうかね。そうであったかね。それはお気《き》の毒《どく》だったねえ。」と言《い》って、また大声《おおごえ》をあげて笑《わら》うのでした。

なんという花《はな》か、たいへんにおいの強《つよ》い純白《じゅんぱく》の小《ちい》さい花《はな》がみごとに咲《さ》き競《きそ》っている茨《いばら》のかげにさしかかったとき、王子《おうじ》は、ふいと立《た》ちどまり一瞬《いっしゅん》まじめな目《め》つきをして、それからラプンツェルの骨《ほね》もくだけよとばかり抱《だ》きしめて、それから狂《くる》った人《ひと》のような意外《いがい》の動《どう》作《さ》をいたしました。ラプンツェルは堪《た》え忍《しの》びました。はじめてのことでもなかったのでした。森《もり》から逃《のが》れて荒野《こうや》を夜《よる》ひる眠《ねむ》らず歩《ある》いている途中《とちゅう》においても、これに似《に》たことが三度《ど》あったのでした。

「もう、どこへも行《い》かないね？」と王子《おうじ》は少《すこ》し落《お》ちついて、ラプンツェルと並《なら》んでまた歩《ある》きだし、低《ひく》い声《こえ》で言《い》いました。ふたりは白《しろ》い花《はな》の茨《いばら》のかげから出《で》て、睡蓮《すいれん》の咲《さ》いている小《ちい》さい沼《ぬま》のほうへ歩《ある》いていきます。ラプンツェルは、なぜだか急《きゅう》におかしくなって、ぷっとふきだしました。

「なに。どうしたの？」と王子《おうじ》は、ラプンツェルの顔《かお》をのぞきこんでたずねました。「なにがおかしいの？」

「ごめんなさい。あなたが、へんにまじめなので、つい笑《わら》っちゃったの。あたしがいまさら、どこへ行《い》けるの？　あたしが、あなたを塔《とう》の中《なか》で四年《ねん》も待《ま》っていたのです。」沼《ぬま》のほとりに着《つ》きました。ラプンツェルは、こんどは泣《な》きたくなって、岸《きし》の青草《あおくさ》の上《うえ》に崩《くず》れるようにすわりました。王子《おうじ》の顔《かお》を見《み》あげて、「王《おう》さまも、王妃《おうひ》さまも、おゆるしくださったの？」

「もちろんさ。」王子《おうじ》はふたたび以前《いぜん》の、こだわらぬ笑顔《えがお》にかえってラプンツェルのそばに腰《こし》をおろし、「きみは、わたしの命《いのち》の恩人《おんじん》じゃないか。」

ラプンツェルは、王子《おうじ》のひざに顔《かお》を押《お》しつけて泣《な》きました。

それから数日後《すうじつご》、お城《しろ》では豪華《ごうか》な婚礼《こんれい》の式《しき》が挙《あ》げられました。その夜《よる》の花嫁《はなよめ》は、翼《つばさ》を失《うしな》った天使《てんし》のように可憐《かれん》にふるえておりました。王子《おうじ》には、この育《そだ》ちのちがった野性《やせい》のバラが、ただもうめずらしく、ひとつき、ふたつき暮《く》らしてみると、いよいよラプンツェルの突飛《とっぴ》な思考《しこう》や、残忍《ざんにん》なほどの活発《かっぱつ》な動作《どうさ》、なにものをも恐《おそ》れぬ勇気《ゆうき》、幼児《ようじ》のような無知《むち》な質問《しつもん》などに、たまらない魅力《みりょく》を感《かん》じ、溺《おぼ》れるほどに愛《あい》しました。寒《さむ》い冬《ふゆ》も過《す》ぎ、日一日《ひいちにち》と暖《あたた》かになり、庭《にわ》の早咲《はやざ》きの花《はな》が、そろそろ開《ひら》きかけてきたころ、ふたりは並《なら》んで庭《にわ》をゆっくり歩《ある》きまわっておりました。ラプンツェルは、身《み》ごもっていました。

「不思議《ふしぎ》だわ。ほんとうに、不思議《ふしぎ》。」

「また、疑問《ぎもん》が生《しょう》じたようだね。」王子《おうじ》は二十一歳《さい》になったので少《すこ》し大人《おとな》びてきたようです。「こんどは、どんな疑問《ぎもん》が生《しょう》じたのか、聞《き》きたいものだね。先日《せんじつ》は、神《かみ》さまが、どこにいるのかというえらいご質問《しつもん》だったね。」

ラプンツェルは、うつむいて、くすくす笑《わら》い、

「あたしは、女《おんな》でしょうか。」と言《い》いました。

王子《おうじ》は、この質問《しつもん》には、まごつきました。

「少《すく》なくとも、男《おとこ》ではない。」と、もったいぶった言《い》いかたをしました。

「あたしも、やはり、子供《こども》を産《う》んで、それからお婆《ばあ》さんになるのでしょうか。」

「美《うつく》しいお婆《ばあ》さんになるだろう。」

「あたし、いやよ。」ラプンツェルは、かすかに笑《わら》いました。とてもさびしい笑《わら》いでした。「あたしは、子供《こども》を産《う》みません。」

「そりゃ、また、どういうわけかね。」王子《おうじ》は余裕《よゆう》のある口調《くちょう》でたずねます。

「ゆうべも眠《ねむ》らずに考《かんが》えました。子供《こども》が生《う》まれると、あたしは急《きゅう》にお婆《ばあ》さんになるし、あなたは子供《こども》ばかりをかわいがって、きっと、あたしをじゃまになさるでしょう。誰《だれ》も、あたしをかわいがってくれません。あたしには、よくわかります。あたしは、育《そだ》ちのいやしいばかな女《おんな》ですから、お婆《ばあ》さんになって汚《きたな》くなってしまったら、なんの取《と》りどころもなくなるのです。また森《もり》へ帰《かえ》って、魔法使《まほうつか》いにでもなるよりほかはありませぬ。」

王子《おうじ》は不機嫌《ふきげん》になりました。

「きみは、まだ、あのいまわしい森《もり》のことを忘《わす》れないのか。きみのいまのご身分《みぶん》を考《かんが》えなさい。」

「ごめんなさい。もうきれいに忘《わす》れているつもりだったのに、ゆうべのようなさびしい夜《よる》には、ふっと思《おも》い出《だ》してしまうのです。あたしの婆《ばあ》さんは、こわい魔法使《まほうつか》いですが、でも、あたしをずいぶんあまやかして育《そだ》ててくださいました。誰《だれ》もあたしをかわいがらないようになっても、森《もり》の婆《ばあ》さんだけは、いつでも、きっと、あたしを小《ちい》さい子供《こども》のように抱《だ》いてくださるような気《き》がするのです。」

「わたしがそばにいるじゃないか。」王子《おうじ》は、にがりきって言《い》いました。

「いいえ、あなたはだめ。あなたは、あたしを、ずいぶんかわいがってくださいましたが、ただ、あたしをめずらしがってお笑《わら》いになるばかりで、あたしはなんだかさびしかったのです。いまに、あたしが子供《こども》を産《う》んだら、あなたはこんどは子供《こども》のほうをめずらしがって、あたしを忘《わす》れてしまうでしょう。あたしはつまらない女《おんな》ですから。」

「きみは、ご自分《じぶん》の美《うつく》しさに気《き》がつかない。」王子《おうじ》は、ひどく口《くち》をとがらせてうなるように言《い》いました。「つまらないことばかり言《い》っている。きょうの質問《しつもん》はじつにくだらぬ。」

「あなたは、なんにもごぞんじないのです。あたしは、このごろ、とても苦《くる》しいのですよ。あたし、やっぱり、魔法使《まほうつか》いの悪《わる》い血《ち》を受《う》けた野蛮《やばん》な女《おんな》です。生《う》まれる子供《こども》が、にくくてなりません。殺《ころ》してやりたいくらいです。」と声《こえ》をふるわせて言《い》って、下唇《したくちびる》をかみました。

気弱《きよわ》い王子《おうじ》は戦慄《せんりつ》しました。こいつはほんとうに殺《ころ》すかもしれぬと思《おも》ったのです。あきらめを知《し》らぬ、本能的《ほんのうてき》な女性《じょせい》は、つねに悲劇《ひげき》を起《お》こします。

長女《ちょうじょ》は、自信《じしん》たっぷりの顔《かお》つきで、とどこおることなく書《か》き流《なが》し、ここまで書《か》いて静《しず》かに筆《ふで》をおいた。はじめから読《よ》みなおしてみて、ときどき、顔《かお》を赤《あか》らめ、口《くち》をゆがめて苦笑《くしょう》した。少《すこ》し好色《こうしょく》すぎたと思《おも》われる描写《びょうしゃ》がところどころに散見《さんけん》されたからである。口《くち》の悪《わる》い次男《じなん》に、あとで冷笑《れいしょう》されるにちがいないと思《おも》ったが、それもしかたがないとあきらめた。自分《じぶん》のいまの心境《しんきょう》が、そのまま素直《すなお》にあらわれたのであろう、かなしいことだと思《おも》ったりした。でもまた、これだけでも女性《じょせい》の心《こころ》のデリカシーを描《えが》けるのは兄妹《きょうだい》じゅうで、わたしのほかにはないのだと、かすかに誇《ほこ》る気持《きも》ちもどこかにあった。書斎《しょさい》には火《ひ》の気《け》がなかった。いま急《きゅう》に、それに気《き》づいて、おう寒《さむ》い、と小声《こごえ》でつぶやき、肩《かた》をすぼめて立《た》ちあがり、書《か》き上《あ》げた原稿《げんこう》を持《も》って廊下《ろうか》へ出《で》たら、そこに意味《いみ》ありげに立《た》っている末弟《まってい》と危《あや》うく鉢合《はちあ》わせしかけた。

「失敬《しっけい》、失敬《しっけい》。」末弟《まってい》は、ひどく狼狽《ろうばい》している。

「和《かず》ちゃん、偵察《ていさつ》しにきたのね。」

「いやいや、さにあらず。」末弟《まってい》は顔《かお》を真《ま》っ赤《か》にして、いよいよへどもどした。

「知《し》っていますよ。わたしが、うまく続《つづ》けたかどうか心配《しんぱい》だったんでしょう?」

「じつは、そうなんだよ。」末弟《まってい》は小声《こごえ》であっさり白状《はくじょう》した。

「僕《ぼく》のは下手《へた》だったろうね。どうせ下手《へた》なんだからね。」ひとりで、さかんに自嘲《じちょう》をはじめた。

「そうでもないわよ。今回《こんかい》だけは、大出来《おおでき》よ。」

「そうかね。」末弟《まってい》の小さい目《め》はよろこびに輝《かがや》いた。「姉《ねえ》さん、うまく続《つづ》けてくれたかね。ラプンツェルを、うまく書《か》いてくれた？」

「ええ、まあ、どうやらね。」

「ありがたい！」末弟《まってい》は、長女《ちょうじょ》に向《む》かって合掌《がっしょう》した。

その四

三日《みっか》め。

元日《がんじつ》に、次男《じなん》は郊外《こうがい》のわたしの家《いえ》に遊《あそ》びにきて、近代《きんだい》の日本《にっぽん》の小説《しょうせつ》を片《かた》っ端《ぱし》からこきおろし、ひとりで興奮《こうふん》して、日《ひ》の暮《く》れるころ、「こりゃ、いけない。熱《ねつ》が出《で》たようだ。」とつぶやき、大急《おおいそ》ぎで帰《かえ》っていった。果《は》たせるかな、その夜《よる》から微熱《びねつ》が出《で》て、きのうは寝《ね》たり起《お》きたり、けさになっても全快《ぜんかい》せず、まだ少《すこ》し頭《あたま》が重《おも》いそうでふとんの中《なか》で鬱々《うつうつ》としている。あまり、人《ひと》の作品《さくひん》の悪口《わるくち》を言《い》うと、こんな具合《ぐあい》に風邪《かぜ》をひくものである。

「いかがです、お加減《かげん》は。」と言《い》って母《はは》が部屋《へや》へ入《はい》ってきて、枕《まく》もとにすわり、病人《びょうにん》の額《ひたい》にそっと手《て》を載《の》せてみて、「まだ少《すこ》し、熱《ねつ》があるようだね。大事《だいじ》にしてくださいよ。きのうは、お雑煮《ぞうに》を食《た》べたり、お屠蘇《とそ》を飲《の》んだり、ちょいちょい起《お》きて不養生《ふようじょう》をしていましたね。無理《むり》をしては、いけません。熱《ねつ》のあるときには、じっとして寝《ね》ているのがいちばんいいのです。あなたは、からだの弱《よわ》いくせに、気《き》ばかり強《つよ》くていけません。」

さかんにしかられている。次男《じなん》は、意気消沈《いきしょうちん》の態《てい》である。かえす言葉《ことば》もなく、ただ、かすかに苦笑《くしょう》して母《はは》の小言《こごと》を聞《き》いている。この次男《じなん》は、兄妹《きょうだい》じゅうでもっとも冷静《れいせい》な現実主義者《げんじつしゅぎしゃ》で、したがって、かなり辛辣《しんらつ》な毒舌家《どくぜつか》でもあるのだが、どういうものか、母《はは》に対《たい》してだけは、蔓草《つるくさ》のように従順《じゅうじゅん》である。ちっとも意気《いき》があがらない。いつも病気《びょうき》をして、母《はは》にお手数《てかず》をかけているという意識《いしき》が胸《むね》の奥《おく》に、しみこんでいるせいでもあろう。

「きょうは一日《いちにち》、寝《ね》ていなさい。むやみに起《お》きて歩《ある》いてはいけませんよ。ごはんも、ここでおあがり。おかゆを、こしらえておきました。さと（女中《じょちゅう》の名《な》）が、いま持《も》ってきますから。」

「お母《かあ》さん。お願《ねが》いがあるんだけど。」すこぶる弱《よわ》い口調《くちょう》である。「きょうはね、僕《ぼく》の番《ばん》なのです。書《か》いてもいい？」

「なんです。」母《はは》にはいっこうわからない。「なんのことです。」

「ほら、あの、連作《れんさく》を、またはじめているんですよ。きのう、僕《ぼく》は退屈《たいくつ》だったものだから、姉《ねえ》さんにたのんで無理《むり》に原稿《げんこう》を見《み》せてもらって、ゆうべ一晩《ひとばん》、その続《つづ》きを考《かんが》えていたのです。こんどのは、ちょっと、むずかしい。」

「いけません、いけません。」母《はは》は笑《わら》いながら、「文豪《ぶんごう》も、風邪《かぜ》をひいているときには、いい考《かんが》えが浮《う》かびません。兄《にい》さんに代《か》わってもらったらどう？」

「だめだよ。兄《にい》さんなんか、だめだよ。兄《にい》さんにはね、才能《さいのう》が、ないんですよ。兄《にい》さんが書《か》くと、いつでも、演説《えんぜつ》みたいになってしまう。」

「そんな悪口《わるくち》を言《い》っては、いけません。兄《にい》さんの書《か》くものは、いつも、男《おとこ》らしくて立派《りっぱ》じゃありませんか。お母《かあ》さんなら、いつも兄《にい》さんのがいちばん好《す》きなんだけどねえ。」

「わからん。お母《かあ》さんには、わからん。どうしたって、こんどは僕《ぼく》が書《か》かなくちゃいけないんだ。あの続《つづ》きは、僕《ぼく》でなくちゃ書《か》けないんだ。お母《かあ》さんお願《ねが》い。書《か》いてもいいね？」

「困《こま》りますね。あなたは、きょうは、寝《ね》ていなくちゃいけませんよ。兄《にい》さんに代《か》わってもらいなさい。あなたは、明日《あす》でも、あさってでも、からだの調子《ちょうし》がほんとうによくなってから書《か》くことにしたらいいじゃありませんか。」

「だめだ。お母《かあ》さんは、僕《ぼく》たちの遊《あそ》びをばかにしているんだからなあ。」大《おお》げさにため息《いき》をついて、ふとんを頭《あたま》から、かぶってしまった。

「わかりました。」母《はは》は笑《わら》って、「お母《かあ》さんが悪《わる》かったね。それじゃね、こうしたらどう？あなたが寝《ね》ながら、ゆっくり言《い》うのをわたしが、そのまま書《か》いてあげる。ね、そうしましょう。去年《きょねん》の春《はる》に、あなたがやはり熱《ねつ》を出《だ》して寝《ね》ていたとき、なにやらむずかしい学校《がっこう》の論文《ろんぶん》を、あなたの言《い》うとおりに、お母《かあ》さんが筆記《ひっき》できたじゃないの。あのときも、お母《かあ》さんは、案外上手《あんがいじょうず》だったでしょう？」

病人《びょうにん》は、ふとんをかぶったまま、返事《へんじ》もしない。母《はは》は、途方《とほう》にくれた。女中《じょちゅう》のさとが、朝食《ちょうしょく》のお膳《ぜん》をささげて部屋《へや》へ入《はい》ってきた。さとは、十三のときから、この入江《いりえ》の家《いえ》に奉公《ほうこう》している。沼津辺《ぬまづあた》りの漁村《ぎょそん》の生《う》まれである。ここへ来《き》て、もう四年《ねん》にもなるので、家族《かぞく》のロマンチックの気風《きふう》にすっかり同化《どうか》している。令嬢《れいじょう》たちから婦人雑誌《ふじんざっし》を借《か》りて、仕事《しごと》のひまひまに読《よ》んでいる。むかしの仇討《あだう》ち物語《ものがたり》を、もっとも興奮《こうふん》して読《よ》んでいる。女《おんな》は操《みさお》が第《だい》一《いち》、という言葉《ことば》も、たまらなく好《す》きである。命《いのち》をかけても守《まも》ってみせると、ひとりでこっそり緊張《きんちょう》している。柳行李《やなぎごうり》（柳《やなぎ》で編《あ》んだ箱形《はこがた》の物入《ものい》れ）の中《なか》に、長女《ちょうじょ》からもらった銀《ぎん》のペーパーナイフを蔵《ぞう》してある。懐剣《かいけん》のつもりなのである。色《いろ》は浅黒《あさぐろ》いけれど、小《ちい》さく引《ひ》きしまった顔《かお》である。身《み》なりも清潔《せいけつ》に、きちんとしている。左《ひだり》の足《あし》が少《すこ》し悪《わる》く、心《こころ》もち引《ひ》きずって歩《ある》くようすも、かえって可憐《かれん》である。入江《いりえ》の家族全部《かぞくぜんぶ》を、神《かみ》さまかなにかのように尊敬《そんけい》している。長女《ちょうじょ》ほどの学《がく》れいの祖父《そふ》の銀貨勲章《ぎんかくんしょう》をも、目《め》がくらむほどに、もったいなく感《かん》じている。長女《ちょうじょ》ほどの学者《しゃ》は世界中《せかいじゅう》にいない、次女《じじょ》ほどの美人《びじん》も世界中《せかいじゅう》にいない、と固《かた》く信《しん》じている。けれども、とりわけ病身《びょうしん》の次男《じなん》を、死《し》ぬほど好《す》いている。あんなきれいなご主人《しゅじん》のお伴《とも》をして仇討《あだう》ちに出《で》かけたら、どんなに楽《たの》しいだろう。いまは、むかしのように仇討《あだう》ちの旅《たび》というものがないから、つまらない、などとばかなことを考《かんが》えている。

いま、さとは次男《じなん》の枕《まくら》もとに、お膳《ぜん》をうやうやしく置《お》いて、少《すこ》しさびしい。次男《じなん》はふとんを引《ひ》きかぶったままである。母堂《ぼどう》は、それを、ただ静《しず》かに眺《なが》めて笑《わら》っている。さとは、誰《だれ》にも相手《あいて》にされない。ひっそり、そこにすわって、しばらく待《ま》ってみたが、なんという

 こともない。おそるおそる母堂《ぼどう》にたずねた。

「よほど、お悪《わる》いのでしょうか。」

「さあ、どうでしょうかねえ。」母《はは》は、笑《わら》っている。

とつぜん、次男《じなん》はふとんをはねのけ、くるりと腹這《はらば》いになり、お膳《ぜん》を引《ひ》き寄《よ》せて箸《はし》をとり、寝《ね》たまま、むしゃむしゃと食事《しょくじ》をはじめた。さとはびっくりしたが、すぐに落《お》ちついて給仕《きゅうじ》した。次男《じなん》の意外《いがい》な元気《げんき》のようすに、ほっと安心《あんしん》したのである。次男《じなん》は、ものも言《い》わず、猛烈《もうれつ》な勢《いきお》いでかゆをすすり、憤然《ふんぜん》と梅干《うめぼ》しをほおばり、食欲《しょくよく》は充分《じゅうぶん》に旺盛《おうせい》のようである。

「さとは、どう思《おも》うかねえ。」半熟卵《はんじゅくたまご》を割《わ》りながら、ふいと言《い》いだした。「たとえば、だね、僕《ぼく》がおまえと結婚《けっこん》したら、おまえは、どんな気《き》がすると思《おも》うかね。」じつに、意外《いがい》の質問《しつもん》である。

さとよりも、母《はは》のほうが十倍《ばい》も狼狽《ろうばい》した。

「ま！　なんという、ばかなことを言《い》うのです。冗談《じょうだん》にも、そんな、ねえ、さとや、おまえをからかっているのです。そんな、乱暴《らんぼう》な、冗談《じょうだん》にも、そんな。」

「たとえば、ですよ。」次男《じなん》は、落《お》ちついている。先刻《せんこく》から、もっぱら小説《しょうせつ》の筋書《すじが》きばかり考《かんが》えているのである。そのたとえが、さとの小《ちい》さい胸《むね》を、どんなに痛《いた》く刺《さ》したか、てんで気《き》づかないでいるのである。勝手《かって》な子《こ》である。「さとは、どんな気《き》がするだろうなあ。言《い》ってごらん。小説《しょうせつ》の参考《さんこう》になるんだよ。じつに、むずかしいところなんだ。」

「そんな、突拍子《とっぴょうし》ないことを言《い》ったって、」母《はは》は、ひそかにほっとして、「さとには、わかりませんよ、ねえ、さとや。猛《たけし》(次男《じなん》の名《な》)は、ばかげたことばかり言《い》っています。」

「わたくしならば、」さとは、次男《じなん》の役《やく》に立《た》つことなら、なんでも言《い》おうと思《おも》った。母堂《ぼどう》の当惑《とうわく》そうな目《め》くばせをも無視《むし》して、ここぞと、こぶしを固《かた》くして答《こた》えた。「わたくしならば、死《し》にます。」

「なあんだ。」次男《じなん》は、がっかりしたようすである。「つまらない。死《し》んじゃったんでは、つまらないんだよ。ラプンツェルが死《し》んじゃったら、物語《ものがたり》も、おしまいだよ。だめだねえ。ああ、むずかしい。どんなことにしたらいいかなあ。」しきりに小説《しょうせつ》の筋書《すじが》きばかり考《かんが》えている。さとの必死《ひっし》の答弁《とうべん》も、いっこうに、役《やく》に立《た》たなかったようすである。

さとは大《おお》いにしょげて、こそこそとお膳《ぜん》を片《かた》づけ、てれ隠《かく》しにわざと、おほほほと笑《わら》いながら、またお膳《ぜん》をささげて部屋《へや》から逃《に》げて出《で》て、廊下《ろうか》を歩《ある》きながら、泣《な》いてみたいと思《おも》ったが、べつにかなしくなかったので、こんどは心《こころ》から笑《わら》ってしまった。

母《はは》は、若《わか》い者《もの》の無心《むしん》な淡泊《たんぱく》さに、そっとお礼《れい》を言《い》いたいような気《き》がしていた。自分《じぶん》の濁《にご》った狼狽《ろうばい》ぶりをはずかしく思《おも》った。信頼《しんらい》していていいのだと思《おも》った。

「どう？　考《かんが》えがまとまりましたか？　おやすみになったままで、どんどん言《い》ったらいい。お母《かあ》さんが、筆記《ひっき》してあげますからね。」

次男《じなん》は、また仰向《あおむ》けに寝《ね》てふとんを胸《むね》までかけて目《め》をつぶり、あれこれ考《かんが》え、苦《くる》しんでいる態《てい》である。やがて、ひどくもったいぶったおごそかな声《こえ》で、

「まとまったようです。お願《ねが》いいたします。」と言《い》った。母《はは》は、ついふきだした。

以下《いか》は、その日《ひ》の、母子《ぼし》協力《きょうりょく》の口述筆記《こうじゅつひっき》全文《ぜんぶん》である。

――玉《たま》のような子《こ》が生《う》まれました。男《おとこ》の子《こ》でした。城《しろ》じゅうはよろこびに沸《わ》きかえりました。けれども産後《さんご》のラプンツェルは、日一日《ひいちにち》と衰弱《すいじゃく》しました。国《くに》じゅうの名医《めいい》が寄《よ》り集《あつ》まり、さまざまに手《て》をつくしてみましたがいよいよはかなく、命《いのち》のほども危《あや》うく見《み》えました。

「だから、だから、」ラプンツェルは、寝床《ねどこ》の中《なか》で静《しず》かに涙《なみだ》を流《なが》しながら王子《おうじ》に言《い》いました。「だから、あたしは、子供《こども》を産《う》むのは、いやですと申《もう》し上《あ》げたじゃありませんか。あたしは魔法使《まほうつか》いの娘《むすめ》ですから、自分《じぶん》の運命《うんめい》をぼんやり予感《よかん》することができるのです。あたしが子供《こども》を産《う》むと、きっとなにか、悪《わる》いことが起《お》こるような気《き》がしてならなかった。あたしの予感《よかん》は、いつでもかならずあたります。あたしが、いま死《し》んで、それだけで、わざわいがすむといいのですけれど、なんだか、それだけではすまないようなおそろしい予感《よかん》もするのです。神《かみ》さまというものが、あなたのお教《おし》えくださったように、もしいらっしゃるならば、あたしは、その神《かみ》さまにお祈《いの》りしたい気持《きも》ちです。あたしたちは、きっと誰《だれ》かににくまれています。あたしたちは、ひどくいけないまちがいをしてきたのではないでしょうか。」

「そんなことはない。そんなことはない。」と王子《おうじ》は病床《びょうしょう》の枕《まくら》もとを、うろうろ歩《ある》きまわって、やたらに反対《はんたい》しましたが、内心《ないしん》は、途方《とほう》にくれていたのです。男子誕生《だんしたんじょう》のよろこびも束《つか》の間《ま》、いまはラプンツェルの意味不明《いみふめい》の衰弱《すいじゃく》に、魂《たましい》も動転《どうてん》し、夜《よる》も眠《ねむ》れず、ただ、うろうろ病床《びょうしょう》のまわりを、まごついているのです。王子《おうじ》は、やっぱり、しんからラプンツェルを愛《あい》していました。ラプンツェルの顔《かお》や姿《すがた》の美《うつく》しさ、または、ちがう環境《かんきょう》に育《そだ》った花《はな》の、ものめずらしさ、あるいは、どこやら憐憫《れんびん》を誘《さそ》うような、あわれな盲目《もうもく》の無知《むち》、それらの事《こと》がらにのみ魅《ひ》かれて王子《おうじ》が夢中《むちゅう》で愛撫《あいぶ》しているだけの話《はなし》で、精神的《せいしんてき》な高《たか》い共鳴《きょうめい》と信頼《しんらい》から生《う》まれた愛情《あいじょう》でもなし、また、おたがい同《おな》じ祖先《そせん》の血筋《ちすじ》を感《かん》じあい、同《おな》じ宿命《しゅくめい》に殉《じゅん》じましょうという深《ふか》い諦念《ていねん》と理解《りかい》に結《むす》ばれた愛情《あいじょう》でもないという理由《りゆう》から、この王子《おうじ》の愛情《あいじょう》の本質《ほんしつ》をやたらに狐疑《こぎ》するのも、いけないことです。王子《おうじ》は、心《こころ》からラプンツェルをかわいいと思《おも》っているのです。仕様《しよう》のないほど好《す》きなのです。ただ、好《す》きなのです。それで、いいではありませんか。純粋《じゅんすい》な愛情《あいじょう》とは、そんなものです。女性《じょせい》が、心《こころ》の底《そこ》で、こっそり求《もと》めているものも、そのような、ひたむきな正直《しょうじき》な好意《こうい》以外《いがい》のものではないと思《おも》います。精神的《せいしんてき》な高《たか》い信頼《しんらい》だの、同《おな》じ宿命《しゅくめい》に殉《じゅん》じるだのと言《い》っても、おたがい、きらいだったらめちゃめちゃです。なんにも、なりやしません。なんだか好《す》きなところがあるからこそ、精神的《せいしんてき》だの、宿命《しゅくめい》だのというきざな言葉《ことば》も、ほんとうらしく聞《き》こえてくるだけの話《はなし》です。そんな言葉《ことば》は、たがいの好意《こうい》の氾濫《はんらん》を整理《せいり》するためか、あるいは、情熱《じょうねつ》の行《おこな》いの反省《はんせい》、弁解《べんかい》のために用《もち》いられているだけなのです。若《わか》い男女《だんじょ》の恋愛《れんあい》において、そんな弁解《べんかい》ほど、胸《むな》くその悪《わる》いものはありません。ことに、「女《おんな》を救《すく》うため。」などと言《い》う男《おとこ》の偽善《ぎぜん》には、がまんできない。好《す》きなら、好《す》きと、なぜ明朗《めいろう》に言《い》えないのか。おととい、作家《さっか》のD《ディー》さんのところへ遊《あそ》びにいったときにも、そんな話《はなし》が出《で》たけれどD《ディー》さんは、そのとき、僕《ぼく》を俗物《ぞくぶつ》だと言《い》いやがった。そういうD《ディー》さんだって、僕《ぼく》があの人《ひと》の日常生活《にちじょうせいかつ》を親《した》しくちょいちょいのぞいてみたところによると、なあにご自分《じぶん》の好《す》ききらいを基準《きじゅん》にしてちゃっかり生活《せいかつ》しているんだ。あの人《ひと》は、うそつきだ。僕《ぼく》は俗物《ぞくぶつ》だってなんだってかまわない。事実《じじつ》を、そのままはっきり言《い》うのは、僕《ぼく》の好《この》むところだ。人間《にんげん》は、好《この》むところのものを行《おこな》うのがいちばんいいのさ。脱線《だっせん》をいたしました。僕《ぼく》は、精神的《せいしんてき》だの、理解《りかい》だのの恋愛《れんあい》を考《かんが》えられないだけのことです。王子《おうじ》の恋愛《れんあい》は正直《しょうじき》です。王子《おうじ》のラプンツェルに対《たい》する愛情《あいじょう》こそ、純粋《じゅんすい》なものだと思《おも》います。王子《おうじ》は、心《こころ》からラプンツェルを愛《あい》していました。

「死《し》ぬなんてばかなことを言《い》ってはいけない。」と大《おお》いに不満《ふまん》そうに口《くち》をとがらせて言《い》いました。

「わたしはきみを、どんなに愛《あい》しているのか、わからないのか。」とも言《い》いました。王子《おうじ》は、正直《しょうじき》な人《ひと》でした。でも、正直《しょうじき》の美徳《びとく》だけでは、ラプンツェルの重《おも》い病気《びょうき》をなおすことはできません。

「生《い》きていてくれ！」とうめきました。「死《し》んでは、いかん！」とさけびました。ほかになにも、言《い》うべき言葉《ことば》がないのです。

「ただ、生《い》きて、生《い》きてだけ、いてくれ。」と声《こえ》を落《お》としてつぶやいたとき、そのとき、「ほんとうかね。生《い》きてさえいれば、いいのじゃな？」というしわがれた声《こえ》を、耳元《みみもと》にささやかれ、愕然《がくぜん》として振《ふ》りむくと、ああ、王子《おうじ》の髪《かみ》は逆立《さかだ》ちました。全身《ぜんしん》に冷《ひ》や水《みず》を浴《あ》びせられた気持《きも》ちでした。老婆《ろうば》が、魔法使《まほうつか》いの老婆《ろうば》が、すぐ背後《はいご》に、ひっそり立《た》っていたのです。

「なにしに来《き》た！」王子《おうじ》は勇気《ゆうき》のゆえではなく、あまりの恐怖《きょうふ》のゆえに、思《おも》わず大声《おおごえ》でさけびました。

「娘《むすめ》を助《たす》けにきたのじゃないか。」老婆《ろうば》は、平気《へいき》な口調《くちょう》で答《こた》え、それから、にやりと笑《わら》いました。「知《し》っていたのだよ。婆《ばあ》さんには、この世《よ》で、わからないことはないのだよ。みんな知《し》っていましたよ。おまえさまが、わしの娘《むすめ》をこの城《しろ》に連《つ》れてきて、かわいがっていなさることは、とうから知《し》っていましたよ。ただ、一時《いっとき》の、もてあそびものになさる気《き》だったら、わしだってだまってはいなかったのだが、そうでもないらしいので、わしはいままでがまんしてやっていたのだよ。わしだって、娘《むすめ》が幸《しあわ》せに暮《く》らしていると、少《すこ》しはうれしいさ。けれども、もう、だめなようだね。おまえさまは知《し》るまいが魔法使《まほうつか》いの家《いえ》に生《う》まれた女《おんな》の子《こ》は、男《おとこ》にかわいがられて子供《こども》を産《う》むと、死《し》ぬか、でもなければ、世《よ》の中《なか》でいちばんみにくい顔《かお》になってしまうか、どちらかに、きまっているのだよ。ラプンツェルは、そのことを、はっきりは知《し》っていなかったようだが、でも、なにかしら勘《かん》でわかっていたはずだね。子供《こども》を産《う》むのを、いやがっていたろうに。かわいそうなことになったわい。おまえさまは、いったい、ラプンツェルを、どうなさるつもりだね。見殺《みごろ》しにするか、それとも、わしのようなみにくい顔《かお》になっても、生《い》かしておきたいか。おまえさまは、さっき、どんなことがあっても、生《い》きてだけいておくれ、と念《ねん》じていなさったが、どうかね、わしのような顔《かお》になっても、生《い》きていたほうがよいのかね。わしだって、若《わか》いころには、ラプンツェルにけっして負《ま》けないきれいな娘《むすめ》だったが、旅《たび》の猟師《りょうし》にかわいがられラプンツェルを産《う》んで、わしの母《はは》から死《し》ぬか、生《い》きていたいかとたずねられ、わしはなんとしても生《い》きていたかったから、生《い》かしておいてくれとたのんだら、母《はは》は、まじないをして、わしの命《いのち》を助《たす》けてくれたが、おかげで、わしはごらんのとおりのみごとな顔《かお》になりましたよ。どうだね、さっきのおまえさまの念願《ねんがん》には、うそがないかね？」

「死《し》なせてください。」ラプンツェルは、病床《びょうしょう》でかすかに身悶《みもだ》えして、言《い》いました。「あたしさえ死《し》ねば、もう、みなさん無事《ぶじ》にお暮《く》らしできるのです。王子《おうじ》さま、ラプンツェルは、いままでお世話《せわ》になって、もうなんの不足《ふそく》もございません。生《い》きて、つらい目《め》に遭《あ》うのは、いやです。」

「生《い》かしてやってくれ！」王子《おうじ》は、こんどはほんとうの勇気《ゆうき》をもって、きっぱりと言《い》いました。額《ひたい》には苦悶《くもん》の脂汗《あぶらあせ》が浮《う》いていました。「ラプンツェルは、この婆《ばばあ》のようなみにくい顔《かお》になるはずがない。」

「わしが、なんでうそなど言《い》うものか。よろしい。そんならば、ラプンツェルを末長《すえなが》く生《い》かしておいてあげよう。どんなにみにくい顔《かお》になっても、おまえさまは、変《か》わらずラプンツェルをかわいがってあげますか？」

その五

次男《じなん》の病床《びょうしょう》の口述筆記《こうじゅつひっき》は、短《みじか》いわりに、多少《たしょう》の飛躍《ひやく》があったようである。けれども、さすがに病床《びょうしょう》のかゆ腹《ばら》では、日《ひ》ごろ、日本《にっぽん》のあらゆる現代作家《げんだいさっか》を冷笑《れいしょう》している高慢無礼《こうまんぶれい》の驕《きょう》児《じ》も、その特異《とくい》の才能《さいのう》の片鱗《へんりん》を、ちらと見《み》せただけで、思案《しあん》してまとめておいたプランの三分《ぶん》の一も言《い》いあらわすことができず、へたばってしまった。あたら才能《さいのう》も、風邪《かぜ》の微熱《びねつ》には勝《か》てぬと見《み》える。飛躍《ひやく》が少《すこ》しはじまりかけたままの姿《すがた》で、むなしくバトンは次《つぎ》の選手《せんしゅ》に委《ゆだ》ねられた。次《つぎ》の選手《せんしゅ》は、これまたなまいきな次女《じじょ》である。あっと一驚《いっきょう》させずばやまぬ態《てい》の功名心《こうみょうしん》に燃《も》えて、四日《よっか》め、朝《あさ》からそわそわしていた。家族《かぞく》そろって朝《あさ》ごはんの食卓《しょくたく》についたときには、自分《じぶん》だけは、特《とく》に、パンと牛乳《ぎゅうにゅう》だけで軽《かる》くすませた。家族《かぞく》の人《ひと》たちのように味噌汁《みそしる》、お沢庵《たくあん》などの現実的《げんじつてき》なるものを摂取《せっしゅ》するならば胃腑《いふ》も濁《にご》って、空想《くうそう》も萎靡《いび》する（おとろえる）にちがいないという思惑《おもわく》からでもあろうか。食事《しょくじ》をすませてから応接室《おうせつしつ》に行《い》き、つっ立《た》ったまま、ピアノのキーをやたらにたたいた。ショパン、リスト、モーツァルト、メンデルスゾーン、ラベル、めちゃめちゃに思《おも》いつき次第《しだい》、弾《ひ》いてみた。霊感《れいかん》を天《あま》降《くだ》らせようと思《おも》っているのだ。この子《こ》は、なかなか大《おお》げさである。霊感《れいかん》を得《え》た、と思《おも》った。すました顔《かお》をして応接室《おうせつしつ》を出《で》て、それから湯殿《ゆどの》に行《い》き靴下《くつした》を脱《ぬ》いで足《あし》を洗《あら》った。不思《ふし》議《ぎ》な行為《こうい》である。けれども次女《じじょ》は、この行為《こうい》によってみずからを清《きよ》くしているつもりなのである。変態《へんたい》のバプテスマ（洗礼《せんれい》）である。これでもう、身《み》も心《こころ》も清浄《せいじょう》になったと、次女《じじょ》は充分《じゅうぶん》に満足《まんぞく》しておもむろに自分《じぶん》の書斎《しょさい》に引《ひ》きあげた。書斎《しょさい》のいすに腰《こし》をおろし、アーメン、とつぶやいた。これは、いかにも突飛《とっぴ》である。この次女《じじょ》に、信仰《しんこう》などあるはずはない。ただ、自分《じぶん》のいまの緊張《きんちょう》を言《い》いあらわすのに、ちょっと手頃《てごろ》な言葉《ことば》だと思《おも》って、臨時《りんじ》に拝借《はいしゃく》してみたものらしい。アーメン、なるほど心《こころ》が落《お》ちつく。次女《じじょ》はもったいぶり、足《あし》の下《した》の小《ちい》さい瀬戸《せと》の火鉢《ひばち》に、「梅花《ばいか》」という香《こう》をひとつくべて、すうと深《ふか》く呼吸《こきゅう》して目《め》を細《ほそ》めた。古代《こだい》の閨秀作家《けいしゅうさっか》、紫式部《むらさきしきぶ》の心境《しんきょう》がわかるような気《き》がした。春《はる》はあけぼの、という文章《ぶんしょう》をちらと思《おも》い浮《う》かべていい気持《きも》ちであったが、それは清少納言《せいしょうなごん》の文章《ぶんしょう》であったことに気《き》づいて少《すこ》し興《きょう》ざめた。あわてて机《つくえ》の本立《ほんた》てから引《ひ》きだした本《ほん》は、『ギリシア神話《しんわ》』である。すなわち異教《いきょう》の神話《しんわ》である。ここにおいて次女《じじょ》のアーメンは、真《ま》っ赤《か》なにせものであったということは完全《かんぜん》に説明《せつめい》される。この本《ほん》は、彼女《かのじょ》の空想《くうそう》の源泉《げんせん》であるという。空想《くうそう》力《りょく》が枯渇《こかつ》すれば、この本《ほん》を開《ひら》く。たちまち花《はな》、森《もり》、泉《いずみ》、恋《こい》、白鳥《はくちょう》、王子《おうじ》、妖精《ようせい》が眼前《がんぜん》に氾《はん》濫《らん》するのだそうであるが、あまりあてにならない。この次女《じじょ》の、すること、なすこと、どうも信用《しんよう》しがたい。ショパン、霊感《れいかん》、足《あし》のバプテスマ、アーメン、「梅花《ばいか》」、紫式部《むらさきしきぶ》、春《はる》はあけぼの、ギリシア神話《しんわ》、なんの連関《れんかん》もないではないか。支離滅裂《しりめつれつ》である。そうして、ただもう気取《きど》っている。ギリシア神話《しんわ》をぱらぱらめくって、全裸《ぜんら》のアポロの挿絵《さしえ》を眺《なが》め、気味《きみ》の悪《わる》い薄笑《うすわら》いをもらした。ぽんと本《ほん》を投《な》げだして、それから机《つくえ》の引《ひ》き出《だ》しをあけ、チョコレートの箱《はこ》と、ドロップの缶《かん》を取《と》りだし、じつにどうにもきざな手《て》つきで、――つまり、人《ひと》さし指《ゆび》と親指《おやゆび》と二本《ほん》だけ使《つか》い、あとの三本《ぼん》の指《ゆび》は、ぴんと上《うえ》に反《そ》らせたままの、あの、くすぐったい手《て》つきでチョコレートをつまみ、口《くち》に入《い》れるより早《はや》く嚥下《えんか》し、間髪《かんはつ》をいれずドロップを口中《こうちゅう》に投《な》げこみ、ばりばりかみ砕《くだ》いて次《つぎ》はまた、チョコレート、瞬時《しゅんじ》にしてドロップ、飢餓《きが》の魔物《まもの》のごとくむさぼり食《く》うのである。朝食《ちょうしょく》のとき、胃腑《いふ》を軽快《けいかい》にさんがため、特《とく》にパンと牛乳《ぎゅうにゅう》だけですませておいたことも、これでは、なんにもならない。この次女《じじょ》は、もともと、よほどの大食《おおぐ》いなのである。上品《じょうひん》ぶってパンと牛乳《ぎゅうにゅう》で軽《かる》くすませてはみたが、それでは足《た》りない。とても、足《た》りるものではない。すなわち、書斎《しょさい》に引《ひ》き籠《こ》もり、人目《ひとめ》を避《さ》けてたちまち大食《おおぐ》いの本性《ほんしょう》を発揮《はっき》したというわけなのである。とかく、いつわりの多《おお》い子《こ》である。チョコレート二十、ドロップ十個《こ》を嚥下《えんか》し、けろりとしてトラビアータの鼻唄《はなうた》をはじめた。うたいながら、原稿用紙《げんこうようし》の塵《ちり》を吹《ふ》き払《はら》い、Gペン《ジー》にたっぷりインクを含《ふく》ませて、だらだらと書《か》きはじめた。すこぶる態度《たいど》が悪《わる》いのである。

――あきらめを知《し》らぬ、本能的《ほんのうてき》な女性《じょせい》は、つねに悲劇《ひげき》を起《お》こします。という初枝《はつえ》（長女《ちょうじょ》の名《な》）女史《じょし》の暗示《あんじ》も、ここにおいて多少《たしょう》の混乱《こんらん》に逢着《ほうちゃく》したようでございます。ラプンツェルは魔《ま》の森《もり》に生《う》まれ、蛙《かえる》の焼《や》き串《ぐし》や毒茸《どくきのこ》などを食《た》べて成長《せいちょう》し、老婆《ろうば》の盲目的《もうもくてき》な愛撫《あいぶ》の中《なか》でわがままいっぱいに育《そだ》てられ、森《もり》の烏《からす》や鹿《しか》を相手《あいて》に遊《あそ》んできた、いわば野育《のそだ》ちの子《こ》でありますから、その趣味《しゅみ》においても、また感覚《かんかく》においても、やはり本能的《ほんのうてき》な野蛮《やばん》なものがあるだろうということは首肯《しゅこう》できます。また、その本能的《ほんのうてき》な言動《げんどう》が、かえって王子《おうじ》を熱狂《ねっきょう》させるほどの魅力《みりょく》になっていたのだというのも容易《ようい》に推察《すいさつ》できることでございます。けれども、果《は》たしてラプンツェルは、あきらめを知《し》らぬ女性《じょせい》であろうか。本能的《ほんのうてき》な、野蛮《やばん》な女性《じょせい》であったことは首肯《しゅこう》できますが、いまのこの命《いのち》の瀬戸際《せとぎわ》におけるラプンツェルは、すべてをあきらめているように見《み》えるではないか。死《し》にます、とラプンツェルは言《い》っているのです。死《し》んだほうがよい、と言《い》っているのです。すべてをあきらめた人《ひと》の言葉《ことば》ではないでしょうか。けれども初枝女史《はつえじょし》は、ラプンツェルをあきらめを知《し》らぬ女性《じょせい》として指摘《してき》しております。軽率《けいそつ》にそれに反対《はんたい》したら、しかられます。しかられるのは、いやなことゆえ、筆者《ひっしゃ》も、とにかく初枝女史《はつえじょし》の断案《だんあん》に賛意《さんい》を表《ひょう》することにいたします。ラプンツェルは、たしかに、あきらめを知《し》らぬ女性《じょせい》であります。死《し》なせてください、などという言葉《ことば》は、たいへんいじらしい謙虚《けんきょ》なひびきを持《も》っておりますが、なおよく、考《かんが》えてみると、これは非常《ひじょう》に自分勝手《じぶんかって》な、うぬぼれの強《つよ》い言葉《ことば》であります。人《ひと》にかわいがられることばかり考《かんが》えているのです。自分《じぶん》が、まだ、人《ひと》にかわいがられる資格《しかく》があるとうぬぼれることのできるあいだは、生《い》きがいもあり、この世《よ》も楽《たの》しい。それはあたりまえのことであります。けれども、もう自分《じぶん》には、人《ひと》にかわいがられる資格《しかく》がないという、はっきりした自覚《じかく》を持《も》っていながらも、人《ひと》は、生《い》きていかなければならぬものであります。人《ひと》に「愛《あい》される資格《しかく》」がなくっても、人《ひと》を「愛《あい》する資格《しかく》」は、永遠《えいえん》に残《のこ》されているはずであります。人《ひと》の真《しん》の謙虚《けんきょ》とは、その、愛《あい》するよろこびを知《し》ることだと思《おも》います。愛《あい》されるよろこびだけを求《もと》めているのは、それこそ野蛮《やばん》な、無知《むち》な仕業《しわざ》だと思《おも》います。ラプンツェルはいままで王子《おうじ》に、かわいがられることばかり考《かんが》えていました。王子《おうじ》を愛《あい》することを忘《わす》れていました。生《う》まれでたわが子《こ》を愛《あい》することをさえ、忘《わす》れていました。いやいや、わが子《こ》に嫉妬《しっと》をさえ感《かん》じていたのです。そうして、自分《じぶん》が、もはや誰《だれ》にも愛《あい》され得《え》ないということを知《し》ったときには、死《し》にたい、いっそひと思《おも》いに殺《ころ》してください、などと願《ねが》うのです。なんという、わがまま者《もの》。王子《おうじ》を、もっと愛《あい》してあげなければいけません。王子《おうじ》だって、さびしいお子《こ》です。ラプンツェルに死《し》なれたら、どんなに力《ちから》を落《お》とすでしょう。ラプンツェルは、王子《おうじ》の愛情《あいじょう》に報《むく》いなければいけません。生《い》きていたい、なんとかして生《い》きたい。自分《じぶん》が、どんなにつらい目《め》に遭《あ》っても、子供《こども》のために生《い》きたい。その子《こ》を愛《あい》して、まるまると丈夫《じょうぶ》に育《そだ》てたいとひとすじに願《ねが》うことこそ、まさしく、あきらめを知《し》った人間《にんげん》の謙虚《けんきょ》な態度《たいど》ではないでしょうか。自分《じぶん》はみにくいから、人《ひと》に愛《あい》されることはできないが、せめて人《ひと》を、かげながら、こっそり愛《あい》していこう、誰《だれ》に知《し》られずともよい、愛《あい》することほど大《おお》いなるよろこびはないのだと、素直《すなお》にあきらめている女性《じょせい》こそ、まことに神《かみ》の寵児《ちょうじ》です。その人《ひと》は、よし誰《だれ》にも愛《あい》されずとも、神《かみ》さまの大《おお》きい愛《あい》に包《つつ》まれているはずです。幸福《こうふく》なるかな、なんて、筆者《ひっしゃ》は、おそろしく神妙《しんみょう》なことを弁《べん》じたてましたけれども、筆者《ひっしゃ》の本心《ほんしん》は、かならずしも以上《いじょう》の陳述《ちんじゅつ》のとおりでもないのであります。筆者《ひっしゃ》は、やはり人間《にんげん》は、美《うつく》しくて、みなに夢中《むちゅう》で愛《あい》されたら、それに越《こ》したことはないとも思《おも》っているのでございますが、でも、以上《いじょう》のように神妙《しんみょう》に言《い》いたてなければ、あるいは初枝女史《はつえじょし》のご不興《ふきょう》をこうむるやも計《はか》りがたいので、おっかな、びっくり、心《こころ》にもない悠遠《ゆうえん》なことどものみを申《もう》し述《の》べました。そもそも初《はつ》枝女史《えじょし》は、じつに筆者《ひっしゃ》の実姉《じっし》にあたり、かつまた、筆者《ひっしゃ》のフランス語《ご》の教師《きょうし》なのでありますから、筆者《ひっしゃ》は、つねにそのご識見《しきけん》にそむかざるよう、鞠躬如《きっきゅうじょ》として（かしこまって）、もっぱらお追従《ついしょう》にこれ努《つと》めなければなりませぬ。長幼《ちょうよう》、序《じょ》ありとは言《い》いながら、幼者《ようしゃ》たるもの、また、つらいかな。さて、ラプンツェルは、以上述《いじょうの》べてまいりましたように、あきらめを知《し》らぬ無知《むち》な女性《じょせい》でありますから、自分《じぶん》が、もはや、人《ひと》から愛撫《あいぶ》される資格《しかく》を失《うしな》ったと思《おも》うより早《はや》く、いっそ死《し》にたいと願《ねが》っています。生《い》きることは、王子《おうじ》に愛撫《あいぶ》される一事《いちじ》だと思《おも》いこんでいるようすなので手《て》がつけられません。

けれども王子《おうじ》は、いまや懸命《けんめい》であります。人《ひと》は苦《くる》しくなると、神《かみ》においのりするものでありますが、もっと、ぎゅうぎゅう苦《くる》しくなると、悪魔《あくま》にさえ狂乱《きょうらん》の姿《すがた》で取《と》り縋《すが》りたくなるものです。王子《おうじ》は、いま、せっぱ詰《つ》まって、魔法使《まほうつか》いの汚《きたな》い老婆《ろうば》に、手《て》を合《あ》わせんばかりにしてたのみこんでいるのであります。「生《い》かしてやってくれ！」と脂汗《あぶらあせ》を流《なが》してさけびました。悪魔《あくま》にひざを屈《くっ》してたのみこんでしまったのであります。しんから愛《あい》している人《ひと》の命《いのち》を取《と》りとめるためには、自分《じぶん》のプライドもなにも、全部《ぜんぶ》捨《す》て売《う》りにしても悔《く》いない王子《おうじ》さま。けなげでもあり、また純真可憐《じゅんしんかれん》な王子《おうじ》さま。老婆《ろうば》は、にやりと笑《わら》いました。

「よろしい。ラプンツェルを、末長《すえなが》く生《い》かしておいてあげましょう。わしのような顔《かお》になっても、おまえさまは、やっぱりラプンツェルをいままでどおりにかわいがってあげるのだね？」

王子《おうじ》は、額《ひたい》の脂汗《あぶらあせ》を手《て》のひらで乱暴《らんぼう》にぬぐって、

「顔《かお》。わたしには、いまそんなことを考《かんが》えている余裕《よゆう》がない。丈夫《じょうぶ》なラプンツェルを、いま一度見《いちどみ》たいだけだ。ラプンツェルは、まだ若《わか》いのだ。若《わか》くて丈夫《じょうぶ》でさえあったら、どんな顔《かお》でもみにくいはずはない。さあ、早《はや》くラプンツェルを、もとのように丈夫《じょうぶ》にしてやっておくれ。」と、堂々《どうどう》と言《い》ってのけたが、目《め》には涙《なみだ》が光《ひか》っていました。美《うつく》しいままで死《し》なせるのが、ほんとうの深《ふか》い愛情《あいじょう》なのかもしれぬ、けれども、ああ、死《し》なせたくはない、ラプンツェルのいない世界《せかい》は真《ま》っ暗闇《くらやみ》だ、呪《のろ》われた宿命《しゅくめい》を背負《せお》っている女《おんな》の子《こ》ほどかわいいものはないのだ、生《い》かしておきたい、生《い》かして、いつまでも自分《じぶん》のそばにいさせたい、ど

んなにみにくい顔《かお》になってもかまわぬ、わたしはラプンツェルを好《す》きなのだ、不思議《ふしぎ》な花《はな》、森《もり》の精《せい》、嵐気《らんき》から生《う》まれた女体《にょたい》、いつまでも消《き》えずにいてくれ、と哀愁《あいしゅう》やら愛撫《あいぶ》やら、堪《こら》えられぬばかりに苦《くる》しくて、目前《もくぜん》の老婆《ろうば》さえいなかったら、ラプンツェルの痩《や》せた胸《むね》にしがみつき声《こえ》を惜《お》しまずに泣《な》いてみたい気持《きも》ちでした。

老婆《ろうば》は、王子《おうじ》の苦《くる》しみの表情《ひょうじょう》を、美《うつく》しいものでも見《み》るように、うっとり目《め》を細《ほそ》めて、気《き》持《も》ちよさそうに眺《なが》めていました。やがて、「よいお子《こ》じゃ。」としわがれた声《こえ》でつぶやきました。「なかなか正直《しょうじき》なよいお子《こ》じゃ。ラプンツェル、おまえは幸《しあわ》せな女《おんな》だね。」

「いいえ、あたしは不幸《ふこう》な女《おんな》です。」と病床《びょうしょう》のラプンツェルは、老婆《ろうば》のつぶやきの言葉《ことば》を聞《き》きとって応《こた》えました。「あたしは魔法使《まほうつか》いの娘《むすめ》です。王子《おうじ》さまにかわいがられると、それだけいっそう強《つよ》く、あたしは自分《じぶん》のいやしい生《う》まれを思《おも》い知《し》らされ、はずかしく、つらくって、いつも、ふるさとがなつかしく森《もり》の、あの塔《とう》で、星《ほし》や小鳥《ことり》と話《はな》していたときのほうが、いっそ気楽《きらく》だったように思《おも》われるのです。あたしは、このお城《しろ》から逃《に》げだして、あの森《もり》の、お婆《ばあ》さんのところへ帰《かえ》ってしまおうと、これまでいくど考《かんが》えたかわかりません。けれども、あたしは王子《おうじ》さまとはなれるのが、つらかった。あたしは、王子《おうじ》さまを好《す》きなのです。命《いのち》を十でも差《さ》し上《あ》げたい。王子《おうじ》さまは、とても優《やさ》しいよいおかたです。あたしは、どうしても王子《おうじ》さまとおわかれすることができず、きょうまでぐずぐず、このお城《しろ》にとどまっていたのです。あたしは、幸《しあわ》せではなかった。毎日毎日《まいにちまいにち》が、あたしにとって地獄《じごく》でした。お婆《ばあ》さん。女《おんな》は、しんから好《す》きなおかたと連《つ》れ添《そ》うものじゃないわ。ちっとも、幸《しあわ》せではありません。ああ、死《し》なせてください。あたしは王子《おうじ》さまと生《い》きておわかれすることは、とてもできそうもありませんから、死《し》んでおわかれするのです。あたしがいま死《し》ぬと、あたしも王子《おうじ》さまも、みんな幸福《こうふく》になれるのです。」

「それは、おまえのわがままだよ。」と老婆《ろうば》は、にやにや笑《わら》って言《い》いました。その口調《くちょう》には情《じょう》の深《ふか》い母《はは》のひびきがこもっていました。「王子《おうじ》さまは、おまえがどんなにみにくい顔《かお》になっても、おまえをかわいがってあげると約束《やくそく》したのだ。たいへんな熱《ねつ》のあげかたさ。えらいものさ。こんなあんばいじゃ、王子《おうじ》さまは、おまえに死《し》なれたら後《あと》を追《お》って死《し》ぬかもしれんよ。まあ、とにかく、王子《おうじ》さまのためにも、もう一度《いちど》、丈夫《じょうぶ》になってみるがよい。それからのことは、またそのときのことさ。ラプンツェル、おまえは、もう赤《あか》ちゃんを産《う》んだのだよ。お母《かあ》ちゃんになったのだよ。」

ラプンツェルは、かすかなため息《いき》をもらして、静《しず》かに目《め》をつぶりました。王子《おうじ》は激情《げきじょう》の果《は》て、いまはもう、すべての表情《ひょうじょう》を失《うしな》い、化石《かせき》のように、ぼんやり立《た》ったままでした。

眼前《がんぜん》に、魔法《まほう》の祭壇《さいだん》が築《きず》かれます。老婆《ろうば》は風《かぜ》のようすばやく病室《びょうしつ》から出《で》たかと思《おも》うと、なにかをひっさげてまたあらわれ、あらわれるかと思《おも》うと消《き》えて、さまざまの品《しな》が病室《びょうしつ》に持《も》ちこまれるのでした。祭壇《さいだん》は、四本《ほん》のけものの脚《あし》によって支《ささ》えられ、真紅《しんく》の布《ぬの》でおおわれているのですが、その布《ぬの》は、五百種類《しゅるい》の、蛇《へび》の舌《した》をなめして作《つく》ったもので、その真紅《しんく》の色《いろ》も、舌《した》からにじみでた血《ち》の色《いろ》でした。祭壇《さいだん》の上《うえ》には、黒牛《くろうし》の皮《かわ》で作《つく》られたおそろしく大《おお》きな釜《かま》が置《お》かれて、その釜《かま》の中《なか》には熱湯《ねっとう》が、火《ひ》の気《け》もないのに、沸々《ふつふつ》と煮《に》えたぎって吹《ふ》きこぼれるばかりの勢《いきお》いでありました。老婆《ろうば》は髪《かみ》を振《ふ》り乱《みだ》しその大釜《おおがま》の周囲《しゅうい》をなにやら呪文《じゅもん》をとなえながら駆《か》けめぐり駆《か》けめぐり、駆《か》けめぐりながら、数々《かずかず》の薬草《やくそう》、あるいは世《よ》にめずらしい品々《しなじな》をその大釜《おおがま》の熱湯《ねっとう》の中《なか》に投《な》げこむのでした。たとえば、太古《たいこ》より消《き》えることのなかった高峰《こうほう》の根雪《ねゆき》、きらと光《ひか》って消《き》えかけた一瞬《いっしゅん》まえの笹《ささ》の葉《は》の霜《しも》、一万年《まんねん》生きた亀《かめ》の甲《こう》、月光《げっこう》の中《なか》で一粒《ひとつぶ》ずつ拾《ひろ》い集《あつ》めた砂金《さきん》、竜《りゅう》の鱗《うろこ》、生《う》まれて一度《いちど》も日光《にっこう》にあたったことのないどぶ鼠《ねずみ》の目玉《めだま》、ほととぎすの吐《は》きだした水銀《すいぎん》、蛍《ほたる》の尻《しり》の真珠《しんじゅ》、おうむの青《あお》い舌《した》、永《えい》遠《えん》に散《ち》らぬけしの花《はな》、ふくろうの耳朶《みみたぶ》、てんとう虫《むし》の爪《つめ》、きりぎりすの奥歯《おくば》、海底《かいてい》に咲《さ》いた梅《うめ》の花《はな》一輪《りん》、そのほか、とてもこの世《よ》で入手《にゅうしゅ》できがたいような貴重《きちょう》な品々《しなじな》を、次《つぎ》から次《つぎ》と投《な》げこんで、およそ三百回《かい》ほど釜《かま》の周囲《しゅうい》を駆《か》けめぐり、釜《かま》から立《た》ちのぼる湯気《ゆげ》が虹《にじ》のように七色《なないろ》の色彩《しきさい》を呈《てい》してきたとき、老婆《ろうば》は、ぴたりと足《あし》をとどめ、「ラプンツェル！」と人《ひと》が変《か》わったような威厳《いげん》のある口調《くちょう》で病床《びょうしょう》のラプンツェルに呼《よ》びかけました。「母《はは》が一生《いっしょう》に一度《いちど》の、難儀《なんぎ》の魔法《まほう》を行《おこな》います。おまえも、しばらく辛抱《しんぼう》して！」と言《い》うより早《はや》くラプンツェルに躍《おど》りかかり、細長《ほそなが》いナイフで、ぐさとラプンツェルの胸《むね》を突《つ》き刺《さ》し、王子《おうじ》が、「あ！」とさけぶ間《ま》もなく、痩《や》せ衰《おとろ》えて紙《かみ》ほど軽《かる》いラプンツェルのからだを両手《りょうて》で抱《だ》きとって目《め》より高《たか》く差《さ》しあげ、どぶんと大釜《おおがま》の中《なか》に投《な》げこみました。一声《ひとこえ》かすかに、かもめの鳴《な》き声《ごえ》に似《に》た声《こえ》が、釜《かま》の中《なか》から聞《き》こえたきりで、あとはまた、お湯《ゆ》の煮《に》えたぎる音《おと》と、老婆《ろうば》の低《ひく》い呪文《じゅもん》の声《こえ》ばかりでありました。

あまりのことに、王子《おうじ》は声《こえ》もすぐには出《で》ませんでした。ほとんどつぶやくような低《ひく》い声《こえ》でようやく、

「なにをするのだ！　殺《ころ》せとは、たのまなかった。釜《かま》で煮《に》よとは、言《い》いつけなかった。か

えしてくれ。わたしのラプンツェルをかえしてくれ。おまえは、悪魔《あくま》だ！」とだけは言《い》ってみたものの、それ以上《いじょう》、老婆《ろうば》に食《く》ってかかる気力《きりょく》もなく、ラプンツェルの空《から》のベッドにからだを投《な》げて、わあ！　と大声《おおごえ》で、子供《こども》のように泣《な》きだしました。

老婆《ろうば》は、それにおかまいなく、血走《ちばし》った目《め》で釜《かま》を見《み》つめ、額《ひたい》からほおから首《くび》から、だらだら汗《あせ》を流《なが》して一心《いっしん》に呪文《じゅもん》をとなえているのでした。ふっと呪文《じゅもん》が、とぎれた、と同時《どうじ》に釜《かま》の中《なか》の沸騰《ふっとう》の音《おと》も、ぴたりとやみましたので、王子《おうじ》は涙《なみだ》を流《なが》しながら少《すこ》し頭《あたま》をあげて、不審《ふしん》そうに祭壇《さいだん》を見《み》たとき、ああ、「ラプンツェル、出《で》ておいで。」と言《い》う老婆《ろうば》の勝《か》ち誇《ほこ》ったようなすんだ呼《よ》び声《ごえ》に応《こた》えて、やがてあらわれた、ラプンツェルの顔《かお》。

その六

――美人《びじん》であった。その顔《かお》は、輝《かがや》くばかりに美《うつく》しかった。――と長兄《ちょうけい》は、大《おお》いに興奮《こうふん》して書《か》きつづけた。長兄《ちょうけい》の万年筆《まんねんひつ》は、じつに太《ふと》い。ソーセージくらいの大《おお》きさである。その堂々《どうどう》たる万年筆《まんねんひつ》を、しかと右手《みぎて》に握《にぎ》って胸《むね》を張《は》り、きゅっと口《くち》を引《ひ》きしめ、まことに立派《りっぱ》な態度《たいど》で一字一字《いちじいちじ》、はっきり大《おお》きく書《か》いてはいるが、惜《お》しいことには、この長兄《ちょうけい》には、弟《てい》妹《まい》ほどの物語《ものがたり》の才能《さいのう》がないようである。弟妹《ていまい》たちは、それゆえこの長兄《ちょうけい》を少《すこ》しく、なめているようなふうがあるけれども、それは弟妹《ていまい》たちの不遜《ふそん》な悪徳《あくとく》であって、長兄《ちょうけい》には長兄《ちょうけい》としての無類《むるい》のよさもあるのである。うそを、つかない。正直《しょうじき》である。そうしていわゆる人《にん》情《じょう》には、もろい。いまも、ラプンツェルが、釜《かま》から出《で》てきて、そうして魔法使《まほうつか》いの婆《ばあ》さんの顔《かお》のようにみにくくおそろしい顔《かお》をしていたなどとは、どうしても書《か》けないのである。それでは、あまりにラプンツェルがかわいそうだ。王子《おうじ》に気《き》の毒《どく》だ、と義憤《ぎふん》をさえ感《かん》じて、美人《びじん》であった、その顔《かお》は輝《かがや》くばかりに美《うつく》しかった、と勢《いきお》いこんで書《か》いたのであるが、さて、そのあとが続《つづ》かない。どうも長兄《ちょうけい》は、まじめすぎて、それゆえ空想力《くうそうりょく》もはなはだ貧《ひん》弱《じゃく》のようである。物語《ものがたり》の才能《さいのう》というものは、でたらめの狡猾《こうかつ》な人間《にんげん》ほど豊富《ほうふ》に持《も》っているようだ。長兄《ちょうけい》は、いわば立派《りっぱ》な人格者《じんかくしゃ》なのであって、胸《むね》には高潔《こうけつ》の理想《りそう》の火《ひ》が燃《も》えて、愛《あい》情《じょう》も深《ふか》く、そこになんの駆《か》け引《ひ》きも打算《ださん》もないのであるから、どうも物語《ものがたり》を虚構《きょこう》することにおいては不得手《ふえて》なのである。遠慮《えんりょ》なく申《もう》せば、物語《ものがたり》は、下手《へた》くそである。なにを書《か》いても、すぐ論文《ろんぶん》のようになってしまう。いまも、やはり、どうも、演説口調《えんぜつくちょう》のようである。

ただ、まじめ一方《いっぽう》である。その顔《かお》は輝《かがや》くばかりに美《うつく》しかった、と書《か》いて、おごそかに目《め》をつぶりしばらく考《かんが》えてから、こんどは、ゆっくり次《つぎ》のように書《か》きつづけた。物語《ものがたり》にも、なんにもなっていないが、長兄《ちょうけい》の誠実《せいじつ》と愛情《あいじょう》だけは、さすがに行間《ぎょうかん》ににじみでている。

――その顔《かお》は、ラプンツェルの顔《かお》ではなかった。いや、やっぱりラプンツェルの顔《かお》である。しかしながら、病気以前《びょうきいぜん》のラプンツェルの、うぶ毛《げ》の多《おお》い、野《の》バラのような可憐《かれん》な顔《かお》ではなく、(女性《じょせい》の顔《かお》を、とやかく批評《ひひょう》するのは失礼《しつれい》なことであるが。)いま生《い》きかえって、かすかに笑《わら》っている顔《かお》は、これは草花《くさばな》にたとえるならば、(万物《ばんぶつ》の霊長《れいちょう》たる人間《にんげん》の面貌《ぼう》を、植物《しょくぶつ》にたとえるのは無謀《むぼう》のことであるが。)まず桔梗《ききょう》であろうか。月見草《つきみそう》であろうか。とにかく秋《あき》の草花《くさばな》である。魔法《まほう》の祭壇《さいだん》から降《お》りて、さびしく笑《わら》った。品位《ひんい》。以前《いぜん》にはなかった、しとやかな品位《ひんい》が、その身《み》にそなわってきているのだ。王子《おうじ》は、その気高《けだか》い女王《じょおう》さまに思《おも》わず軽《かる》くお辞儀《じぎ》をした。

「不思議《ふしぎ》なこともあるものだ。」と魔法使《まほうつか》いの老婆《ろうば》は、首《くび》をかしげてつぶやいた。「こんなはずではなかった。がまのような顔《かお》の娘《むすめ》が、釜《かま》の中《なか》から這《は》って出《で》てくるものとばかり思《おも》っていたが、どうもこれは、わしの魔法《まほう》の力《ちから》より、もっと強《つよ》い力《ちから》のものが、じゃまをしたのにちがいない。わしは負《ま》けた。もう、魔法《まほう》も、いやになりました。森《もり》へ帰《かえ》って、あたりまえの、つまらぬ婆《ばばあ》として余生《よせい》を送《おく》ろう。世《よ》の中《なか》には、わしにわからぬこともあるわい。」そう言《い》って、魔法《まほう》の祭壇《さいだん》をどんとけとばし、暖炉《だんろ》にくべて燃《も》やしてしまった。祭壇《さいだん》の諸道《しょどう》具《ぐ》は、それから七日七晩《なのかななばん》、青《あお》い火《ひ》をあげて燃《も》えつづけていたという。老婆《ろうば》は、森《もり》へ帰《かえ》り、ふつうの、おとなしい婆《ばあ》さんとして静《しず》かに余生《よせい》を送《おく》ったのである。

　これを要《よう》するに、王子《おうじ》の愛《あい》の力《ちから》が、老婆《ろうば》の魔法《まほう》の力《ちから》に打《う》ち勝《か》ったということになるのであるが、小生《しょうせい》の観察《かんさつ》によれば、ふたりの真《しん》の結婚生活《けっこんせいかつ》は、いよいよこれから、はじまるもののようである。王子《おうじ》の、きょうまでの愛情《あいじょう》は、極言《きょくげん》すれば、愛撫《あいぶ》という言葉《ことば》と置《お》きかえてもいいくらいのものであった。青春《せいしゅん》のころは、それもまた、やむをえまい。しかしながら、かならずそれは行《ゆ》き詰《づ》まる。かならず危機《きき》が到来《とうらい》する。王子《おうじ》と、ラプンツェルの場合《ばあい》も、たしかに、その懐妊《かいにん》、出産《しゅっさん》を要因《よういん》として、ふたりのあいだの愛情《あいじょう》が齟齬《そご》を来《きた》した。たしかに、それは神《かみ》の試《こころ》みであったのである。けれども王子《おうじ》の、無邪気《むじゃき》な懸命《けんめい》の祈《いの》りは、神《かみ》のあわれみたもうところとなり、ラプンツェルは、肉感《にくかん》を洗《あら》い去《さ》った気高《けだか》い精神《せいしん》の女性《じょせい》として蘇生《そせい》した。王子《おうじ》は、それに対《たい》して、思《おも》わずお辞儀《じぎ》をしたくらいである。ここだ。ここに、新《あたら》しい第《だい》二の結婚生活《けっこんせいかつ》がはじまる。曰《いわ》く、相互《そうご》の尊敬《そんけい》である。相互《そうご》の尊敬《そんけい》なくして、真《しん》の結婚《けっこん》は成立《せいりつ》しない。ラプンツェルは、いまは、野蛮《やばん》の娘《むすめ》ではない。人《ひと》の玩弄物《がんろうぶつ》ではないのである。深《ふか》いかなしみと、あきらめと、思《おも》いやりのこもった微笑《びしょう》を口元《くちもと》に浮《う》かべて、生《う》まれながらの女王《じょおう》のように落《お》ちついている。王子《おうじ》は、ラプンツェルと、そっと微笑《びしょう》を交《か》わしただけで、心《こころ》も、なごやかになって楽《たの》しいのである。夫《おっと》と妻《つま》は、その生涯《しょうがい》において、いくども結婚《けっこん》をしなおさなければならぬ。おたがいが、相手《あいて》の真価《しんか》を発見《はっけん》していくためにも、つぎつぎの危機《きき》に打《う》ち勝《か》って、別離《べつり》せずに結婚《けっこん》をしなおし、進《すす》まなければならぬ。王《おう》子《じ》と、ラプンツェルも、この五年後《ねんご》あるいは十年後《ねんご》に、またもや結婚《けっこん》をしなおすことがあるかもしれぬが、たがいのひとすじの信頼《しんらい》と尊敬《そんけい》を、もはや失《うしな》うこともあるまいから、まずまず万々歳《ばんばんざい》であろうと小生《しょうせい》には思《おも》われるのである。

長兄《ちょうけい》は、あまり真剣《しんけん》に力《ちから》を入《い》れすぎて書《か》いたので、自分《じぶん》でもなにを言《い》っているのやら、わけがわからなくなって狼狽《ろうばい》した。物語《ものがたり》にもなにも、なっていない。ぶちこわしになったような気《き》もする。長兄《ちょうけい》は、太《ふと》い万年筆《まんねんひつ》を握《にぎ》ったまま、じつにむずかしい顔《かお》をした。思《おも》い余《あま》って立《た》ちあがり、本棚《ほんだな》の本《ほん》を、あれこれと取《と》りだし、のぞいてみた。いいものを見《み》つけた。パウロの書簡集《しょかんしゅう》。テモテ前書《ぜんしょ》の第《だい》二章《しょう》。このラプンツェル物語《ものがたり》の結《むす》びの言葉《ことば》として、おあつらいむきであると長兄《ちょうけい》は、ひそかにうなずき、大《おお》いにもったいぶって書き写《うつ》した。

——このゆえに、われは望《のぞ》む。男《おとこ》は怒《いか》らず争《あらそ》わず、いずれのところにても潔《きよ》き手《て》をあげて祈《いの》らんことを。また女《おんな》は、羞恥《しゅうち》を知《し》り、慎《つつし》みてよろしきに合《かな》う衣《ころも》もておのれを飾《かざ》り、編《あ》みたる頭髪《かみのけ》と金《きん》と真珠《しんじゅ》と価《あたい》たかき衣《ころも》もては飾《かざ》らず、善《よ》き業《わざ》をもて飾《かざ》りとせんことを。これ神《かみ》を敬《うやま》わんと公言《こうげん》する女《おんな》にかなえることなり。女《おんな》はすべてのこと従順《じゅうじゅん》にして静《しず》かに道《みち》を学《まな》ぶべし。われ、女《おんな》の、教《おし》うることと、男《おとこ》の上《うえ》に権《けん》を執《と》ることをゆるさず、ただ静《しず》かにすべし。それアダムはまえに造《つく》られ、エバは後《あと》に造《つく》られたり。アダムは惑《まど》わされず、女《おんな》は惑《まど》わされて罪《つみ》に陥《おちい》りたるなり。されど女《おんな》もし慎《つつし》みて信仰《しんこう》と愛《あい》と潔《きよ》きとにおらば、子《こ》を産《う》むことによりて救《すく》わるべし。——

まずこれでよし、と長兄《ちょうけい》は、思《おも》わず莞爾《かんじ》と笑《わら》った。弟妹《ていまい》たちへの、よき戒《いまし》めにもなるであろう。このパウロの句《く》でもなかったことには、僕《ぼく》の論旨《ろんし》は、しどろもどろであまったるく、はなはだ月並《つきな》みで、弟妹《ていまい》たちの嘲笑《ちょうしょう》の種《たね》にせられたかもわからない。危《あや》ういところであった。パウロに感謝《かんしゃ》だ、と長兄《ちょうけい》は九死《きゅうし》に一生《いっしょう》を得《え》た思《おも》いのようであった。長兄《ちょうけい》は、いつも弟妹《ていまい》たちへの教訓《きょうくん》ということを忘《わす》れない。それゆえ、まじめになってしまって、物語《ものがたり》も軽《かる》くはずまず、かならずお説教《せっきょう》の口調《くちょう》になってしまう。長兄《ちょうけい》には、やはり長兄《ちょうけい》としての苦《くる》しさがあるものだ。いつも、まじめでいなければならぬ。弟妹《ていまい》たちと、ふざけあうことは、長兄《ちょうけい》としての責任感《せきにんかん》がゆるさないのである。

さて、これで物語《ものがたり》は、どうやら五日《いつか》めに、長兄《ちょうけい》の道徳講義《どうとくこうぎ》というなんだか蛇足《だそく》に近《ちか》いものによっていちおうは完結《かんけつ》したようすである。きょうは、正月《しょうがつ》の五日《いつか》である。次男《じなん》の風邪《かぜ》も、なおっていた。昼少《ひるすこ》しすぎに、長兄《ちょうけい》は書斎《しょさい》から意気揚々《いきようよう》と出《で》てきて、

「さあ、完成《かんせい》したぞ。完成《かんせい》したぞ。」と弟妹《ていまい》たちに報告《ほうこく》して歩《ある》いて、みなを客間《きゃくま》に集合《しゅうごう》させた。祖父《そふ》も、にやにや笑《わら》いながら、やってきた。やがて祖母《そぼ》も、末弟《まってい》に無理《むり》やり、引《ひ》っぱられてやってきた。母《はは》と、さとは客間《きゃくま》に火鉢《ひばち》を用意《ようい》するやら、お茶《ちゃ》、お菓子《かし》、昼食《ちゅうしょく》がわりのサンドイッチ、祖父《そふ》のウイスキーなど運《はこ》ぶのにいそがしい。まず末弟《まってい》から、読《よ》みはじめた。祖母《そぼ》は、ひざを進《すす》め、文章《ぶんしょう》の切《き》れめ切《き》れめに、なるほどなるほどという賛成《さんせい》の言葉《ことば》をさしはさむので、末弟《まってい》は読《よ》みながらはずかしかった。祖父《そふ》は、どさくさまぎれに、ウイスキーの瓶《びん》を自分《じぶん》のそばに引《ひ》き寄《よ》せて、栓《せん》を抜《ぬ》き、勝手《かって》にひとりで飲《の》みはじめている。長《ちょう》

兄《けい》が小声《こごえ》で、おじいさん、量《りょう》がすぎやしませんかと注意《ちゅうい》を与《あた》えたら、祖父《そふ》は、もっと小《ちい》さい声《こえ》で、ロオマンスは酔《よ》うて聞《き》くのが通《つう》なものじゃ、と答《こた》えた。末弟《まってい》、長女《ちょうじょ》、次男《じなん》、次女《じじょ》、おのおの工夫《くふう》に富《と》んだ朗読法《ろうどくほう》でもって読《よ》み終《お》わり、最後《さいご》に長兄《ちょうけい》は、憂国《ゆうこく》の熱弁《ねつべん》のような悲痛《ひつう》な口調《くちょう》で読《よ》み上《あ》げた。次男《じなん》は、ふきだしたいのをこらえていたが、ついにこらえかねて、廊下《ろうか》へ逃《に》げだした。次女《じじょ》は、長男《ちょうなん》の文才《ぶんさい》を軽蔑《けいべつ》し果《は》てたというような、おどけた表情《ひょうじょう》をして、わざと拍手《はくしゅ》をしたりした。なまいきなやつである。

全部《ぜんぶ》、読《よ》み終《お》わったころには、祖父《そふ》はすでに程度《ていど》を越《こ》えて酔《よ》っていた。うまい、みなうまい、なかでもルミ（次女《じじょ》の名《な》）がうまかった、とやはり次女《じじょ》をひいきした。けれども、と酔眼《すいがん》を見《み》ひらき意外《いがい》の抗議《こうぎ》を提出《ていしゅつ》した。

「王子《おうじ》とラプンツェルのことばかり書《か》いて、王《おう》さまと、王妃《おうひ》さまのことには、誰《だれ》もちっともふれなかったのは残念《ざんねん》じゃ。初枝《はつえ》が、ちょっと書《か》いていたようだが、あれだけでは足《た》りん。そもそも、王子《おうじ》がラプンツェルと結婚《けっこん》できたのも、またそれから末長《すえなが》く幸福《こうふく》に暮《く》らせたのも、みなこれひとえに、王《おう》さまと王妃《おうひ》さまのご慈愛《じあい》のたまものじゃ。王《おう》さまと王妃《おうひ》さまに、もしご理解《りかい》がなかったら、王子《おうじ》とラプンツェルとが、どんなに深《ふか》く愛《あい》しあっていたとしてもめちゃくちゃじゃ。だからして、王《おう》さまと王妃《おうひ》さまの深《ふか》きご寛容《かんよう》を無視《むし》しては、この物語《ものがたり》は成立《せいりつ》せぬ。おまえたちは、まだ若《わか》い。そういうかげのご理解《りかい》に気《き》がつかず、ただもう王子《おうじ》さまやラプンツェルの恋慕《れんぼ》のことばかり問題《もんだい》にしている。まだ、いたらんようじゃ。わしは、ヴィクトル・ユーゴーの作品《さくひん》を、せがれにすすめられて愛読《あいどく》したものだが、あれはさすがに隅々《すみずみ》まで目《め》がとどいている。かの、ヴィクトル・ユーゴーは、――。」といちだんと声《こえ》を張《は》りあげたとき、祖母《そぼ》にしかられた。子供《こども》たちが、せっかく楽《たの》しんでいるのに、あなたはなにを言《い》うのですか、としかられ、おまけにウイスキーの瓶《びん》とグラスを取《と》り上《あ》げられた。祖父《そふ》の批評《ひひょう》は、わりあい正確《せいかく》なところもあったようだが、口調《くちょう》がはなはだ、だらしなかったので、誰《だれ》にも支持《しじ》されず黙殺《もくさつ》されてしまった。祖父《そふ》は急《きゅう》にしょげた。そのようすを見《み》かねて母《はは》は、祖父《そふ》に、れいの勲章《くんしょう》を、そっと手渡《てわた》した。去年《きょねん》の大晦日《おおみそか》に、母《はは》は祖父《そふ》の秘密《ひみつ》のわずかな借銭《しゃくせん》を、こっそり支払《しはら》ってあげた功労《こうろう》によって、その銀貨《ぎんか》の勲章《くんしょう》を授与《じゅよ》されていたのである。

「いちばん出来《でき》のよかった人《ひと》に、おじいさんが勲章《くんしょう》を授与《じゅよ》なさるそうですよ。」と母《はは》は、子供《こども》たちに笑《わら》いながら教《おし》えた。母《はは》は、祖父《そふ》にそんなことで元気《げんき》を快復《かいふく》させてあげたかった

のである。けれども祖父《そふ》は、へんにまじめな顔《かお》になってしまって、

「いや、これは、やっぱり、みよ（母《はは》の名《な》）にあげよう。永久《えいきゅう》に、あげましょう。孫《まご》たちを、よろしくたのみますよ。」と言《い》った。

子供《こども》たちは、なんだか感動《かんどう》した。じつに立派《りっぱ》な勲章《くんしょう》のように思《おも》われた。

黄《おう》金《ごん》風《ふう》景《けい》

病《やまい》をわずらい千《ち》葉《ば》の海《うみ》近《ちか》くで
一《ひと》夏《なつ》を過《す》ごす小《しょう》説《せつ》家《か》のもとに、子《こ》供《ども》の頃《ころ》に
いじめていた女《じょ》中《ちゅう》のお慶《けい》があらわれた。
幸《しあわ》せそうなお慶《けい》の家《か》族《ぞく》の姿《すがた》に、
小《しょう》説《せつ》家《か》は涙《なみだ》を流《なが》すのだった。

海《うみ》の岸辺《きしべ》に緑《みどり》なす樫《かし》の木《き》、その樫《かし》の木《き》に黄金《おうごん》の細《ほそ》き鎖《くさり》の結《むす》ばれて――プーシキン――

わたしは子供《こども》のときには、あまり質《たち》のいいほうではなかった。女中《じょちゅう》をいじめた。わたしは、のろくさいことはきらいで、それゆえ、のろくさい女中《じょちゅう》をことにもいじめた。お慶《けい》は、のろくさい女中《じょちゅう》である。林檎《りんご》の皮《かわ》をむかせても、むきながらなにを考《かんが》えているのか、二度《ど》も三度《ど》も手《て》をやすめて、おい、とそのたびごとにきびしく声《こえ》をかけてやらないと、片《かた》手《て》に林檎《りんご》、片手《かたて》にナイフを持《も》ったまま、いつまでも、ぼんやりしているのだ。足《た》りないのではないか、と思《おも》われた。台所《だいどころ》で、なにもせずに、ただのっそりつっ立《た》っている姿《すがた》を、わたしはよく見《み》かけたものであるが、子供心《こどもごころ》にも、うすみっともなく、妙《みょう》に疳《かん》にさわって、おい、お慶《けい》、日《ひ》は短《みじか》いのだぞ、などと大人《おとな》びた、いま思《おも》っても背筋《せすじ》の寒《さむ》くなるような非道《ひどう》の言葉《ことば》を投《な》げつけて、それで足《た》りずに一度《ど》はお慶《けい》をよびつけ、わたしの絵本《えほん》の観兵式《かんぺいしき》の何《なん》百人《びゃくにん》となくうようよしている兵隊《へいたい》、馬《うま》に乗《の》っている者《もの》もあり、旗持《はたも》っている者《もの》もあり、銃《じゅう》担《にな》っている者《もの》もあり、そのひとりひとりの兵隊《へいたい》の形《かたち》をはさみでもって切《き》りぬかせ、不器用《ぶきよう》なお慶《けい》は、朝《あさ》から昼飯《ひるめし》も食《く》わず日暮《ひぐ》れごろまでかかって、やっと三十人《にん》くらい、それも大《たい》将《しょう》の鬚《ひげ》を片方《かたほう》切《き》り落《お》としたり、銃持《じゅうも》つ兵隊《へいたい》の手《て》を、熊《くま》の手《て》みたいにおそろしく大《おお》きく切《き》りぬいたり、そうしていちいちわたしにどなられ、夏《なつ》のころであった、お慶《けい》は汗《あせ》かきなので、切《き》りぬかれた兵隊《へいたい》たちはみんな、お慶《けい》の手《て》の汗《あせ》で、びしょびしょ濡《ぬ》れて、わたしはついに癇癪《かんしゃく》を起《お》こし、お慶《けい》をけった。たしかに肩《かた》をけったはずなのに、お慶《けい》は右《みぎ》のほおをおさえ、がばと泣《な》き伏《ふ》し、泣《な》き泣《な》き言《い》った。「親《おや》にさえ顔《かお》を踏《ふ》まれたことはない。一生《いっしょう》おぼえております。」うめくような口調《くちょう》で、とぎれ、とぎれそう言《い》ったので、わたしは、さすがにいやな気《き》がした。そのほかにも、わたしはほとんどそれが天命《てんめい》でもあるかのように、お慶《けい》をいびった。いまでも、多少《たしょう》はそうであるが、わたしには無知《むち》な魯鈍《ろどん》（おろかで
にぶいこと）の者《もの》は、とても堪忍《かんにん》できぬのだ。

一昨年《いっさくねん》、わたしは家《いえ》を追《お》われ、一夜《いちや》のうちに窮迫《きゅうはく》し、巷《ちまた》をさまよい、諸所《しょしょ》に泣《な》きつき、その日《ひ》その日《ひ》の命《いのち》つなぎ、やや文筆《ぶんぴつ》でもって、自活《じかつ》できるあてがつきはじめたと思《おも》ったとたん、病《やまい》を得《え》た。人々《ひとびと》の情《なさ》けで一夏《ひとなつ》、千葉県船橋町《ちばけんふなばしまち》、泥《どろ》の海《うみ》のすぐ近《ちか》くに小《ちい》さい家《いえ》を借《か》

り、自炊《じすい》の保養《ほよう》をすることができ、毎夜毎夜《まいよまいよ》、寝巻《ねま》きをしぼるほどの寝汗《ねあせ》とたたかい、それでも仕事《しごと》はしなければならず、毎朝毎朝《まいあさまいあさ》のつめたい一合《ごう》の牛乳《ぎゅうにゅう》だけが、ただそれだけが、奇妙《きみょう》に生《い》きているよろこびとして感《かん》じられ、庭《にわ》のすみのキョウチクトウの花《はな》が咲《さ》いたのを、めらめら火《ひ》が燃《も》えているようにしか感《かん》じられなかったほど、わたしの頭《あたま》もほとほと痛《いた》み疲《つか》れていた。

そのころのこと、戸籍調《こせきしら》べの四十に近《ちか》い、痩《や》せて小柄《こがら》のお巡《まわ》りが玄関《げんかん》で、帳簿《ちょうぼ》のわたしの名前《なまえ》と、それから無精髯《ぶしょうひげ》のばし放題《ほうだい》のわたしの顔《かお》とを、つくづく見比《みくら》べ、おや、あなたは……のお坊《ぼっ》ちゃんじゃございませんか？　そう言《い》うお巡《まわ》りの言葉《ことば》には、強《つよ》い故郷《ふるさと》の訛《なま》りがあったので、

「そうです。」わたしはふてぶてしく答《こた》えた。「あなたは？」

お巡《まわ》りは痩《や》せた顔《かお》に苦《くる》しいばかりにいっぱいの笑《え》みをたたえて、

「やあ。やはりそうでしたか。お忘《わす》れかもしれないけれど、かれこれ二十年近《ねんちか》くまえ、わたしはK《ケー》で馬車屋《ばしゃや》をしていました。」

K《ケー》とは、わたしの生《う》まれた村《むら》の名前《なまえ》である。

「ごらんのとおり、」わたしは、にこりともせずに応《おう》じた。「わたしも、いまは落《お》ちぶれました。」

「とんでもない。」お巡《まわ》りは、なおも楽《たの》しげに笑《わら》いながら、「小説《しょうせつ》をお書《か》きなさるんだったら、それはなかなか出世《しゅっせ》です。」

わたしは苦笑《くしょう》した。

「ところで、」とお巡《まわ》りは少《すこ》し声《こえ》を低《ひく》め、「お慶《けい》がいつもあなたのおうわさをしています。」

「おけい？」すぐにはのみこめなかった。

「お慶《けい》ですよ。お忘《わす》れでしょう。お宅《たく》の女中《じょちゅう》をしていた——。」

思《おも》い出《だ》した。ああ、と思《おも》わずうめいて、わたしは玄関《げんかん》の式台《しきだい》にしゃがんだまま、頭《こうべ》をたれて、その二十年《ねん》まえ、のろくさかったひとりの女中《じょちゅう》に対《たい》してのわたしの悪行《あくぎょう》が、ひとつひとつ、はっきり思《おも》い出《だ》され、ほとんど座《ざ》に耐《た》えかねた。

「幸福《こうふく》ですか？」ふと顔《かお》をあげてそんな突拍子《とっぴょうし》ない質問《しつもん》を発《はっ》するわたしの顔《かお》は、たしかに罪人《ざいにん》、被告《ひこく》、卑屈《ひくつ》な笑《わら》いをさえ浮《う》かべていたと記憶《きおく》する。

「ええ、もう、どうやら。」くったくなく、そうほがらかに答《こた》えて、お巡《まわ》りはハンケチで額《ひたい》の汗《あせ》をぬぐって、「かまいませんでしょうか。こんどあれを連《つ》れて、一度《いちど》ゆっくりお礼《れい》にあがりましょう。」

わたしは飛《と》びあがるほど、ぎょっとした。いいえ、もう、それには、とはげしく拒否《きょひ》して、わたしは言《い》い知《し》れぬ屈辱感《くつじょくかん》に身悶《みもだ》えしていた。

けれども、お巡《まわ》りは、ほがらかだった。

「子供《こども》がねえ、あなた、ここの駅《えき》につとめるようになりましてな、それが長男《ちょうなん》です。それから男《おとこ》、女《おんな》、女《おんな》、その末《すえ》のが八つでことし小学校《しょうがっこう》にあがりました。もう一安心《ひとあんしん》。お慶《けい》も苦労《くろう》いたしました。なんというか、まあ、お宅《たく》のような大家《たいか》にあがって行儀見習《ぎょうぎみなら》いした者《もの》は、やはりどこか、ちがいましてな。」少《すこ》し顔《かお》を赤《あか》くして笑《わら》い、「おかげさまでした。お慶《けい》も、あなたのおうわさ、しじゅうしております。こんどの公休《こうきゅう》には、きっといっしょにお礼《れい》にあがります。」急《きゅう》にまじめな顔《かお》になって、「それじゃ、きょうは失礼《しつれい》いたします。お大事《だいじ》に。」

それから、三日《みっか》たって、わたしが仕事《しごと》のことよりも、金銭《きんせん》のことで思《おも》い悩《なや》み、うちにじっとしておれなくて、竹《たけ》のステッキ持《も》って、海《うみ》へ出《で》ようと、玄関《げんかん》の戸《と》をがらがらあけたら、そとに三人《にん》、浴衣着《ゆかたき》た父《ちち》と母《はは》と、赤《あか》い洋服着《ようふくき》た女《おんな》の子《こ》と、絵《え》のように美《うつく》しく並《なら》んで立《た》っていた。お慶《けい》の家族《かぞく》である。

わたしは自分《じぶん》でも意外《いがい》なほどの、おそろしく大《おお》きな怒声《どせい》を発《はっ》した。

「来《き》たのですか。きょう、わたしこれから用事《ようじ》があって出《で》かけなければなりません。お気《き》の毒《どく》ですが、またの日《ひ》においでください。」

お慶《けい》は、品《ひん》のいい中年《ちゅうねん》の奥《おく》さんになっていた。八つの子《こ》は、女中《じょちゅう》のころのお慶《けい》によく似《に》た顔《かお》をしていて、うすのろらしい濁《にご》った目《め》でぼんやりわたしを見《み》あげていた。わたしはかなしく、お慶《けい》がまだひとことも言《い》いださぬうち、逃《に》げるように、海浜《かいひん》へ飛《と》びだした。竹《たけ》のステッキで、海浜《かいひん》の雑草《ざっそう》を薙《な》ぎ払《はら》い薙《な》ぎ払《はら》い、一度《いちど》もあとを振《ふ》りかえらず、一歩《ぽ》、一歩《ぽ》、地団駄踏《じだんだふ》むような荒《すさ》んだ歩《ある》きかたで、とにかく海岸伝《かいがんづた》いに町《まち》のほうへ、まっすぐに歩《ある》いた。わたしは町《まち》でなにをしていたろう。ただ意味《いみ》もなく、活動小屋《かつどうごや》の絵看板《えかんばん》見《み》あげたり、呉服屋《ごふくや》の飾《かざ》り窓《まど》を見《み》つめたり、ちぇっちぇっと舌打《したう》ちしては、心《こころ》のどこかのすみで、負《ま》けた、負《ま》けた、とささやく声《こえ》が聞《き》こえて、これはならぬとはげしくからだをゆすぶっては、また歩《ある》き、三十分《ぷん》ほどそうしていたろうか、わたしはふたたびわたしの家《いえ》へとってかえした。

海《うみ》ぎしに出《で》て、わたしは立《た》ちどまった。見《み》よ、前方《ぜんぽう》に平和《へいわ》の図《ず》がある。お慶親子《けいおやこ》三人《にん》、のどかに海《うみ》に石《いし》の投《な》げっこしては笑《わら》い興《きょう》じている。声《こえ》がここまで聞《き》こえてくる。

「なかなか、」お巡《まわ》りは、うんと力《ちから》こめて石《いし》をほうって、「頭《あたま》のよさそうなかたじゃないか。あの人《ひと》は、いまにえらくなるぞ。」

「そうですとも、そうですとも。」お慶《けい》の誇《ほこ》らしげな高《たか》い声《こえ》である。「あのかたは、お小《ちい》さいときからひとり変《か》わっておられた。目下《めした》のものにもそれは親切《しんせつ》に、目《め》をかけてくだすった。」

わたしは立《た》ったまま泣《な》いていた。けわしい興奮《こうふん》が、涙《なみだ》で、まるで気持《きも》ちよく溶《と》けさってしまうのだ。

負《ま》けた。これは、いいことだ。そうなければ、いけないのだ。彼《かれ》らの勝利《しょうり》は、またわたしの明日《あす》の出発《しゅっぱつ》にも、光《ひかり》を与《あた》える。

新《しん》樹《じゅ》の言《こと》葉《ば》

郵《ゆう》便《びん》屋《や》から「あなたは、幸《こう》吉《きち》さんの
兄《にい》さんです。」と言《い》われた大《だい》蔵《ぞう》は、
人《ひと》ちがいだと不《ふ》愉《ゆ》快《かい》になる。
その夜《よる》、幸《こう》吉《きち》がやってきて、大《だい》蔵《ぞう》の乳《う》母《ば》
つるの子《こ》供《ども》だったことがわかり——。

甲府《こうふ》は盆地《ぼんち》である。四辺《しへん》、みな、山《やま》である。小学生《しょうがくせい》のころ、地理《ちり》ではじめて、盆地《ぼんち》という言葉《ことば》に接《せっ》して、訓導《くんどう》（旧制小学校《きゅうせいしょうがっこう》の教員《きょういん》の呼称《こしょう》）からさまざまに説明《せつめい》していただいたが、どうしても、その実景《じっけい》を、想像《そうぞう》してみることができなかった。甲府《こうふ》へ来《き》てみて、はじめて、なるほどと合点《がてん》できた。大《おお》きい大《おお》きい沼《ぬま》を、掻《か》い乾《ぼ》しして、その沼《ぬま》の底《そこ》に、畑《はたけ》を作《つく》り家《いえ》を建《た》てると、それが盆地《ぼんち》だ。もっとも甲府盆地《こうふぼんち》くらいの大《おお》きい盆地《ぼんち》を創《つく》るには、周囲《しゅうい》五、六十里《り》（約《やく》二百四十キロメートル）もあるひろい湖水《こすい》を掻《か》い乾《ぼ》ししなければならぬ。

沼《ぬま》の底《そこ》、なぞというと、甲府《こうふ》もなんだか陰気《いんき》なまちのように思《おも》われるだろうが、事実《じじつ》は、派手《はで》に、小《ちい》さく、活気《かっき》のあるまちである。よく人《ひと》は、甲府《こうふ》を、「すりばちの底《そこ》」と評《ひょう》しているが、あたっていない。甲府《こうふ》は、もっとハイカラである。シルクハットを逆《さか》さまにして、その帽子《ぼうし》の底《そこ》に、小《ちい》さい小《ちい》さい旗《はた》を立《た》てた、それが甲府《こうふ》だと思《おも》えば、まちがいない。きれいに文化《ぶんか》の、しみとおっているまちである。

早春《そうしゅん》のころに、わたしはここで、しばらく仕事《しごと》をしていたことがある。雨《あめ》の降《ふ》る日《ひ》に、傘《かさ》もささずに銭湯《せんとう》へ出《で》かけた。銭湯《せんとう》は、すぐ近《ちか》いのである。途中《とちゅう》、雨合羽《あまがっぱ》着《き》た郵便屋《ゆうびんや》さんと、ふと顔《かお》を見《み》あわせ、

「あ、ちょいと。」郵便屋《ゆうびんや》が、小声《こごえ》でわたしを呼《よ》びとめたのである。

わたしは、おどろかなかった。なにか、わたしあての郵便《ゆうびん》が来《き》たのだろうと思《おも》って、にこりともせず、だまって郵便屋《ゆうびんや》へ手《て》を差《さ》しだした。

「いいえ、きょうは、郵便来《ゆうびんき》ていません。」そう言《い》ってほほえむ郵便屋《ゆうびんや》の鼻《はな》の先《さき》には、雨《あめ》のしずくが光《ひか》っていた。二十二、三のほおの赤《あか》い青年《せいねん》である。かわいい顔《かお》をしていた。

「あなたは、青木大蔵《あおきだいぞう》さん。そうですね。」

「ええ、そうです。」青木大蔵《あおきだいぞう》というのは、わたしの、本来《ほんらい》の戸籍名《こせきめい》である。

「似《に》ています。」

「なんですか。」わたしは、少《すこ》し、まごついた。

郵便屋《ゆうびんや》は、にこにこ笑《わら》っている。雨《あめ》に濡《ぬ》れながらふたり、路上《ろじょう》で向《む》きあって立《た》ったまま、しばらくだまっている。へんなものだった。

「幸吉《こうきち》さんを知《し》っていますか。」いやに、なれなれしく、いくぶんからかうような口調《くちょう》で、そんなこと言《い》いだした。「内藤幸吉《ないとうこうきち》さんを。ごぞんじでしょう?」

「内藤《ないとう》、幸吉《こうきち》、ですか?」

「ええ、そうです。」郵便屋《ゆうびんや》は、もうわたしが知《し》っていることにきめてしまったらしく、自信《じしん》たっぷりで首肯《しゅこう》する。

わたしは、なお少《すこ》し考《かんが》えて、

「ぞんじませんね。」

「そうですか。」こんどは郵便屋《ゆうびんや》もまじめに首《くび》をかしげて、「あなたは、おくには、津軽《つがる》のほうでしょう？」

とにかく雨《あめ》にこんなに濡《ぬ》れては、かなわないので、わたしは、そっと豆腐屋《とうふや》の軒下《のきした》に難《なん》を避《さ》けて、

「こちらへいらっしゃい。雨《あめ》が、ひどくなりました。」

「ええ。」と素直《すなお》に、わたしと並《なら》んで豆腐屋《とうふや》の軒下《のきした》に雨宿《あまやど》りして、「津軽《つがる》でしょう？」

「そうです。」自分《じぶん》でも、はっと思《おも》ったほど、わたしは不機嫌《ふきげん》な答《こた》えかたをしてしまった。片言半句《へんげんはんく》でも、ふるさとのことにふれられると、わたしは、したたか、しょげるのである。痛《いた》いのである。

「それじゃ、たしかだ。」郵便屋《ゆうびんや》は、桃《もも》の花《はな》のほおに、えくぼを浮《う》かべて笑《わら》った。「あなた

は、幸吉《こうきち》さんの兄《にい》さんです。」

わたしは、なぜか、どきっとした。いやな気《き》がした。

「へんなことを、おっしゃいますね。」

「いいえ、もう、それにちがいないのです。」ひとりで、はしゃいで、「似《に》ていますよ。幸《こう》吉《きち》さん、よろこぶだろうなあ。」

つばめのように、ひらと身軽《みがる》に雨《あめ》の街路《がいろ》に躍《おど》りでて、

「それじゃ、あとでまた。」少《すこ》し走《はし》って、また振《ふ》りかえり、「すぐに幸吉《こうきち》さんに知《し》らせてあげますから、ね。」

ひとり豆腐屋《とうふや》の軒下《のきした》に、置《お》き残《のこ》され、わたしは夢《ゆめ》みるようであった。白日夢《はくじつむ》。そんな気《き》がした。ひどくリアリティがない。ばかげた話《はなし》である。とにかく、銭湯《せんとう》まで一走《ひとはし》り。湯槽《ゆぶね》に、からだをしずませて、ゆっくり考《かんが》えてみると、不愉快《ふゆかい》になってきた。どうにも、むかむかするのである。わたしが、おとなしく昼寝《ひるね》をしていて、なんにもしないのに、蜂《はち》が一匹《ぴき》、飛《と》んできて、わたしのほおを刺《さ》して、行《い》った。そんな感《かん》じだ。まったくの災難《さいなん》である。東京《とうきょう》での、いろいろの恐怖《きょうふ》を避《さ》けて、甲府《こうふ》へこっそりやってきて、誰《だれ》にも住所《じゅうしょ》を知《し》ら

せず、やや、落《お》ちついて少《すこ》しずつ貧《まず》しい仕事《しごと》を進《すす》めて、このごろ、どうやら仕事《しごと》の調子《ちょうし》も出《で》てきて、ほのかにうれしく思《おも》っていたのに、これはまた、思《おも》いも設《もう》けぬ災難《さいなん》である。なんとも知《し》れぬ人物《じんぶつ》が、ぞろぞろ目前《もくぜん》にあらわれて、わたしに笑《わら》いかけ、話《はな》しかけ、わたしはそのお化《ば》けたちに包囲《ほうい》され、なんと挨拶《あいさつ》のしようもなく、ただうろうろしている図《ず》は、想像《そうぞう》してさえ不愉快《ふゆかい》である。仕事《しごと》もなにも、あったものじゃない。いいかげんにわたしを掻《か》きまわして、いや、どうも、人《ひと》ちがいでした、と言《い》って引《ひ》きあげていくにきまっているのだ。内藤幸吉《ないとうこうきち》。いくら考《かんが》えたって、そんなもの知《し》りやしない。しかも、兄弟《きょうだい》だなんて、ばかばかしい。人《ひと》ちがいであることは、明白《めいはく》だ。いずれ、会《あ》えば、すべての黒白《くろしろ》は、つくはずだ。それにしても、わたしのこの不愉快《ふゆかい》さは、どうしてくれる。見知《みし》らぬ他人《たにん》から、兄《にい》さん、おなつかしゅう、など言《い》われて、ふざけた話《はなし》だ。いやらしい。なまぬるく、べとべとして、喜劇《きげき》にもならない。無知《むち》である。安《やす》っぽい。がまんできぬ屈辱感《くつじょくかん》にやられて、風呂《ふろ》からあがり、脱衣場《だついじょう》の鏡《かがみ》に、自分《じぶん》の顔《かお》をうつしてみると、わたしは、いやな凶悪《きょうあく》な顔《かお》をしていた。不安《ふあん》でもある。きょうのこの、思《おも》わぬできごとのために、わたしの生涯《しょうがい》が、またまた、逆転《ぎゃくてん》、てひどい、どん底《ぞこ》に落《お》ちるのではないか、と過去《かこ》の悲惨《ひさん》も思《おも》い出《だ》され、こんな、降《ふ》ってわいた難題《なんだい》、たしかに、これは難題《なんだい》である、その笑《わら》えない、ばかばかしい限《かぎ》りの難《なん》題《だい》を持《も》てあまして、とうとう気持《きも》ちが、けわしくなってしまって、宿《やど》へ帰《かえ》ってからも、無《む》意味《いみ》に、書《か》きかけの原稿用紙《げんこうようし》を、ばりばり破《やぶ》って、そのうちに、この災難《さいなん》にあまえたい卑《ひ》劣《れつ》な根性《こんじょう》も、頭《あたま》をもたげてきて、こんなに不愉快《ふゆかい》で、仕事《しごと》なんてできるものか、など申《もう》しわけみたいにつぶやいて、押《お》し入《い》れから甲州産《こうしゅうさん》の白《しろ》ブドウ酒《しゅ》の一升瓶《いっしょうびん》を取《と》りだし、茶《ちゃ》のみ茶碗《ぢゃわん》で、がぶがぶ飲《の》んで、酔《よ》ってきたのでふとんしいて寝《ね》てしまった。これも、なかなか、ばかな男《おとこ》である。

宿《やど》の女中《じょちゅう》に起《お》こされた。

「もし、もし、お客《きゃく》さんですよ。」

来《き》たな、とがばとはねおき、

「とおしてくれ。」

電灯《でんとう》が、ぼっと、ともっていた。障子《しょうじ》が、浅黄色《あさぎいろ》。六時《じ》ごろでもあろうか。

わたしはすばやくふとんをたたみ押《お》し入《い》れにつっこんで、部屋《へや》のその辺《へん》を片《かた》づけて、羽《は》織《おり》をひっかけ、羽織紐《はおりひも》を結《むす》んで、それから、机《つくえ》のそばにちゃんとすわって身構《みがま》えた。異様《いよう》な緊張《きんちょう》であった。まさか、こんな奇妙《きみょう》な経験《けいけん》は、わたしとしても、一生《いっしょう》に二度《にど》とは、あるまい。

客《きゃく》は、ひとりであった。久留米《くるめ》がすりを着《き》ていた。女中《じょちゅう》にとおされ、だまってわたしのまえにすわって、ていねいな、長《なが》いお辞儀《じぎ》をした。わたしは、せかせかしていた。ろくろく、お辞儀《じぎ》もかえさず、

「人《ひと》ちがいなんです。お気《き》の毒《どく》ですが、人《ひと》ちがいなんです。ばかばかしいのです。」

「いいえ。」低《ひく》くそう言《い》って、お辞儀《じぎ》の姿勢《しせい》のままで、振《ふ》り仰《あお》いだ顔《かお》は、端正《たんせい》である。目《め》が大《おお》きすぎて、少《すこ》し弱《よわ》い、異常《いじょう》な感《かん》じを与《あた》えるけれど、額《ひたい》も、鼻《はな》も、唇《くちびる》も、顎《あご》も、彫《ほ》りきざんだように、線《せん》が、はっきりしていた。ちっとも、わたしと似《に》ていやしない。「おつるの子《こ》です。お忘《わす》れでしょうか。母《はは》は、あなたの乳母《うば》をしていました。」

はっきり言《い》われて、あ、と思《おも》いあたった。飛《と》びあがりたいほど、きつい激動《げきどう》を受《う》けたのである。

「そうか。そうか。そうですか。」わたしは、自分《じぶん》ながら、みっともないと思《おも》われるほ

ど、大《おお》きい声《こえ》で笑《わら》いだした。「これあ、ひどいね。まったく、ひどいね。そうか。ほんとうですか？」ほかに、言葉《ことば》はなかった。

「は、」幸吉《こうきち》も、白《しろ》い歯《は》を出《だ》して、明《あか》るく笑《わら》った。「いつか、お会《あ》いしたいと思《おも》っていました。」

いい青年《せいねん》だ。これは、いい青年《せいねん》だ。わたしには、ひとめ見《み》て、それがわかるのである。からだがしびれるほどに、いわば、わたしは、ばんざいであった。大歓喜《だいかんき》。そんな言葉《ことば》が、あたっている。苦《くる》しいほどの、歓喜《かんき》である。

わたしは生《う》まれ落《お》ちるとすぐ、乳母《うば》にあずけられた。理由《りゆう》は、よくわからない。母《はは》のからだが、弱《よわ》かったからであろうか。乳母《うば》の名《な》は、つるといった。津軽半島《つがるはんとう》の漁村《ぎょそん》の出《で》である。まだ若《わか》いようであった。夫《おっと》と子供《こども》に相《あい》ついで死《し》にわかれ、ひとりでいるのを、わたしの家《いえ》で見《み》つけて、雇《やと》ったのである。この乳母《うば》は、終始《しゅうし》、わたしを頑強《がんきょう》に支持《しじ》した。世界《せかい》でいちばんえらい人《ひと》にならなければ、いけないと、そう言《い》って教《おし》えた。つるは、わたしの教育《きょういく》に専念《せんねん》していた。わたしが、五歳《さい》、六歳《さい》になって、ほかの女中《じょちゅう》にあまえたりすると、まじめに心配《しんぱい》して、あの女中《じょちゅう》はよい、あの女中《じょちゅう》は悪《わる》い、なぜよいかというと、なぜ悪《わる》いかというと、と、いちいちわたしに大人《おとな》の道徳《どうとく》を、きちんとすわって教《おし》えてくれたのを、わたしは、いまだに忘《わす》れずにいる。いろいろの本《ほん》を読《よ》んで聞《き》かせて、片時《かたとき》も、わたしを手放《てばな》さなかった。六歳《さい》、のころと思《おも》う。つるはわたしを、村《むら》の小学校《しょうがっこう》に連《つ》れていって、たしか三年級《ねんきゅう》の教室《きょうしつ》の、うしろにひとつあいていた机《つくえ》にすわらせ、授業《じゅぎょう》を受《う》けさせた。読《よ》みかたは、できた。なんでもなく、できた。けれども、算術《さんじゅつ》の時間《じかん》になって、わたしは泣《な》いた。ちっとも、なんにも、できないのである。つるも、残念《ざんねん》であったにちがいない。わたしは、そのときは、つるに間《ま》が悪《わる》くて、ことにも大《おお》げさに泣《な》いたのである。わたしは、つるを母《はは》だと思《おも》っていた。ほんとうの母《はは》を、ああ、この人《ひと》が母《はは》なのか、とはじめて知《し》ったのは、それからずっと、あとのことである。一夜《いちや》、つるがいなくなった。夢見《ゆめみ》ごこちでおぼえている。唇《くちびる》が、ひやとつめたく、目《め》をさますと、つるが、枕《まくら》もとに、しゃんとすわっていた。ランプは、ほの暗《ぐら》く、けれどもつるは、光《ひか》るように美《うつく》しく白《しろ》く着飾《きかざ》って、まるでよその人《ひと》のようにつめたくすわっていた。

「起《お》きないか。」小声《こごえ》で、そう言《い》った。

わたしは起《お》きたいと努力《どりょく》してみたが、眠《ねむ》くて、どうにも、だめなのである。つるは、そっと立《た》って部屋《へや》を出《で》ていった。あくる朝《あさ》、起《お》きてみて、つるが家《いえ》にいなくなっているのを知《し》って、つるいない、つるいない、とずいぶん苦《くる》しく泣《な》きころげた。子供心《こどもごころ》ながらも、ずたずた断腸《だんちょう》の思《おも》いであったのである。あのとき、つるの言葉《ことば》のままに起《お》きてやったら、どんなことがあったか、それを思《おも》うと、いまでもわたしは、かなしく、くやしい。つるは、遠《とお》い、他国《たこく》に嫁《とつ》いだ。そのことは、ずっと、あとで聞《き》いた。

わたしが小学校《しょうがっこう》二、三年《ねん》のころ、お盆《ぼん》のときに、つるが、わたしの家《いえ》へ、一度《ど》来《き》た。すっかり他人《たにん》になっていた。色《いろ》の白《しろ》い、小《ちい》さい男《おとこ》の子《こ》を連《つ》れてきていた。台所《だいどころ》の炉傍《ろばた》に、その男《おとこ》の子《こ》とふたり並《なら》んですわって、お客《きゃく》さんのようにすましていた。わたしに向《む》かっても、うやうやしくお辞儀《じぎ》をして、じつによそよそしかった。祖母《そぼ》が自慢《じまん》げに、わたしの学《がっ》校《こう》の成績《せいせき》を、つるに教《おし》えて、わたしは、思《おも》わずにやにやしたら、つるは、わたしに正面向《しょうめんむ》いて、

「田舎《いなか》では一番《ばん》でも、よそには、もっとできる子《こ》がたくさんいます。」と教《おし》えた。

わたしは、はっとなった。

それきり、つるを見《み》ない。年月《ねんげつ》を経《へ》るにしたがい、つるについての記憶《きおく》も薄《うす》れて、わた

しが高等学校《こうとうがっこう》に入《はい》った年《とし》、夏《なつ》やすみに帰郷《ききょう》して、つるが死《し》んだことを家《いえ》の人《ひと》たちから聞《き》かされたけれど、別段《べつだん》、泣《な》きもしなかった。つるの亭主《ていしゅ》は、甲州《こうしゅう》の甲斐絹問屋《かいきどんや》の番頭《ばんとう》で、一度妻《どつま》に死《し》なれ、子供《こども》もなかったし、そのまま、かなりの年《とし》まで独身《どくしん》でいて、年《ねん》に一度《ど》ずつ、わたしのふるさとのほうへ商用《しょうよう》で出張《しゅっちょう》してきて、そのうちに、世話《せわ》する人《ひと》があって、つるを娶《めと》った。そのような事実《じじつ》も、そのとき聞《き》いて、はじめて知《し》ったくらいのもので、家《いえ》の人《ひと》たちさえ、それ以上《いじょう》のことは、あまり深《ふか》く知《し》らないようすであった。十年《ねん》はなれていたので、つるが死《し》んでも生《い》きても、わたしの実感《じっかん》として残《のこ》っているのは、懸命《けんめい》の育《そだ》ての親《おや》だった若《わか》いつるだけで、それをなつかしむ心《こころ》はあっても、そのほかのつるは、まったく他人《たにん》で、つるが死《し》んだと聞《き》かされても、わたしは、あ、そうかと思《おも》っただけで、さして激動《げきどう》は受《う》けないのである。それから、また十年《ねん》、つるはわたしの遠《とお》い思《おも》い出《で》の奥《おく》で小《ちい》さく、けれどもけっして消《き》えずに尊《とうと》く光《ひか》ってはいるのだが、その姿《すがた》は純粋《じゅんすい》に思《おも》い出《で》の中《なか》で完成《かんせい》され固定《こてい》されてしまっているので、まさか、いまのこの現実《げんじつ》の生活《せいかつ》と、つながるなどとは、思《おも》いも及《およ》ばぬことであった。

「つるは、甲府《こうふ》にいたのですか?」わたしは、それさえ知《し》らなかった。

「え、父《ちち》がこの土地《とち》で、店《みせ》を開《ひら》いておりました。」

「甲斐絹問屋《かいきどんや》につとめておられた、――。」つるの亭主《ていしゅ》が、甲斐絹問屋《かいきどんや》の番頭《ばんとう》だったことは、わたしも、まえに家《いえ》の人《ひと》たちから聞《き》いたことがあるので、それは、忘《わす》れずに知《し》っていた。

「え、谷村《やむら》の丸三《まるさん》という店《みせ》に奉公《ほうこう》しておりましたが、のちに、独立《どくりつ》して、甲府《こうふ》で呉服屋《ごふくや》をはじめました。」

言《い》いかたが、生《い》きている人《ひと》のことを語《かた》っているようでもないので、

「お達者《たっしゃ》ですか。」

「は、亡《な》くなりました。」はっきり答《こた》えて、それから少《すこ》しさびしそうにして、笑《わら》った。

「それじゃ、ご両親《りょうしん》とも。」

「そうなんです。」幸吉《こうきち》さんは、淡々《たんたん》としていた。「母《はは》が死《し》んだのは、ごぞんじなんですね。」

「知《し》っています。わたしが、高等学校《こうとうがっこう》へ入《はい》った年《とし》に、聞《き》きました。」

「十二年《ねん》まえです。僕《ぼく》が十三で、ちょうど小学校《しょうがっこう》を卒業《そつぎょう》した年《とし》でした。それから五年《ねん》たつ

て、僕《ぼく》が中学校《ちゅうがっこう》を卒業《そつぎょう》する直前《ちょくぜん》に、父《ちち》は狂《くる》い死《じ》にしました。母《はは》が死《し》んでから、もう、元気《げんき》がないようでしたが、それから、少《すこ》し、まあ遊《あそ》びはじめたのでしょうね、店《みせ》はかなり大《おお》きかったのですが、衰運《すいうん》の一途《いっと》でした。あのときは全国的《ぜんこくてき》に呉服屋《ごふくや》が、いけないようでした。いろいろ苦《くる》しいこともあったのでしょう。いけない死《し》にかたをしました、井戸《いど》に飛《と》びこみました。世間《せけん》には、心臓麻痺《しんぞうまひ》ということにしてありますけれど。」

悪《わる》びれるようすもなく、そうかといって、露悪症《ろあくしょう》みたいな、荒《すさ》んだやけくその言《い》いかたでもなく、無心《むしん》に事実《じじつ》を簡潔《かんけつ》に述《の》べている態度《たいど》である。わたしは、彼《かれ》の言葉《ことば》に、爽快《そうかい》なものを感《かん》じたほどなのであるが、けれども、人《ひと》の家《いえ》の細《こま》かいことにまでふれるのは、わたしは不安《ふあん》で、いやだから、すぐに話題《わだい》をそらした。

「つるは、いくつで亡《な》くなったのですか？」

「母《はは》ですか。母《はは》は、三十六で亡《な》くなりました。立派《りっぱ》な母《はは》でした。死《し》ぬる直前《ちょくぜん》まで、あなたの名前《なまえ》を言《い》っていました。」

そうして、会話《かいわ》がとぎれてしまった。わたしがだまっていると、青年《せいねん》もだまって落《お》ちついている。わたしが、いつまでも言葉《ことば》を見《み》つけ得《え》ずに、かなわない気持《きも》ちでいたら、

「出《で》ませんか。おいそがしいですか。」と言《い》って、わたしを救《すく》ってくれた。

わたしも、ほっとして、

「ああ、出《で》ましょう。いっしょに、晩《ばん》ご飯《はん》でも、食《た》べますか。」さっそく立《た》ちあがって、

「雨《あめ》も、晴《は》れたようですね。」

ふたり、そろって宿《やど》を出《で》た。

青年《せいねん》は、笑《わら》いながら、

「今夜《こんや》はね、計画《けいかく》があるのですよ。」

「ああ、そうですか。」わたしには、もう、なんの不安《ふあん》もなかった。

「だまって、つき合《あ》ってください。」

「承知《しょうち》しました。どこへでも行《い》きます。」仕事《しごと》を、全部犠牲《ぜんぶぎせい》にしても、悔《く》いることはない
と思《おも》っていた。

歩《ある》きながら、

「でも、よく会《あ》えたねえ。」

「ええ、お名前《なまえ》は、まえから母《はは》に朝夕《あさゆう》、聞《き》かされて、失礼《しつれい》ですが、ほんとうの兄《あに》のような

気《き》がして、いつかはお会《あ》いできるだろう、と奇妙《きみょう》に楽観《らっかん》していたのです。へんですね、いつかは会《あ》えると確信《かくしん》していたので、僕《ぼく》は、のんきでしたよ。僕《ぼく》さえ丈夫《じょうぶ》で生《い》きていたら。」

ふと、わたしは、まぶたの熱《あつ》いのを意識《いしき》した。こんなにかげでわたしを待《ま》っていた人《ひと》もあったのだ。生《い》きていて、よかった、と思《おも》った。

「わたしが十歳《さい》くらいで、きみが三つか四つくらいのとき、一度会《どあ》ったことがあるんじゃないかしら。つるが、お盆《ぼん》のとき、小《ちい》さい、色《いろ》の白《しろ》い子《こ》を連《つ》れてきて、その子《こ》が、たいへん行儀《ぎょうぎ》がよく、おとなしいので、わたしは、ちょっとその子《こ》を嫉妬《しっと》したものだが、あれがきみだったのかしら。」

「僕《ぼく》、かもしれません。よくおぼえていないのです。大《おお》きくなってから、母《はは》にそう言《い》われて、ぼんやり思《おも》い出《だ》せるような気《き》がしました。なんでも、長《なが》い旅《たび》でした。お家《うち》のまえに、きれいな川《かわ》が流《なが》れていました。」

「川《かわ》じゃないよ。あれは溝《みぞ》だ。庭《にわ》の池《いけ》の水《みず》があふれて、あそこへ流《なが》れてきているのだ。」

「そうですか。それから、大《おお》きな、さるすべりの木《き》が、お家《うち》のまえにありました。真《ま》っ赤《か》な花《はな》が、たくさん咲《さ》いていました。」

「さるすべりじゃないだろう。ねむ、の木《き》なら、一本《ぽん》あるよ。それも、そんなに大《おお》きくない。きみは、そのころ小《ちい》さかったから、溝《みぞ》でも、木《き》でも、なんでも大《おお》きく大《おお》きく見《み》えたのだろう。」

「そうかもしれませんね。」幸吉《こうきち》は、素直《すなお》にうなずいて、笑《わら》っている。「そのほかのことは、ちっとも、なんにも、おぼえていません。あなたのお顔《かお》ぐらいは、おぼえておいても、よかったのに。」

「三つか、四つのころでは、記憶《きおく》にないのがあたりまえさ。けれど、どうだい、はじめて会《あ》った兄《あに》なるものは、あんな安宿《やすやど》でごろごろしていて、風采《ふうさい》もぱっとせず、さびしくないか。」

「いいえ。」はっきり否定《ひてい》したが、どこか気《き》まずそうに見《み》えた。さびしいのだ。こういう人《ひと》があると知《し》ったら、わたしは、せめて中学校《ちゅうがっこう》の先生《せんせい》くらいにはなっていたのにと、くやしく思《おも》った。

「さっきの郵便屋《ゆうびんや》さんは、きみのお友《とも》だちかね。」わたしは、話題《わだい》を転《てん》じた。

「そうです。」幸吉《こうきち》さんは、ぱっと明《あか》るい顔《かお》になって、「親友《しんゆう》です。萩野君《はぎのくん》といいます。いい人《ひと》ですよ。あの人《ひと》は、こんどは手柄《てがら》をたてました。まえから僕《ぼく》が、あの人《ひと》に、あなたのことを言《い》ってあかしておりましたので、あの人《ひと》も、あなたのお名前《なまえ》を知《し》ってしまって、そうして、たびたび、あなたのところへ郵便配達《ゆうびんはいたつ》しているうちに、ふと、この人《ひと》じゃないかと思《おも》ったのだそうです。五、六日《にち》まえ、僕《ぼく》のところへ来《き》て、そんなこと言《い》いますから、僕《ぼく》もわくわくして、どんな人《ひと》か、と聞《き》きましたら、ただ宿《やど》へ郵便《ゆうびん》を投《な》げこむだけなのだから、顔《かお》は見《み》たことがない、と言《い》います。それなら、こんどはようすを、それとなく内偵《ないてい》してみてくれ、もし人《ひと》ちがいだと、醜態《しゅうたい》だから、と妹《いもうと》までいっしょになって、大騒《おおさわ》ぎでした。」

「妹《いもうと》さんも、あるのですか。」わたしのよろこびは、いよいよ高《たか》い。

「ええ、わたしと四つちがうのですから、二十一です。」

「すると、きみは、」わたしは、急《きゅう》にほおがほてってきたので、あわてて別《べつ》なことを言《い》った。「二十五ですね。わたしとは、六つちがうわけだ。どこかへ、おつとめですか。」

「そこのデパートです。」

目《め》をあげると、大丸《だいまる》デパートの五階建《かいだ》ての窓々《まどまど》がきらきら華《はな》やかにともっている。もう、この辺《へん》は、桜町《さくらちょう》である。甲府《こうふ》でいちばんにぎやかな通《とお》りで、土地《とち》の人《ひと》は、甲府銀座《こうふぎんざ》と呼《よ》んでいる。東京《とうきょう》の道玄坂《どうげんざか》を小《こ》ぎれいに整頓《せいとん》したようなまちである。道《みち》の両側《りょうがわ》をぞろぞろ流《なが》れて通《とお》る人《ひと》たちも、のんきそうで、そうして、どこかハイカラである。植木《うえき》の露店《ろてん》には、もうツツジが出《で》ている。

デパートに沿《そ》って右《みぎ》に曲折《きょくせつ》すると、柳町《やなぎまち》である。ここは、ひっそりしている。けれども両側《りょうがわ》の家々《いえいえ》は、すべて黒《くろ》ずんだ老舗《しにせ》である。甲府《こうふ》では、もっとも品格《ひんかく》の高《たか》いまちであろう。

「デパートは、いまいそがしいでしょう。景気《けいき》がいいのだそうですね。」

「とても、たいへんです。こないだも、一日仕入《にちしい》れが早《はや》かったばかりに、三万円近《まんえんちか》く、もうけました。」

「長《なが》いこと、おつとめなのですか？」

「中学校《ちゅうがっこう》を卒業《そつぎょう》して、すぐです。家《いえ》がなくなったもので、みなに同情《どうじょう》されて、父《ちち》の知《し》り合《あ》いの人《ひと》たちのお世話《せわ》もあって、あのデパートの呉服部《ごふくぶ》に入《はい》ることができたのです。みなさん親切《しんせつ》です。妹《いもうと》も、一階《かい》につとめているのですよ。」

「えらいですね。」お世辞《せじ》では、なかった。

「わがままで、だめです。」急《きゅう》に、大人《おとな》ぶった思案《しあん》ありげな口調《くちょう》で言《い》ったので、わたしは、おかしかった。

「いいえ、きみだって、えらいさ。ちっとも、しょげないで。」

「やるだけのことを、やっているだけです。」少《すこ》し肩《かた》を張《は》って、そう言《い》って、それから立《た》ちどまった。

「ここです。」

見《み》ると、やはり黒《くろ》ずんだ間口《まぐち》十間《けん》（約《やく》十八メートル）ほどもある古風《こふう》の料亭《りょうてい》である。

「よすぎる。高《たか》いんじゃないか？」わたしの財布《さいふ》には、五円《えん》紙幣《しへい》一枚《まい》と、それから小銭《こぜに》が二、三円《えん》あるだけだった。

「いいのです。かまいません。」幸吉《こうきち》さんは、へんに意気込《いきご》んでいた。

「高《たか》いぞ、きっと、この家《いえ》は。」わたしは、どうも気《き》が進《すす》まないのである。大《おお》きい朱色《しゅいろ》の額《がく》に、きざみこまれた望富閣《ぼうふかく》という名前《なまえ》からして、ひどくものものしく、高《たか》そうに思《おも》われた。

「僕《ぼく》も、はじめてなんですが、」幸吉《こうきち》さんも、少《すこ》しひるんで、そう小声《こごえ》で告白《こくはく》して、それから、ちょっと考《かんが》えて気《き》をとりなおし、「いいんだ。かまわない。ここでなくちゃいけないんだ。さ、入《はい》りましょう。」

なにか、わけがあるらしかった。

「大丈夫《だいじょうぶ》かなあ。」わたしは、幸吉《こうきち》にも、あまり金《かね》を使《つか》わせたくはなかった。

「はじめっから計画《けいかく》していたんです。」幸吉《こうきち》は、きっぱりした語調《ごちょう》で言《い》って、それから自《じ》身《しん》の興奮《こうふん》に気《き》づいてはずかしそうに、笑《わら》いだし、「今夜《こんや》は、どこへでも、つき合《あ》うって、約束《やくそく》してくれたんじゃないですか。」

そう言《い》われて、わたしも決心《けっしん》した。

「よし、入《はい》ろう。」たいへんな決意《けつい》である。

その料亭《りょうてい》に入《はい》って、幸吉《こうきち》は、はじめてここへ来《き》た人《ひと》のようでもなかった。

「表《おもて》二階《かい》の八畳《じょう》がいい。」

案内《あんない》の女中《じょちゅう》に、そんなことを言《い》っていた。

「やあ、階段《かいだん》もひろくしたんだね。」

なつかしそうに、きょろきょろ、あたりを見《み》まわしている。

「なんだ、はじめてでも、なさそうじゃないか。」わたしが小声《こごえ》でそう言《い》うと、

「いいえ、はじめてなんです。」そう答《こた》えながら、「八畳《じょう》は、暗《くら》くてだめかな？　十畳《じょう》のほうは、あいていますか？」などと、女中《じょちゅう》にしきりにたずねている。

表《おもて》二階《かい》の十畳間《じょうま》にとおされた。いい座敷《ざしき》だ。欄間《らんま》も、壁《かべ》も、ふすまも、古《ふる》く、どっしりして、安普請《やすぶしん》ではない。

「ここは、ちっとも、変《か》わらんな。」幸吉《こうきち》は、わたしと卓《たく》を挟《はさ》んですわってから、天井《てんじょう》を見《み》あげたり、振《ふ》りかえって欄間《らんま》を眺《なが》めたり、そわそわしながら、そんなことをつぶやいて、「おや、床《とこ》の間《ま》が少《すこ》し、ちがったかな？」

それからわたしの顔《かお》を、まっすぐに見《み》て、にこにこ笑《わら》い、

「ここは、ね、僕《ぼく》の家《うち》だったのです。いつか、一度《いちど》は来《き》てみたいと思《おも》っていたのですが。」

そう聞《き》いて、わたしも急《きゅう》に興奮《こうふん》した。

「あ、そうか。どうりで家《いえ》のつくりが、料理屋《りょうりや》らしくないと思《おも》った。あ、そうか。」わたしもあらためて部屋《へや》を見《み》まわした。

「この部屋《へや》には、ね、店《みせ》の品物《しなもの》が、たくさん積《つ》みこまれて、僕《ぼく》たちは、その反物《たんもの》で山《やま》をこ

さえたり、谷《たに》をこさえたりして、それに登《のぼ》って遊《あそ》んだものです。ここは、こんなに日《ひ》あたりがいいでしょう？　だもんだから、母《はは》は、ちょうどあなたのおすわりになっていらっしゃるその辺《へん》にすわって、よく仕立物《したてもの》をしていました。十年《ねん》もむかしのことですが、この部屋《へや》に来《き》てみると、やっぱしむかしのことが、いちいちはっきり思《おも》い出《だ》されます。」静《しず》かに立《た》って、おもて通《どお》りに面《めん》した、明《あか》るい障子《しょうじ》を細《ほそ》くあけてみて、

「ああ、向《む》かい側《がわ》もおんなじだ。久留島《くるしま》さんだ。そのおとなりが、糸屋《いとや》さん。そのまた隣《となり》が、秤《はか》り屋《や》さん、ちっとも変《か》わっていないんだなあ。や、富士《ふじ》が見《み》える。」わたしのほうを振《ふ》りかえって、「まっすぐに見《み》える。ごらんなさい。むかしとおんなじだ。」

わたしは、先刻《せんこく》から、たまらなかった。

「ね、帰《かえ》ろうよ。いけないよ。ここでは酒《さけ》も飲《の》めないよ。もうわかったから、帰《かえ》りましょう。」不機嫌《ふきげん》にさえなっていた。「悪《わる》い計画《けいかく》だったたね。」

「いいえ、感傷《かんしょう》なんかないんです。」障子《しょうじ》を閉《し》めて、卓《たく》のそばへ来《き》て横《よこ》ずわりにすわって、「もう、どうせ、他人《たにん》の家《いえ》です。でも、久《ひさ》しぶりに来《き》てみると、なんでもかんでもめずらしく、僕《ぼく》は、うれしいのです。」うそでなく、しんから楽《たの》しそうに微笑《びしょう》しているので

ある。

ちっとも、こだわっていないその態度《たいど》に、わたしはうなるほど感心《かんしん》した。

「お酒《さけ》、飲《の》みますか？　僕《ぼく》はビールだと少《すこ》しは、飲《の》めるのですけれど。」

「日本酒《にほんしゅ》は、だめか？」わたしも、ここで飲《の》むことに腹《はら》をきめた。

「好《す》きじゃないんです。父《ちち》は酒乱《しゅらん》。」そう言《い》って、かわいく笑《わら》った。

「わたしは酒乱《しゅらん》じゃないけど、かなり好《す》きなほうだ。それじゃ、わたしはお酒《さけ》を飲《の》むから、きみはビールにしたまえ。」今夜《こんや》は、飲《の》みあかしてもいい、と自身《じしん》に許可《きょか》を与《あた》えていた。

幸吉《こうきち》は、女中《じょちゅう》を呼《よ》ぼうとして手《て》を打《う》った。

「きみ、そこに呼《よ》び鈴《りん》があるじゃないか。」

「あ、そうか。僕《ぼく》の家《うち》だったころには、こんなものなかった。」

ふたり、笑《わら》った。

その夜《よ》、わたしは、かなり酔《よ》った。しかも、意外《いがい》にも悪《わる》く酔《よ》った。子守唄《こもりうた》が、よくなかった。わたしは酔《よ》って唄《うた》をうたうなど、絶無《ぜつむ》のことなのであるが、その夜《よ》は、どうしたはずみか、ふと、里《さと》のおみやになにもろた、でんでん太鼓《だいこ》に、などと、でたらめにうたいだして、幸吉《こうきち》も低《ひく》くそれに和《わ》したが、それがいけなかった。どしんと世界中《せかいじゅう》の感傷《かんしょう》を、ひとりで背負《せお》わせられたような気《き》がして、どうにも、たまらなかった。

「だけど、いいねえ。乳兄弟《ちきょうだい》って、いいものだねえ。血《ち》のつながりというものは、少《すこ》し濃《こ》すぎて、べとついて、かなわないところがあるけれど、乳兄弟《ちきょうだい》ってのは、乳《ちち》のつながりだ。爽《さわ》やかでいいね。ああ、きょうはよかった。」そんなこと言《い》って、なんとかして当面《とうめん》のせつなさから逃《のが》れたいと努《つと》めてみるのだが、なにせ、どうも、乳母《うば》のつるが、毎日《まいにち》せっせと針仕事《はりしごと》していた、その同《おな》じ箇所《かしょ》にあぐらかいてすわって、酒《さけ》を飲《の》んでいるのでは、うまく酔《よ》えよう道理《どうり》がなかった。ふと見《み》ると、すぐそばに、背中《せなか》を丸《まる》くして縫《ぬ》いものをしているつるが、ちゃんとすわっているようで、とても、のんびり落《お》ちついて幸吉《こうきち》と語《かた》れなかった。ひとりで、がぶがぶ酒飲《さけの》んで、そのうちに、幸吉《こうきち》を相手《あいて》にして、やたらに難題《なんだい》を吹《ふ》っかけた。弱《よわ》い者《もの》いじめを、はじめたのである。

「ね、さっきも言《い》うように、きみはわたしに会《あ》って、さぞや、がっかりなさったことでしょうねえ。いや、わかっている。弁解《べんかい》は、聞《き》きたくない。わたしが大学《だいがく》の先生《せんせい》くらいになっていたら、きみは、もっと早《はや》く、わたしの東京《とうきょう》の家《いえ》を捜《さが》しだして、そうして、きみの妹《いもうと》さんとふたりで、わたしを訪《たず》ねてきたはずだ。いや、弁解《べんかい》は聞《き》きたくないね。ところがわたしは、いま、これときまった家《いえ》さえない、どうも自分《じぶん》ながら意気地《いくじ》のない作家《さっか》だ。ちっとも有名《ゆうめい》でない。わたしには、青木大蔵《あおきだいぞう》という名前《なまえ》のほかに、もうひとつ、小説《しょうせつ》を書《か》くときにだけ使《つか》っている、へんな名前《なまえ》がある。あるけれども、それは言《い》わない。言《い》ったたって、どうせきみたちは、知《し》りやしない。一度《いちど》だって、聞《き》いたこともないような、へんな名《な》前《まえ》である。言《い》うだけ、損《そん》だ。けれども、きみ、軽蔑《けいべつ》しちゃいかんよ。世《よ》の中《なか》には、わたしたちみたいな種類《しゅるい》の人間《にんげん》も、たしかに、必要《ひつよう》なんだ。なくては、かなわぬ、重要《じゅうよう》な歯車《はぐるま》の、ひとつだ。わたしは、それを信《しん》じている。だから、苦《くる》しくても、こうしてがんばって生《い》きている。死《し》ぬもんか。自愛《じあい》。人間《にんげん》これを忘《わす》れてはいかん。結局《けっきょく》、たよるものは、この気持《きも》ちひとつだ。いまに、わたしだって、えらくなるさ。なんだ、こんな家《いえ》のひとつやふたつ。立派《りっぱ》に買《か》いもどしてみせる。しょげるな、しょげるな。自愛《じあい》。これを忘《わす》れてさえいなけれあ、大丈夫《だいじょうぶ》だ。」言《い》いながら、やりきれなくなった。「しょげちゃいけない。いいか、きみのお父《とう》さんと、それから、きみのお母《かあ》さんと、おふたりが力《ちから》を合《あ》わせて、この家《いえ》を建設《けんせつ》した。それから、運《うん》が悪《わる》く、また、この家《いえ》を手放《てばな》した。けれども、わたしが、もしきみのお父《とう》さん、お母《かあ》さんだったら、べつに、それをかなしまないね。子供《こども》が、ふたりとも、立派《りっぱ》に成長《せいちょう》して、よその人《ひと》にも、うしろ指《ゆび》一本《ぽん》さされず、爽快《そうかい》に、その日《ひ》その日《ひ》を送《おく》って、こんなにうれしいことないじゃないか。大勝利《だいしょうり》だ。ヴィクトリーだ。なんだい、こんな家《いえ》のひとつやふたつ。恋着《れんちゃく》しちゃいけない。投《な》げ捨《す》てよ、過去《かこ》の森《もり》。自愛《じあい》だ。わたしがついている。泣《な》くやつがあるか。」泣《な》いているのはわたしであった。

それからは、めちゃめちゃだった。なにを言《い》ったか、どんなことをしたか、わたしは、ほとんどおぼえていない。一度《ど》ご不浄《ふじょう》に立《た》った。幸吉《こうきち》が案内《あんない》した。

「どこでも、知《し》っていやがる。」

「母《はは》は、ご不浄《ふじょう》をいちばんきれいにお掃除《そうじ》していました。」幸吉《こうきち》は笑《わら》いながら、そう答《こた》えた。

そのことと、もうひとつ。酔《よ》いつぶれて、そのまま寝《ね》ころんでいると、枕《まくら》もとで、

「萩野《はぎの》さんは、とても似《に》ていると言《い》うんだけど。」少女《しょうじょ》の声《こえ》である。妹《いもうと》がやってきたんだなと思《おも》ったゆえ、わたしは寝《ね》ながら、

「そうだ、そうだ。幸吉《こうきち》さんは、わたしとは他人《たにん》だ。血《ち》のつながりなんか、ないんだ。乳《ち》のつながりだけなんだ。似《に》ていて、たまるか。」そう言《い》って、わざと大《おお》きく寝《ね》がえり打《う》って、「わたしみたいな酒飲《さけの》みは、だめだ。」

「そんなことない。」無邪気《むじゃき》な少女《しょうじょ》の、懸命《けんめい》な声《こえ》である。「わたしたち、うれしいのよ。しっかり、やってください、ね。あんまり、お酒飲《さけの》んじゃいけない。」

きつい語調《ごちょう》が、乳母《うば》のつるの語調《ごちょう》に、そっくりだったので、わたしは薄目《うすめ》あけて枕《まくら》もとの少女《しょうじょ》をそっと見《み》あげた。きちんとすわっていた。わたしの顔《かお》をじっと見《み》ていたので、わたしの酔眼《すいがん》と、ちらと視線《しせん》が合《あ》って、少女《しょうじょ》は、微笑《びしょう》した。夢《ゆめ》のように、美《うつく》しかった。お嫁《よめ》に行《い》く、あの夜《よ》のつるに酷似《こくじ》していたのである。それまでの、けわしい泥酔《でいすい》が、涼《すず》しくほどけていって、わたしは、たいへん安心《あんしん》して、そうして、また、眠《ねむ》ってしまったらしい。ずいぶん酔《よ》っていたのである。ご不浄《ふじょう》に立《た》ったときのことと、それから、少女《しょうじょ》の微笑《びしょう》と、ふたつだけ、それだけは、あとになっても、はっきり思《おも》い出《だ》すことができるのだけれど、そのほかのことは、さっぱりおぼえていないのである。

半分《はんぶん》、眠《ねむ》りながら、わたしは自動車《じどうしゃ》に乗《の》せられ、幸吉兄妹《こうきちきょうだい》も、わたしの右《みぎ》と左《ひだり》に乗《の》った

ようだ。途中《とちゅう》、ぎゃあぎゃああやしい鳥《とり》の鳴《な》き声《ごえ》を聞《き》いて、

「あれは、なんだ。」

「さぎです。」

そんな会話《かいわ》をしたのを、ぼんやりおぼえている。山峡《さんきょう》のまちにいるのだな、と酔《よ》っていながらも旅愁《りょしゅう》を感《かん》じた。

宿《やど》に送《おく》りとどけられ、幸吉兄妹《こうきちきょうだい》にふとんまでしいてもらったのだろう、わたしはあくる日《ひ》の正午《しょうご》近《ちか》くまで、投《な》げ捨《す》てられた鱈《たら》のように、だらしなく眠《ねむ》った。

「郵便屋《ゆうびんや》さんですよ。玄関《げんかん》まで。」宿《やど》の女中《じょちゅう》に、そう言《い》われて起《お》こされた。

「書留《かきとめ》ですか?」わたしは、少《すこ》し寝《ね》ぼけていた。

「いいえ、」女中《じょちゅう》も笑《わら》っていた。「ちょっと、お目《め》にかかりたいんですって。」

やっと思《おも》い出《だ》した。きのう一日《いちにち》のことが、つぎつぎに思《おも》い出《だ》されて、それでも、なんだか、はじめから終《お》わりまで全部《ぜんぶ》、夢《ゆめ》のようで、どうしても、事実《じじつ》この世《よ》に起《お》こったできごととは思《おも》われず、鼻翼《びよく》の脂《あぶら》を手《て》のひらで拭《ふ》きとりながら、玄関《げんかん》に出《で》てみた。きのうの郵便《ゆうびん》屋《や》さんが立《た》っている。やっぱり、かわいい顔《かお》をして、にこにこ笑《わら》いながら、

「や、まだおやすみだったのですね。ゆうべは、酔《よ》ったんですってね。なんとも、ありませんか？」ひどく、なれなれしい口調《くちょう》である。

いや、なんともありません、とわたしはさすがにてれくさく、しわがれた声《こえ》で不機嫌《ふきげん》に答《こた》えた。

「これ、幸吉《こうきち》さんの妹《いもうと》さんから。」百合《ゆり》の花束《はなたば》を差《さ》しだした。

「なんですか、それは。」わたしは、その三、四輪《りん》の白《しろ》い花《はな》を、ぼんやり眺《なが》めて、そうして大《おお》きいあくびが出《で》た。

「ゆうべ、あなたが、そう言《い》ったそうじゃないですか。なんにも世話《せわ》なんか、いらない。部屋《へや》に飾《かざ》る花《はな》がひとつあれば、それでたくさんだって。」

「そうかなあ。そんなこと言《い》ったかなあ。」わたしは、とにかく花《はな》を受《う》け取《と》り、「いや、どうも、ありがとう。幸吉《こうきち》さんと、妹《いもうと》さんにも、そう言《い》ってください。ゆうべは、ほんとうに失礼《しつれい》しました。いつもは、あんなじゃないのですから、こわがらないで、どんどん宿《やど》へ遊《あそ》びにきてくださいって。」

「でも、言《い》っていましたよ。仕事《しごと》のじゃまになるから、宿《やど》へ来《く》るなって言《い》われたので、そのうちお仕事《しごと》がすんでから、みんなで御岳《みたけ》へ遊《あそ》びにいくんだ、とそう言《い》っていましたよ。」

「そうか。そんな、ばかなことわたしが言《い》ったのかねえ。仕事《しごと》のほうは、どうにでも都合《つごう》がつくのだから、御岳《みたけ》へでも、どこへでも、きっといっしょに行《い》きます、とそう言《い》ってください。わたしは、いつでもいいんです。早《はや》いほどいいなあ。二、三日中《にちじゅう》に行《い》きたいなあ。どうでも、そこは、あなたたちの都合《つごう》のいいように、とそう言《い》ってください。わたしは、ほんとうに、いつでもいいのですからね。」むきになっていた。

「承知《しょうち》しました。僕《ぼく》もいっしょに行《い》くんです。これからも、よろしく。」へんな、どぎまぎした挨拶《あいさつ》だったので、わたしは、郵便屋《ゆうびんや》さんの顔《かお》を見《み》なおした。真《ま》っ赤《か》になっている。

わたしは、ちょっと考《かんが》えて、すぐわかった。この郵便屋《ゆうびんや》さんと、あの少女《しょうじょ》とでは、きっと、つつましく、うまくいくだろうと思《おも》った。少《すこ》しわびしく、戸惑《とまど》いしたわたしの感情《かんじょう》も、すぐにその場《ば》で、きれいに整理《せいり》できた。それは、それで、いいのだと思《おも》った。

百合《ゆり》の花《はな》は、なにかありあわせの花瓶《かびん》に活《い》けて部屋《へや》に持《も》ってくるよう女中《じょちゅう》に言《い》いつけて、わたしは、わたしの部屋《へや》へ帰《かえ》って机《つくえ》のまえにすわってみた。いい仕事《しごと》をしなければいけないと思《おも》った。いい弟《おとうと》と、いい妹《いもうと》のかげながらの声援《せいえん》が、背中《せなか》に涼《すず》しく感《かん》ぜられ、あいつらのためにだけでも、も少《すこ》しどうにか、えらくなりたいものだと思《おも》った。ふとそばに目《め》を転《てん》ずると、わたしのゆうべ着《き》て出《で》た着物《きもの》が、きちんとたたまれて枕《まくら》もとに置《お》かれてある。わたしの新《あたら》しい小《ちい》さい妹《いもうと》が、ゆうべわたしに脱《ぬ》がせてたたんでいってくれたものにちがいない。

それから二日《ふつか》めに、火事《かじ》である。わたしは、まだ仕事《しごと》で、起《お》きていた。夜中《よなか》の二時《じ》すぎに、けたたましく半鐘《はんしょう》が鳴《な》って、あまりにその打《う》ちかたがはげしいので、わたしは立《た》ってガラス障子《しょうじ》をあけて見《み》た。炎々《えんえん》と燃《も》えている。宿《やど》からは、よほどはなれている。けれども、今夜《こんや》はまったくの無風《むふう》なので、炎《ほのお》は思《おも》うさま伸《の》び伸《の》びと天《てん》に舞《ま》いあがり立《た》ちのぼり、めらめら燃《も》える炎《ほのお》のけはいが、ここまではっきり聞《き》こえるようで、ふるえるほどに壮観《そうかん》であった。ふと見《み》ると、月夜《つきよ》で、富士《ふじ》がほのかに見《み》えて、気《き》のせいか、富士《ふじ》も炎《ほのお》に照《て》らされて薄紅色《うすべにいろ》になっている。四辺《しへん》の山々《やまやま》の姿《すがた》も、やはりなんだか汗《あせ》ばんで、紅潮《こうちょう》しているように見《み》えるのである。甲府《こうふ》の火事《かじ》は、沼《ぬま》の底《そこ》の大焚《おおた》き火《び》だ。ぼんやり眺《なが》めているうちに、柳町《やなぎまち》、先夜《せんや》の望富閣《ぼうふかく》を思《おも》い出《だ》した。近《ちか》い。たしかにあの辺《へん》だ。わたしはすぐさま、どてらに羽織《はおり》をひっかけ、毛糸《けいと》の襟巻《えりま》きぐるぐる首《くび》にまいて、表《おもて》に飛《と》びだした。甲府駅《こうふえき》のまえまで、十五、六丁《ちょう》（約《やく》一・七四四キロメートル）を一気《いっき》に走《はし》ったら、もう、さすがにぶったおれそうになった。電柱《でんちゅう》に抱《だ》きつくようにして寄《よ》りかかり、ぜいぜい咽喉《のど》を鳴《な》らしながらひとやすみしていると、果《は》たして、わたしのまえをどんどん走《はし》ってゆく人《ひと》たちは、口々《くちぐち》に、柳町《やなぎまち》、望富《ぼうふ》閣《かく》、とさけびあっているのである。わたしは、かえって落《お》ちついた。こんどは、ゆっくり歩《ある》いて、県庁《けんちょう》のまえまで行《い》くと、人々《ひとびと》がお城《しろ》へ行《い》こう、お城《しろ》へ行《い》こうとささやきあっているのを聞《き》いたので、なるほどお城《しろ》にのぼったら、火事《かじ》がはっきり、手《て》にとるように見《み》えるにちがいないとわたしもそれに気《き》がついて、人々《ひとびと》のあとについていき、舞鶴城跡《まいづるじょうあと》の石《いし》の段々《だんだん》を、多少《たしょう》ぶるぶるふるえながらのぼっていって、やっと石垣《いしがき》の上《うえ》の広場《ひろば》にたどりつき、見《み》ると、すぐ真下《ました》に、火事《かじ》が、轟々凄惨《ごうごうせいさん》の音《おと》を立《た》てて燃《も》えていた。噴火口《ふんかこう》を見下《みお》ろすここちである。気《き》のせいか、わたしのまゆにさえ熱《あつ》さを感《かん》じた。わたしは、たちまちがたがたふるえる。火事《かじ》を見《み》ると、どうしたわけか、こんなに全身《ぜんしん》ががたがたふるえるのが、わたしの幼少《ようしょう》のころからの悪癖《あくへき》である。歯《は》の根《ね》も合《あ》わぬ、というのは、まさしく的確《てきかく》の実感《じっかん》であった。

　とんと肩《かた》をたたかれた。振《ふ》りむくと、うしろに、幸吉兄妹《こうきちきょうだい》が微笑《びしょう》して立《た》っている。

「あっ、焼《や》けたね。」わたしは、舌《した》がもつれて、はっきり、うまく言《い》えなかった。

「ええ、焼《や》ける家《いえ》だったのですね。父《ちち》も、母《はは》も、幸《しあわ》せでしたね。」炎《ほのお》の光《ひかり》を受《う》けて並《なら》んで立《た》っている幸吉兄妹《こうきちきょうだい》の姿《すがた》は、どこか凜《りん》として美《うつく》しかった。「あ、裏《うら》二階《かい》のほうにも火《ひ》がまわっちゃったらしいな。全焼《ぜんしょう》ですね。」幸吉《こうきち》は、ひとりでそうつぶやいて、微笑《びしょう》した。たしかに、単純《たんじゅん》に、「微笑《びしょう》」であった。つくづくわたしは、この十年来《ねんらい》、感傷《かんしょう》に焼《や》けただれてしまっているわたし自身《じしん》のはらわたのおろかさを、はずかしく思《おも》った。叡智《えいち》を忘《わす》れたわたしのきょうまでの盲目《もうもく》の激情《げきじょう》を、醜悪《しゅうあく》にさえ感《かん》じた。

けだものの咆哮《ほうこう》の声《こえ》が、間断《かんだん》なく聞《き》こえる。

「なんだろう。」わたしは先刻《せんこく》から不審《ふしん》であった。

「すぐ裏《うら》に、公園《こうえん》の動物園《どうぶつえん》があるのよ。」妹《いもうと》が教《おし》えてくれた。「ライオンなんか、逃《に》げだしちゃたいへんね。」くったくなく笑《わら》っている。

きみたちは、幸福《こうふく》だ。大勝利《だいしょうり》だ。そうして、もっと、もっと幸《しあわ》せになれる。わたしは大《おお》きく腕組《うでぐ》みして、それでも、やはりぶるぶるふるえながら、こっそり力《ちから》こぶ入《い》れていたのである。

葉桜《はざくら》と魔笛《まてき》

重病《じゅうびょう》で寝《ね》たきりの妹《いもうと》あてに届《とど》いた、
恋文《こいぶみ》をめぐるミステリー。
妹《いもうと》を思《おも》う姉《あね》の愛情《あいじょう》と、
死期《しき》がせまった妹《いもうと》の切《せつ》なる願《ねが》いが
交差《こうさ》したとき、奇跡《きせき》がおこる。

桜《さくら》が散《ち》って、このように葉桜《はざくら》のころになれば、わたしは、きっと思《おも》い出《だ》します。――と、その老夫人《ろうふじん》は物語《ものがた》る。――いまから三十五年《ねん》まえ、父《ちち》はそのころまだ存命中《ぞんめいちゅう》でございまして、わたしの一家《いっか》、といいましても、母《はは》はその七年《ねん》まえわたしが十三のときに、もう他界《たかい》なされて、あとは、父《ちち》と、わたしと妹《いもうと》と三人《にん》きりの家庭《かてい》でございましたが、父《ちち》は、わたし十八、妹《いもうと》十六のときに島根県《しまねけん》の日本海《にほんかい》に沿《そ》った人口《じんこう》二万余《まんあま》りのあるお城下《じょうか》まちに、中学校長《ちゅうがっこうちょう》として赴任《ふにん》してきて、恰好《かっこう》の借家《しゃくや》もなかったので、まちはずれの、もうすぐ山《やま》に近《ちか》いところにひとつはなれてぽつんと建《た》ってあるお寺《てら》の、はなれ座敷《ざしき》、二部屋《ふたへや》拝借《はいしゃく》して、そこに、ずっと、六年《ねん》めに松江《まつえ》の中学校《ちゅうがっこう》に転任《てんにん》になるまで、住《す》んでいました。わたしが結婚《けっこん》いたしましたのは、松江《まつえ》に来《き》てからのことで、二十四の秋《あき》でございますから、当時《とうじ》としてはずいぶんおそい結婚《けっこん》でございました。早《はや》くから母《はは》に死《し》なれ、父《ちち》は頑固一徹《がんこいってつ》の学者《がくしゃ》気質《かたぎ》で、世俗《せぞく》のことには、とんと、うとく、わたしがいなくなれば、一家《いっか》の切《き》りまわしが、まるでだめになることが、わかっていましたので、わたしも、それまでにいくらも話《はなし》があったのでございますが、家《いえ》を捨《す》ててまで、よそへお嫁《よめ》に行《い》く気《き》が起《お》こらなかったのでございます。せめて、妹《いもうと》さえ丈夫《じょうぶ》でございましたならば、わたしも、少《すこ》し気楽《きらく》だったのですけれども、妹《いもうと》は、わたしに似《に》ないで、たいへん美《うつく》しく、髪《かみ》も長《なが》く、とてもよくできる、かわいい子《こ》でございましたが、からだが弱《よわ》く、その城下《じょうか》まちへ赴任《ふにん》して、二年《ねん》めの春《はる》、わたし二十、妹《いもうと》十八で、妹《いもうと》は、死《し》にました。そのころの、これは、お話《はなし》でございます。妹《いもうと》は、もう、よほどまえから、いけなかったのでございます。腎臓結核《じんぞうけっかく》という、悪《わる》い病気《びょうき》でございまして、気《き》のついたときには、両方《りょうほう》の腎臓《じんぞう》が、もう虫食《むしく》われてしまっていたのだそうで、医者《いしゃ》も、百日以内《にちいない》、とはっきり父《ちち》に言《い》いました。どうにも、手《て》のほどこしようがないのだそうでございます。ひとつきたち、ふたつきたって、そろそろ百日《にち》めが近《ちか》くなってきても、わたしたちはだまって見《み》ていなければいけません。妹《いもうと》は、なにも知《し》らず、わりに元気《げんき》で、終日《しゅうじつ》寝床《ねどこ》に寝《ね》たきりなのでございますが、それでも、陽気《ようき》に歌《うた》をうたったり、冗談《じょうだん》言《い》ったり、わたしにあまえたり、これがもう三、四十日《にち》たつと、死《し》んでゆくのだ、はっきり、それにきまっているのだ、と思《おも》うと、胸《むね》がいっぱいになり、総身《そうしん》を縫《ぬ》い針《ばり》で突《つ》き刺《さ》されるように苦《くる》しく、わたしは、気《き》が狂《くる》うようになってしまいます。三月《がつ》、四月《がつ》、五月《がつ》、そうです。五月《がつ》のなかば、わたしは、あの日《ひ》を忘《わす》れません。

野《の》も山《やま》も新緑《しんりょく》で、はだかになってしまいたいほど温《あたた》かく、わたしには、新緑《しんりょく》がまぶしく、目《め》にちかちか痛《いた》くって、ひとり、いろいろ考《かんが》えごとをしながら帯《おび》のあいだに片手《かたて》をそっと差《さ》しいれ、うなだれて野道《のみち》を歩《ある》き、考《かんが》えること、考《かんが》えること、みんな苦《くる》しいことばかりで息《いき》ができなくなるくらい、わたしは、身悶《みもだ》えしながら歩《ある》きました。どおん、どおん、と春《はる》の土《つち》の底《そこ》の底《そこ》から、まるで十万億土《じゅうまんおくど》からひびいてくるように、かすかな、けれども、おそろしく幅《はば》のひろい、まるで地獄《じごく》の底《そこ》で大《おお》きな大《おお》きな太鼓《たいこ》でも打《う》ち鳴《な》らしているような、おどろおどろした物音《ものおと》が、絶《た》え間《ま》なくひびいてきて、わたしには、そのおそろしい物音《ものおと》が、なんであるか、わからず、ほんとうにもう自分《じぶん》が狂《くる》ってしまったのではないか、と思《おも》い、そのまま、からだが凝結《ぎょうけつ》して立《た》ちすくみ、とつぜんわあっ！と大声《おおごえ》が出《で》て、立《た》っていられずぺたんと草原《くさはら》にすわって、思《おも》いきって泣《な》いてしまいました。

あとで知《し》ったことでございますが、あのおそろしい不思議《ふしぎ》な物音《ものおと》は、日本海大海戦《にほんかいだいかいせん》、軍艦《ぐんかん》の大砲《たいほう》の音《おと》だったのでございます。東郷提督《とうごうていとく》の命令一下《めいれいいっか》で、露国《ろこく》のバルチック艦隊《かんたい》を一挙《いっきょ》に撃滅《げきめつ》なさるための、大激戦《だいげきせん》の最中《さいちゅう》だったのでございます。ちょうど、そのころでございますものね。海軍記念日《かいぐんきねんび》は、ことしも、また、そろそろやってまいります。あの海岸《かいがん》の城下《じょうか》まちにも、大砲《たいほう》の音《おと》が、おどろおどろ聞《き》こえてきて、まちの人《ひと》たちも、生《い》きたそらがなかったのでございましょうが、わたしは、そんなこととは知《し》らず、ただもう妹《いもうと》のことでいっぱいで、半気《はんき》ちがいのありさまだったので、なにか不吉《ふきつ》な地獄《じごく》の太鼓《たいこ》のような気《き》がして、ながいこと草原《くさはら》で、顔《かお》もあげずに泣《な》きつづけておりました。日《ひ》が暮《く》れかけてきたころ、わたしはやっと立《た》ちあがって、死《し》んだように、ぼんやりなってお寺《てら》へ帰《かえ》ってまいりました。

「姉《ねえ》さん。」と妹《いもうと》が呼《よ》んでおります。妹《いもうと》も、そのころは、痩《や》せ衰《おとろ》えて、力《ちから》なく、自分《じぶん》でも、うすうす、もうそんなに長《なが》くないことを知《し》ってきているようすで、以前《いぜん》のように、あまりなにかとわたしに無理難題《むりなんだい》言《い》いつけてあまったれるようなことが、なくなってしまって、わたしには、それがまたいっそうつらいのでございます。

「姉《ねえ》さん、この手紙《てがみ》、いつ来《き》たの？」

わたしは、はっと、胸《むね》を突《つ》かれ、顔《かお》の血《ち》の気《け》がなくなったのを自分《じぶん》ではっきり意識《いしき》いたしました。

「いつ来《き》たの？」妹《いもうと》は、無心《むしん》のようでございます。わたしは、気《き》をとりなおして、

「ついさっき。あなたの眠《ねむ》っていらっしゃるあいだに。あなた、笑《わら》いながら眠《ねむ》っていた

わ。あたし、こっそりあなたの枕《まくら》もとに置《お》いといたの。知《し》らなかったでしょう？」

「ああ、知《し》らなかった。」妹《いもうと》は、夕闇《ゆうやみ》の迫《せま》った薄暗《うすぐら》い部屋《へや》の中《なか》で、白《しろ》く美《うつく》しく笑《わら》って、

「姉《ねえ》さん、あたし、この手紙読《てがみよ》んだの。おかしいわ。あたしの知《し》らない人《ひと》なのよ。」

知《し》らないことがあるものか。わたしは、その手紙《てがみ》の差出人《さしだしにん》のM《エム》・T《ティー》という男《おとこ》の人《ひと》を知《し》っております。ちゃんと知《し》っていたのでございます。いいえ、お会《あ》いしたことはないのでございますが、わたしが、その五、六日《にち》まえ、妹《いもうと》のたんすをそっと整理《せいり》して、その折《おり》に、ひとつの引《ひ》き出《だ》しの奥底《おくそこ》に、一束《ひとたば》の手紙《てがみ》が、緑《みどり》のリボンできっちり結《むす》ばれて隠《かく》されてあるのを発見《はっけん》いたし、いけないことでしょうけれども、リボンをほどいて、見《み》てしまったのでございます。およそ三十通《つう》ほどの手紙《てがみ》、全部《ぜんぶ》がそのM《エム》・T《ティー》さんからのお手紙《てがみ》だったのでございます。もっとも手紙《てがみ》のおもてには、M《エム》・T《ティー》さんのお名前《なまえ》は書《か》かれておりませぬ。手紙《てがみ》の中《なか》にちゃんと書《か》かれてあるのでございます。そうして、手紙《てがみ》のおもてには、差出人《さしだしにん》としていろいろの女《おんな》の人《ひと》の名前《なまえ》が記《しる》されてあって、それがみんな、実在《じつざい》の、妹《いもうと》のお友《とも》だちのお名前《なまえ》でございましたので、わたしも父《ちち》も、こんなにどっさり男《おとこ》の人《ひと》と文通《ぶんつう》しているなど、夢《ゆめ》にも気《き》づかなかったのでございます。

きっと、そのM《エム》・T《ティー》という人《ひと》は、用心深《ようじんぶか》く、妹《いもうと》からお友《とも》だちの名前《なまえ》をたくさん聞《き》いておいて、つぎつぎとその数《かず》ある名前《なまえ》を用《もち》いて手紙《てがみ》をよこしていたのでございましょう。わたしは、それにきめてしまって、若《わか》い人《ひと》たちの大胆《だいたん》さに、ひそかに舌《した》をまき、あの厳格《げんかく》な父《ちち》に知《し》れたら、どんなことになるだろう、と身《み》ぶるいするほどおそろしく、けれども、一通《つう》ずつ日付《ひづけ》にしたがって読《よ》んでゆくにつれて、わたしまで、なんだか楽《たの》しく浮《う》き浮《う》きしてきて、ときどきは、あまりの他愛《たわい》なさに、ひとりでくすくす笑《わら》ってしまって、おしまいには自分自身《じぶんじしん》にさえ、広《ひろ》い大《おお》きな世界《せかい》が開《ひら》けてくるような気《き》がいたしました。

わたしも、まだそのころは二十になったばかりで、若《わか》い女《おんな》としての口《くち》には言《い》えぬ苦《くる》しみも、いろいろあったのでございます。三十通《つう》あまりの、その手紙《てがみ》を、まるで谷川《たにがわ》が流《なが》れ走《はし》るような感《かん》じで、ぐんぐん読《よ》んでいって、去年《きょねん》の秋《あき》の、最後《さいご》の一通《つう》の手紙《てがみ》を、読《よ》みかけて、思《おも》わず立《た》ちあがってしまいました。雷電《らいでん》に打《う》たれたときの気持《きも》ちって、あんなものかもしれませぬ。のけぞるほどに、ぎょっといたしました。妹《いもうと》たちの恋愛《れんあい》は、心《こころ》だけのものではなかったのです。もっとみにくく進《すす》んでいたのでございます。わたしは、手紙《てがみ》を焼《や》きました。一通残《つうのこ》らず焼《や》きました。M《エム》・T《ティー》は、その城下《じょうか》まちに住《す》む、貧《まず》しい歌人《かじん》のようすで、卑怯《ひきょう》なことには、妹《いもうと》の病気《びょうき》を知《し》るとともに、妹《いもうと》を捨《す》て、もうおたがい忘《わす》れてしまいましょう、など残酷《ざんこく》なこと平気《へいき》でその手紙《てがみ》にも書《か》いてあり、それっきり、一通《つう》の手紙《てがみ》もよこさないらしい具合《ぐあい》でございましたから、これは、わたしさえだまって一生《いっしょう》人《ひと》に語《かた》らなければ、妹《いもうと》は、きれいな少女《しょうじょ》のままで死《し》んでゆける。誰《だれ》も、ごぞんじないのだ、とわたしは苦《くる》しさを胸《むね》ひとつにおさめて、けれども、その事実《じじつ》を知《し》ってしまってからは、なおのこと妹《いもうと》がかわいそうで、いろいろ奇怪《きかい》な空想《くうそう》も浮《う》かんで、わたし自身《じしん》、胸《むね》がうずくような、あまずっぱい、それは、いやなせつない思《おも》いで、あのような苦《くる》しみは、年《とし》ごろの女《おんな》の人《ひと》でなければ、わからない、生《い》き地獄《じごく》でございます。まるで、わたしが自身《じしん》で、そんな憂《う》き目《め》にあったかのように、わたしは、ひとりで苦《くる》しんでおりました。あのころは、わたし自身《じしん》も、ほんとに、少《すこ》し、おかしかったのでございます。

「姉《ねえ》さん、読《よ》んでごらんなさい。なんのことやら、あたしには、ちっともわからない。」

わたしは、妹《いもうと》の不正直《ふしょうじき》をしんからにくく思《おも》いました。

「読《よ》んでいいの?」そう小声《こごえ》でたずねて、妹《いもうと》から手紙《てがみ》を受《う》け取《と》るわたしの指先《ゆびさき》は、当惑《とうわく》するほどふるえていました。開《ひら》いて読《よ》むまでもなく、わたしは、この手紙《てがみ》の文句《もんく》を知《し》っております。けれどもわたしは、なにくわぬ顔《かお》してそれを読《よ》まなければいけません。手紙《てがみ》には、こう書《か》かれてあるのです。わたしは、手紙《てがみ》をろくろく見《み》ずに、声立《こえた》てて読《よ》みました。

──きょうは、あなたにおわびを申《もう》し上《あ》げます。僕《ぼく》がきょうまで、がまんしてあなたにお手紙差《てがみさ》し上《あ》げなかったわけは、すべて僕《ぼく》の自信《じしん》のなさからであります。僕《ぼく》は、貧《まず》しく、無能《むのう》であります。あなたひとりを、どうしてあげることもできないのです。ただ言葉《ことば》で、その言葉《ことば》には、みじんもうそがないのでありますが、ただ言葉《ことば》で、あなたへの愛《あい》の証明《しょうめい》をするよりほかには、なにひとつできぬ僕自身《ぼくじしん》の無力《むりょく》が、いやになったのです。あなたを、一日《いちにち》も、いや夢《ゆめ》にさえ、忘《わす》れたことはないのです。けれども、僕《ぼく》は、あなたを、どうしてあげることもできない。それが、つらさに、僕《ぼく》は、あなたと、おわかれしようと思《おも》ったのです。あなたの不幸《ふこう》が大《おお》きくなればなるほど、そうして僕《ぼく》の愛情《あいじょう》が深《ふか》くなればなるほど、僕《ぼく》はあなたに近《ちか》づきにくくなるのです。おわかりでしょうか。僕《ぼく》は、けっして、ごまかしを言《い》っているのではありません。僕《ぼく》は、それを僕自身《ぼくじしん》の正義《せいぎ》の責任感《せきにんかん》からと解《かい》していました。けれども、それは、僕《ぼく》のまちがい。僕《ぼく》は、はっきりまちがっておりました。おわびを申《もう》し上《あ》げます。僕《ぼく》は、あなたに対《たい》して完璧《かんぺき》の人間《にんげん》になろうと、我欲《がよく》を張《は》っていただけのことだったのです。僕《ぼく》たち、さびしく無力《むりょく》なのだから、ほかになんにもできないのだから、せめて言葉《ことば》だけでも、誠実《せいじつ》こめてお贈《おく》りするのが、まことの、謙譲《けんじょう》の美《うつく》しい生《い》きかたである、と僕《ぼく》はいまでは信《しん》じています。つねに、自身《じしん》にできる限《かぎ》りの範囲《はんい》で、それをなし遂《と》げるように努力《どりょく》すべきだと思《おも》います。どんなに小《ちい》さいことでもよい。タンポポの花《はな》一輪《りん》の贈《おく》りものでも、けっして恥《は》じずに差《さ》しだすのが、もっとも勇気《ゆうき》ある、男《おとこ》らしい態度《たいど》であると信《しん》じます。僕《ぼく》は、もう逃《に》げません。僕《ぼく》は、あなたを愛《あい》しています。毎日《まいにち》、毎日《まいにち》、歌《うた》をつくってお送《おく》りします。それから、毎日《まいにち》、毎日《まいにち》、あなたのお庭《にわ》の塀《へい》のそとで、口笛《くちぶえ》吹《ふ》いて、お聞《き》かせしましょう。明日《あした》の晩《ばん》の六時《じ》には、さっそく口笛《くちぶえ》、軍艦《ぐんかん》マーチ吹《ふ》いてあげます。僕《ぼく》の口笛《くちぶえ》は、うまいですよ。いまのところ、それだけが、僕《ぼく》の力《ちから》で、わけなくできる奉仕《ほうし》です。お笑《わら》いになっては、いけません。いや、お笑《わら》いになってください。元気《げんき》でいてください。神《かみ》さまは、きっとどこかで見《み》ています。僕《ぼく》は、それを信《しん》じています。あなたも、僕《ぼく》も、ともに神《かみ》の寵児《ちょうじ》です。きっと、美《うつく》しい結婚《けっこん》できます。

待《ま》ち待《ま》ちて　ことし咲《さ》きけり　桃《もも》の花《はな》　白《しろ》と聞《き》きつつ　花《はな》は紅《べに》なり

僕《ぼく》は勉強《べんきょう》しています。すべては、うまくいっています。では、また、明日《あした》。M《エム》・T《ティー》。

「姉《ねえ》さん、あたし知《し》っているのよ。」妹《いもうと》は、すんだ声《こえ》でそうつぶやき、「ありがとう、姉《ねえ》さん、これ、姉《ねえ》さんが書《か》いたのね。」

わたしは、あまりのはずかしさに、その手紙《てがみ》、千々《ちぢ》に引《ひ》きさいて、自分《じぶん》の髪《かみ》をくしゃくしゃ引《ひ》きむしってしまいたく思《おも》いました。いても立《た》ってもおられぬ、とはあんな思《おも》いを指《さ》して言《い》うのでしょう。わたしが書《か》いたのだ。妹《いもうと》の苦《くる》しみを見《み》かねて、わたしが、これから毎日《まいにち》、M《エム》・T《ティー》の筆蹟《ひっせき》を真似《まね》て、妹《いもうと》の死《し》ぬる日《ひ》まで、手紙《てがみ》を書《か》き、下手《へた》な和歌《わか》を、苦心《くしん》してつくり、それから晩《ばん》の六時《じ》には、こっそり塀《へい》のそとへ出《で》て、口笛吹《くちぶえふ》こうと思《おも》っていたのです。

はずかしかった。下手《へた》な歌《うた》みたいなものまで書《か》いて、はずかしゅうございました。身《み》も世《よ》も、あらぬ思《おも》いで、わたしは、すぐには返事《へんじ》も、できませんでした。

「姉《ねえ》さん、心配《しんぱい》なさらなくても、いいのよ。」妹《いもうと》は、不思議《ふしぎ》に落《お》ちついて、崇高《すうこう》なくらいに美《うつく》しく微笑《びしょう》していました。「姉《ねえ》さん、あの緑《みどり》のリボンで結《むす》んであった手紙《てがみ》を見《み》たのでしょう？　あれは、うそ。あたし、あんまりさびしいから、おととしの秋《あき》から、ひとりであんな手紙《てがみ》書《か》いて、あたしにあてて投函《とうかん》していたの。姉《ねえ》さん、ばかにしないでね。青春《せいしゅん》というものは、ずいぶん大事《だいじ》なものなのよ。あたし、病気《びょうき》になってから、それが、はっきりわかってきたの。ひとりで、自分《じぶん》あての手紙《てがみ》なんか書《か》いてるなんて、汚《きたな》い。あさましい。ばかだ。あたしは、ほんとうに男《おとこ》のかたと、大胆《だいたん》に遊《あそ》べば、よかった。あたしのからだを、しっかり抱《だ》いてもらいたかった。姉《ねえ》さん、あたしはいままで一度《いちど》も、恋人《こいびと》どころか、よその男《おとこ》のかたと話《はな》してみたこともなかった。姉《ねえ》さんだって、そうなのね。姉《ねえ》さん、あたしたちまちがっていた。おりこうすぎた。ああ、死《し》ぬなんて、いやだ。あたしの手《て》が、指《ゆび》先《さき》が、髪《かみ》が、かわいそう。死《し》ぬなんて、いやだ。いやだ。」

わたしは、かなしいやら、こわいやら、うれしいやら、はずかしいやら、胸《むね》がいっぱいになり、わからなくなってしまいまして、妹《いもうと》の痩《や》せたほおに、わたしのほおをぴったり押《お》しつけ、ただもう涙《なみだ》が出《で》てきて、そっと妹《いもうと》を抱《だ》いてあげました。そのとき、ああ、聞《き》こえるのです。低《ひく》くかすかに、でも、たしかに、軍艦《ぐんかん》マーチの口笛《くちぶえ》でございます。妹《いもうと》も、耳《みみ》をすましました。ああ、時計《とけい》を見《み》ると六時《じ》なのです。わたしたち、言《い》い知《し》れぬ恐怖《きょうふ》

に、強《つよ》く強《つよ》く抱《だ》きあったまま、身《み》じろぎもせず、そのお庭《にわ》の葉桜《はざくら》の奥《おく》から聞《き》こえてくる不《ふ》思議《しぎ》なマーチに耳《みみ》をすましておりました。

神《かみ》さまは、ある。きっと、いる。わたしは、それを信《しん》じました。妹《いもうと》は、それから三日《みっか》めに死《し》にました。医者《いしゃ》は、首《くび》をかしげておりました。あまりに静《しず》かに、早《はや》く息《いき》をひきとったからでございましょう。けれども、わたしは、そのときおどろかなかった。なにもかも神《かみ》さまの、おぼしめしと信《しん》じていました。

いまは、——年《とし》とって、もろもろの物欲《ぶつよく》が出《で》てきて、おはずかしゅうございます。信仰《しんこう》とやらも少《すこ》し薄《うす》らいでまいったのでございましょうか、あの口笛《くちぶえ》も、ひょっとしたら、父《ちち》の仕業《しわざ》ではなかったろうかと、なんだかそんな疑《うたが》いを持《も》つこともございます。学校《がっこう》のおつとめからお帰《かえ》りになって、隣《となり》のお部屋《へや》で、わたしたちの話《はなし》を立《た》ち聞《ぎ》きして、ふびんに思《おも》い、厳酷《げんこく》の父《ちち》としては一世一代《いっせいちだい》の狂言《きょうげん》したのではなかろうか、と思《おも》うことも、ございますが、まさか、そんなこともないでしょうね。父《ちち》が在世中《ざいせちゅう》なれば、問《と》いただすこともできるのですが、父《ちち》が亡《な》くなって、もう、かれこれ十五年《ねん》にもなりますものね。いや、やっぱり神《かみ》さまのおめぐみでございましょう。

わたしは、そう信《しん》じて安心《あんしん》しておりたいのでございますけれども、どうも、年《とし》とってくると、物欲《ぶつよく》が起《お》こり、信仰《しんこう》も薄《うす》らいでまいって、いけないとぞんじます。

善《ぜん》蔵《ぞう》を思《おも》う

百姓《ひゃくしょう》の女《おんな》からバラを買《か》ったわたしは、
「だまされた。」と後悔《こうかい》する。
ちょうどその頃《ころ》、郷里《きょうり》の新聞社《しんぶんしゃ》から
招待《しょうたい》されて、地元《じもと》出身《しゅっしん》の芸術《げいじゅつ》関係者《かんけいしゃ》の
会合《かいごう》に出席《しゅっせき》したのだが——。

――はっきり言《い》ってごらん。ごまかさずに言《い》ってごらん。冗談《じょうだん》も、にやにや笑《わら》いも、よしたまえ。うそでないものを、一度《いちど》でいいから、言《い》ってごらん。

――きみの言《い》うとおりにすると、わたしは、もう一度《いちど》牢屋《ろうや》へ、入《はい》ってこなければならない。もう一度入水《いちどじゅすい》（水中《すいちゅう》に飛《と》びこんで自殺《じさつ》すること）をやりなおさなければならない。もう一度《いちど》狂人《きょうじん》にならなければならない。きみは、そのときになっても、逃《に》げないか。わたしは、うそばかりついている。けれども、一度《いちど》だってきみを欺《あざむ》いたことがない。わたしのうそは、いつでもきみにやすやすと見破《みやぶ》られたではないか。ほんものの凶悪《きょうあく》のうそつきは、かえってきみの尊敬《そんけい》している人《ひと》の中《なか》にあるのかもしれぬ。あの人《ひと》は、いやだ。あんな人《ひと》にはなりたくないと反《はん》発《ぱつ》のあまり、わたしはとうとう、ほんとうのことをさえ、うそみたいに語《かた》るようになってしまった。ささ濁《にご》り。けれども、きみを欺《あざむ》かない。底《そこ》まですんでいなくても、わたしはきょうも、うそみたいな、まことの話《はなし》をきみに語《かた》ろう。

暁雲《ぎょううん》（明《あ》けがたの雲《くも》）は、あれは夕焼《ゆうや》けから生《う》まれた子《こ》だと。夕日《ゆうひ》なくして、暁雲《ぎょううん》は生《う》まれない。夕焼《ゆうや》けは、いつも思《おも》う。「わたくしは、疲《つか》れてしまいました。わたくしを、そんなに見《み》つめては、いけません。わたくしを愛《あい》しては、いけません。わたくしは、やがて死《し》ぬるからだです。けれども、明日《あす》の朝《あさ》、東《ひがし》の空《そら》から生《う》まれでる太陽《たいよう》を、かならずあなたの友《とも》にしてやってください。あれはわたしの、手塩《てしお》にかけた子供《こども》です。まるまる太《ふと》ったいい子《こ》です。」夕焼《ゆうや》けは、それを諸君《しょくん》に訴《うった》えて、そうしてかなしくほほえむのである。そのとき諸《しょ》君《くん》は夕焼《ゆうや》けを、不健康《ふけんこう》、退廃《たいはい》、などの暴言《ぼうげん》でののしり嘲《あざわら》うことが、できるであろうか。できるとも、と言下《げんか》に答《こた》えて腕《うで》まくり、一歩《ぽ》まえに進《すす》みでた壮士《そうし》ふうの男《おとこ》は、この世《よ》の大《おお》ばか野郎《やろう》である。きみみたいなばかがいるから、いよいよ世《よ》の中《なか》が住《す》みにくくなるのだ。

おゆるしください。言葉《ことば》がすぎた。わたしは、人生《じんせい》の検事《けんじ》でもなければ、判事《はんじ》でもない。人《ひと》を責《せ》める資格《しかく》は、わたしにない。わたしは、悪《あく》の子《こ》である。わたしは、業《ごう》が深《ふか》くて、おそらくはきみの五十倍《ばい》、百倍《ばい》の悪事《あくじ》をなした。現《げん》に、いまも、わたしは悪事《あくじ》をなしている。どんなに気《き》をつけていても、だめなのだ。一日《いちにち》として悪事《あくじ》をなさぬ日《ひ》は、ない。神《かみ》に祈《いの》り、自分《じぶん》の両手《りょうて》をなわで縛《しば》って、地《ち》にひれ伏《ふ》していながらも、ふっと気《き》がついたときには、すでに重大《じゅうだい》の悪事《あくじ》をなしている。わたしは、むち打《う》たれなければならぬ男《おとこ》である。血潮《ちしお》噴《ふ》くまで打《う》たれても、わたしはだまっていなければならぬ。

夕焼《ゆうや》けも、生《う》まれながらにみにくい、含羞《がんしゅう》の笑《え》みをもってこの世《よ》にあらわれたのではなかった。まるまる太《ふと》って無邪気《むじゃき》に気負《きお》い、おのれ意欲《いよく》すれば万事《ばんじ》かならずなると、のんのん燃《も》えて天駆《てんか》けたすばらしい時刻《じこく》もあったのだ。いまは、弱者《じゃくしゃ》。もともと劣勢《れっせい》の生《う》まれではなかった。悪《あく》の、おのれの悪《あく》の自覚《じかく》ゆえに弱《よわ》いのだ。「われ、かつて王座《おうざ》にありき。いまは、庭《にわ》の、バラの花《はな》を見《み》ている。」これは友人《ゆうじん》の、山樫君《やまがしくん》の創《つく》った言葉《ことば》である。

わたしの庭《にわ》にもバラがあるのだ。八本《ぽん》である。花《はな》は、咲《さ》いていない。心細《こころぼそ》げの小《ちい》さい葉《は》だけが、ちりちり冷風《れいふう》にふるえている。このバラは、わたしが、だまされて買《か》ったのである。その欺《あざむ》きかたが、あさはかな、ほとんど暴力的《ぼうりょくてき》なものだったので、わたしは、そのときじつに、言《い》いようなく不愉快《ふゆかい》であった。わたしが九月《がつ》のはじめ、甲府《こうふ》からこの三鷹《みたか》の、畑《はたけ》の中《なか》の家《いえ》に引《ひ》っ越《こ》してきて、四日《よっか》めの昼《ひる》ごろ、ひとりの百姓女《ひゃくしょうおんな》がひょっこり庭《にわ》にあらわれ、ごめんくださいましい、と卑屈《ひくつ》な猫《ねこ》なで声《ごえ》を発《はっ》したのである。わたしはそのとき、部《へ》屋《や》で手紙《てがみ》を書《か》いていたのであるが、手《て》をやすめて、女《おんな》のさまを、よく見《み》た。三十五、六くらいの太《ふと》った百姓女《ひゃくしょうおんな》である。顔《かお》は栗《くり》のように下《しも》ぶくれで青黒《あおぐろ》く、針《はり》のように細《ほそ》い目《め》が、いやらしく光《ひか》って笑《わら》い、歯《は》は真《ま》っ白《しろ》である。わたしは、いやな気持《きも》ちがしたから、だまっていた。けれども女《おんな》は、わたしに向《む》かっててていねいにお辞儀《じぎ》をして、わたしの顔《かお》を斜《はす》にのぞ

きこむようにしながら、ごめんくださいましい、とまた言《い》った。あたしら、ここの畑《はたけ》の百《ひゃく》姓《しょう》でございますよ。こんど畑《はたけ》に家《いえ》が建《た》つのですのよ。バラを、な、これだけ植《う》えて育《そだ》てていたのですけんど、家《いえ》が建《た》つのでかわいそうに、抜《ぬ》いて捨《す》てなけれやならねえのよ。もったいないから、ここのお庭《にわ》に、ちょっと植《う》えさせてくださいましい。植《う》えてから、六年《ねん》になりますのよ。ほら、こんなに根株《ねかぶ》が太《ふと》くなって、毎年《まいとし》、いい花《はな》が咲《さ》きますよ。なあに、そこの畑《はたけ》で毎日《まいにち》はたらいている百姓《ひゃくしょう》でございますもの、ちょいちょい来《き》ては手入《てい》れして差《さ》し上《あ》げます。旦那《だんな》さま、あたしらの畑《はたけ》にはダリアでも、チューリップでも、草花《くさばな》たくさん

ございます、こんどまた、お好《す》きなものを持《も》ってきて植《う》えてあげますよ。あたしらも、きらいなお家《うち》にはお願《ねが》いしないだ。お家《うち》がいいから、好《す》きだから、こうしてお願《ねが》い申《もう》すのよ。バラをこれだけ、ちょっと植《う》えさせてくださいまし、とやや声《こえ》を低《ひく》めて一生懸命《いっしょうけんめい》である。わたしには、それがうそであることがわかっていた。この辺《へん》の畑全部《はたけぜんぶ》は、わたしの家《いえ》の、大家《おおや》さんの持《も》ち物《もの》なのである。わたしは、家《いえ》を借《か》りるとき、大家《おおや》さんから聞《き》いて、ちゃんと知《し》っていた。大家《おおや》さんの家族《かぞく》をも、わたしは正確《せいかく》に知《し》っている。爺《じい》さんと、息子《むすこ》と、息子《むすこ》の嫁《よめ》と、孫《まご》がひとりである。こんな不潔《ふけつ》な、人《ひと》ずれした女《おんな》なぞは、いないはずである。わたしがこの三鷹《みたか》に引《ひ》っ越《こ》してきて、まだ四日《よっか》しかたっていないのだからなにも知《し》るまいと、たかをくくってでたらめを言《い》っているのにちがいない。服装《ふくそう》からしていいかげんだ。よごれのない印半纏《しるしばんてん》に、藤色《ふじいろ》の伊達巻《だてま》きをきちんと締《し》め、手《て》ぬぐいを姉《あね》さん被《かぶ》りにして、紺《こん》の手甲《てっこう》に紺《こん》の脚絆《きゃはん》、真新《まあたら》しい草鞋《わらじ》、刺《さ》し子《こ》の肌着《はだぎ》、どうにも、あまりに完璧《かんぺき》であった。芝居《しばい》に出《で》てくるような、すこぶる概念的《がいねんてき》な百姓風俗《ひゃくしょうふうぞく》である。にせものにちがいない。きわめて悪質《あくしつ》の押《お》し売《う》りである。その態度《たいど》、音声《おんせい》に、おろかな媚《こび》さえ感《かん》ぜられ、じつに胸《むな》くそが悪《わる》かった。けれどもわたしにはその者《もの》を叱咤《しった》し、追《お》いかえすことができなかったのである。

「それは、ご苦労《くろう》さまでした。バラを拝見《はいけん》しましょうね。」と自分《じぶん》でも、おや、と思《おも》ったほどていねいな言葉《ことば》が出《で》てしまって、見《み》こまれたのが、不運《ふうん》なのだという無力《むりょく》な、だるいあきらめも感《かん》ぜられ、いまはしかたなく立《た》ちあがり、無理《むり》な微笑《びしょう》さえ浮《う》かべて縁側《えんがわ》に出《で》たのである。わたしも、いやらしく弱《よわ》くて、人《ひと》を、とがめることができないのである。バラは、菰《こも》に包《つつ》まれて、すべて一尺《しゃく》二、三寸《ずん》（約《やく》四十センチメートル）の背丈《せたけ》で、八本《ぽん》あった。花《はな》は、ついていなかった。

「これからでも、咲《さ》くでしょうか。」蕾《つぼみ》さえないのである。

「咲《さ》きますよ。咲《さ》きますよ。」わたしの言葉《ことば》の終《お》わらぬ先《さき》から、ひったくるように返事《へんじ》して、涙《なみだ》にうるんでいるような細《ほそ》い目《め》を、せいいっぱいに大《おお》きく見開《みひら》いた。疑《うたが》いもなく、詐欺師《さぎし》の目《め》である。うそをついている人《ひと》の目《め》を見《み》ると、例外《れいがい》なく、このように、涙《なみだ》で薄《うす》くうるんでいるものである。「いいにおいが、ぷんぷんしますぞ、へえ。これが、クリーム。これが、うす赤《あか》。これが、白《しろ》。」ひとりでなにかと、しゃべっている。うそつきは、習性《しゅうせい》として一刻《いっこく》も、無言《むごん》でいられないものである。

「この辺《へん》は、みんな、あなたの畑《はたけ》なんでしょうか。」かえってわたしのほうが、はれ物《もの》にでも触《さわ》るような、ひやひやした気持《きも》ちで聞《き》いてみた。

「そうです。そうです。」少《すこ》しとがった口調《くちょう》で答《こた》えて、二度《ど》も三度《ど》も首肯《しゅこう》した。

「家《いえ》が建《た》つのだそうですね。いつごろ建《た》つの？」

「もう、まもなく建《た》ちますよ。立派《りっぱ》な、お屋敷《やしき》が建《た》つらしいですよ。ははは。」男《おとこ》みたいに不敵《ふてき》に笑《わら》った。

「あなたがたのお家《うち》じゃないんですね。それじゃ、畑《はたけ》をお売《う》りになっちゃったというわけですね。」

「ええ、そういうわけです。売《う》っちまったというわけですよ。」

「この辺《へん》は、坪《つぼ》いくらしましょう。相当《そうとう》いい値《ね》でしょうね。」

「なあに、坪《つぼ》、二、三十円《えん》も、しますかね。へっへ。」低《ひく》く笑《わら》って、けれどもその顔《かお》を見《み》ると、汗《あせ》が額《ひたい》に、にじみでている。懸命《けんめい》なのである。

わたしは、負《ま》けた。このうえいじめるのは、よそうと思《おも》った。わたしだって、かつては、このように、見《み》えすいたうそを、見破《みやぶ》られているのを知《し》っていながらも一生懸命《いっしょうけんめい》に言《い》いはったことがあったのだ。そのときも、やはり、あの不思議《ふしぎ》な涙《なみだ》で、まぶたがひどく熱《あつ》かったことをおぼえている。

「植《う》えていってください。おいくらですか?」早《はや》くこの者《もの》に帰《かえ》ってもらいたかった。

「あれま、売《う》りにきたわけじゃないですよ。バラが、かわいそうだから、お願《ねが》いするのですもの。」満面《まんめん》に笑《え》みをたたえてそう言《い》い、ひょいとわたしのほうに顔《かお》を近《ちか》づけ、声《こえ》を落《お》として、「一本《ぽん》、五十銭《せん》ずつにしておいてくださいましい。」

「おい、」とわたしは、奥《おく》の三畳間《じょうま》で、縫《ぬ》いものをしている家内《かない》を呼《よ》んだ。「この人《ひと》に、お金《かね》をやってくれ。バラを買《か》ったんだ。」

贋百姓《にせびゃくしょう》は落《お》ちついて八本《ぽん》のバラを植《う》え、白々《しらじら》しいお礼《れい》を述《の》べて退去《たいきょ》したのである。わたしは植《う》えられた八本《ぽん》のバラを、縁側《えんがわ》に立《た》ってぼんやり眺《なが》めながら家内《かない》に教《おし》えた。

「おい、いまのはにせものだぜ。」わたしは自分《じぶん》の顔《かお》が真《ま》っ赤《か》になるのを意識《いしき》した。耳朶《みみたぶ》まで熱《あつ》くなった。

「知《し》っていました。」と家内《かない》は、平気《へいき》であった。「わたしが出《で》て、お断《ことわ》りしようと思《おも》っていたのに、あなたが、拝見《はいけん》しましょうなんて言《い》って、出《で》てゆくんだもの。あなただけ優《やさ》しくて、わたしひとりが鬼婆《おにばば》みたいに見《み》られるの、いやだから、わたし、知《し》らんふりしていたの。」

「お金《かね》が、惜《お》しいんだ、四円《えん》とは、ひどいじゃないか。煮《に》え湯《ゆ》を飲《の》ませられたようなものだ。詐欺《さぎ》だ。僕《ぼく》は、へどが出《で》そうな気持《きも》ちだ。」

「いいじゃないの。バラは、ちゃんと残《のこ》っているのだし。」

バラは、残《のこ》ってある。そのあたりまえの考《かんが》えが、わたしを異様《いよう》に勇気《ゆうき》づけた。それからの四、五日間《にちかん》、わたしは、このバラに夢中《むちゅう》になった。米《こめ》のとぎ水《みず》をやった。萱《かや》で添《そ》え木《ぎ》を作《つく》ってやった。枯《か》れた葉《は》を一枚一枚《いちまいいちまい》むしりとってやった。枝《えだ》を剪《はさ》んでやった。浮塵子《うんか》に似《に》た緑色《みどりいろ》の小《ちい》さい虫《むし》が、どのバラにも、うようよついていたのを、一匹《いっぴき》残《のこ》さず除去《じょきょ》してやった。枯《か》れるな、枯《か》れるな、根《ね》を、おろせ。胸《むね》をわくわくさせて念《ねん》じた。バラは、どうやら枯《か》れずに育《そだ》った。

わたしは、朝《あさ》、昼《ひる》、晩《ばん》、みれんがましく、縁側《えんがわ》に立《た》って垣根《かきね》の向《む》こうの畑地《はたち》を眺《なが》める。あの、中年《ちゅうねん》の女《おんな》の人《ひと》が、にせものでなくて、ひょっこり畑《はたけ》に出《で》てきたら、どんなにうれしいだろう、と思《おも》う。「ごめんなさい。僕《ぼく》は、あなたをにせものだとばかり思《おも》っていました。人《ひと》を疑《うたが》うことは、悪《わる》いことですね。」とわたしは、心《こころ》からの大歓喜《だいかんき》で、おわびを言《い》って、神《かみ》へ感謝《かんしゃ》の涙《なみだ》を流《なが》すかもしれぬ。チューリップも、ダリアもいらない。そんなものほしくない。ただ、ひょっと、畑《はたけ》で立《た》ちはたらいている姿《すがた》を見《み》せてくれさえすれば、いいのだ。わたしは、それで助《たす》かるのだ。出《で》てこい、出《で》てこい、顔《かお》を出《だ》せ、と長《なが》いこと縁側《えんがわ》に立《た》ちつくし、畑《はたけ》を見《み》まわしてみるのだが、畑《はたけ》には、芋《いも》の葉《は》が秋風《あきかぜ》に吹《ふ》かれていっせいにゆさゆさ頭《あたま》を振《ふ》って騒《さわ》いでいるだけで、ときどき、大家《おおや》の爺《じい》さんが、ゆったり両手《りょうて》をうしろに組《く》んで、畑《はたけ》を見《み》まわって歩《ある》いている。

わたしは、だまされたのである。それに、きまった。いまは、このみすぼらしいバラが、どんな花《はな》を開《ひら》くか、それだけに、すべての希望《きぼう》をつながなければならぬ。無抵抗主義《むていこうしゅぎ》の成果《せいか》、見《み》るべし、である。たいした花《はな》も咲《さ》くまい、とわたしはなかばあきらめていたのである。ところが、それから十日《とおか》ほど後《あと》、あまり有名《ゆうめい》でない洋画家《ようがか》の友人《ゆうじん》が、この三鷹《みたか》の草舎《そうしゃ》に遊《あそ》びにやってきて、ある、意外《いがい》の事実《じじつ》を知《し》らせてくれたのである。

そのころ、わたしは故郷《こきょう》の、やや有名《ゆうめい》な新聞社《しんぶんしゃ》の東京支局《とうきょうしきょく》から招待状《しょうたいじょう》をもらっていたのである。――いつもお元気《げんき》にてお暮《く》らしのことと思《おも》います。いよいよ秋《あき》に入《はい》りまして郷里《きょうり》は、さいわいに黄金色《こがねいろ》の稲田《いなだ》と真紅《しんく》な林檎《りんご》に四年連続《ねんれんぞく》の豊作《ほうさく》を迎《むか》えようとしています。この際《さい》、本県出身《ほんけんしゅっしん》の芸術方面《げいじゅつほうめん》に関係《かんけい》あるみなさまにお集《あつ》まり願《ねが》って、一夜《いちや》ゆっくり東京《とうきょう》のこと、郷里《きょうり》の津軽《つがる》、南部《なんぶ》のことなどお話《はな》し願《ねが》いたいとぞんじますのでご多忙中《たぼうちゅう》ご迷惑《めいわく》でしょうがぜひご出席《しゅっせき》、云々《うんぬん》という優《やさ》しい招待《しょうたい》の言葉《ことば》が、その往復《おうふく》はがきに印刷《いんさつ》されてあり、日時《にちじ》と場所《ばしょ》とが指定《してい》されていた。わたしは、出席《しゅっせき》、と返事《へんじ》を出《だ》した。かねがね故郷《こきょう》を、あんなに恐《おそ》れていながら、なぜ、出席《しゅっせき》と返事《へんじ》したのか。それには理由《りゆう》が、三つあるのである。

そのひとつには、わたしが小《ちい》さいときから人《ひと》なかへ出《で》ることをおっくうがり、年《とし》とってからもその悪癖《あくへき》が直《なお》るどころか、いっそう顕著《けんちょ》になって、どうしても出席《しゅっせき》しなければならぬ会合《かいごう》にも、なにかと事《こと》を構《かま》えてぐずぐずしぶって欠席《けっせき》し、人《ひと》には義理《ぎり》を欠《か》くことの多《おお》く、ついには傲慢《ごうまん》と誤解《ごかい》され、なかなか損《そん》な場合《ばあい》もあるので、これからは努《つと》めて人《ひと》なかへも顔《かお》を出《だ》し、誠実《せいじつ》の挨拶《あいさつ》して、市民《しみん》としての義務《ぎむ》を果《は》たそうと、ひそかに決意《けつい》していた矢先《やさき》であったからである。そのふたつには、れいの新聞社《しんぶんしゃ》の本社《ほんしゃ》に、主幹《しゅかん》としてつとめている河《かわ》内《うち》という人《ひと》に、わたしが五年《ねん》まえの病気《びょうき》のとき、少《すこ》しご心配《しんぱい》をおかけしているからである。河内《かわうち》さんとは、わたしが高等学校《こうとうがっこう》のときからの知《し》り合《あ》いである。いつもかげで、わたしの評判悪《ひょうばんわる》い小説《しょうせつ》を支持《しじ》してくれていたのである。六年《ねん》まえの病気《びょうき》のときわたしは、ほうぼうからめちゃくちゃに借銭《しゃくせん》して、その後少《ごすこ》しずつおかえししても、いまだに全部《ぜんぶ》は返却《へんきゃく》することのできない始末《しまつ》なのであるが、そのとき河内《かわうち》さんへも、半狂乱《はんきょうらん》で借銭《しゃくせん》の手紙《てがみ》を書《か》いたのである。河内《かわうち》さんからお返事《へんじ》が来《き》て、それは結局《けっきょく》、借銭拒否《しゃくせんきょひ》のお手紙《てがみ》であったが、けれども、拒否《きょひ》されても、わたしは河内《かわうち》さんをありがたいと思《おも》った。わたしのようないわば一介《いっかい》の貧書生《ひんしょせい》に、河内《かわうち》さんのお家《うち》の事情《じじょう》を全部《ぜんぶ》、率直《そっちょく》に打《う》ち明《あ》けてくだされ、このような状態《じょうたい》であるから、とてもきみの希望《きぼう》に添《そ》うことのできないのが明白《めいはく》であるのに、なおぐずぐずしているのも本意《ほい》ないゆえ、この際《さい》きっぱりお断《ことわ》りいたします、とおっしゃる言葉《ことば》の底《そこ》に、男《おとこ》らしい尊《とうと》いものが感《かん》ぜられ、わたしは苦《くる》しい中《なか》でもありがたく思《おも》った。わたしは、それを忘《わす》れていない。新聞社《しんぶんしゃ》のこんどの招待《しょうたい》は、きっと河内《かわうち》さんたちの計画《けいかく》にちがいない。事《こと》を構《かま》えて欠席《けっせき》したら、あるいは、金《かね》を貸《か》さなかったから出《で》てこないのだと、まさかそんなことはあるまいけれど、もし万一《まんいち》そのような疑惑《ぎわく》を少《すこ》しでも持《も》たれたなら、わたしは死《し》ぬる以上《いじょう》に苦《くる》しい。けっして、そんなことはないのだ。あのときのことは、かえって真実《しんじつ》ありがたく思《おも》っているのだ。わたしは、いまは是《ぜ》が非《ひ》でも出席《しゅっせき》しなければならぬ。

それが、理由《りゆう》のふたつ。その三つは、招待状《しょうたいじょう》の文章《ぶんしょう》にあった。——黄金色《こがねいろ》の稲田《いなだ》と真紅《しんく》の林檎《りんご》に四年連続《ねんれんぞく》の豊作《ほうさく》を迎《むか》えようとしています、と言《い》われて、わたしもやはり津軽《つがる》の子《こ》である。ふらふら、出席《しゅっせき》、と書《か》いてしまった。目《め》のまえに浮《う》かぶのである。ふるさとの山河《さんが》が浮《う》かぶのである。わたしは、もう十年《ねん》も故郷《こきょう》を見《み》ない。八年《ねん》まえの冬《ふゆ》、考《かんが》えると、あのころも苦《くる》しかったが、わたしは青森《あおもり》の検事局《けんじきょく》から呼《よ》ばれて、ひとりこっそり上野《うえの》から、青《あお》森《もり》行《ゆ》きの急行列車《きゅうこうれっしゃ》に乗《の》りこんだことがある。浅虫温泉《あさむしおんせん》の近《ちか》くで夜《よ》が明《あ》け、雪《ゆき》がちらちら降《ふ》っていて、浅虫《あさむし》の濃灰色《のうかいしょく》の海《うみ》は重《おも》くうねり、波《なみ》がガラスの破片《はへん》のように三角《さんかく》の形《かたち》で固《かた》く飛《と》び散《ち》り、墨汁《ぼくじゅう》を流《なが》したほどに真《ま》っ黒《くろ》い雲《くも》が海《うみ》を圧《お》しつぶすように低《ひく》くたれこめて、ああ、もう二度《にど》と来《く》るところでない！　とそのとき、覚悟《かくご》をきめたのだ。青森《あおもり》へ着《つ》いて、すぐに検事局《けんじきょく》へ行《い》き、さまざま調《しら》べられて、帰宅《きたく》の許可《きょか》を得《え》たのは夜半《やはん》であった。裁判所《さいばんしょ》の裏口《うらぐち》から、一歩《いっぽ》そとへ出《で》ると、たちまち吹雪《ふぶき》が百本《ぽん》の矢《や》のごとく両《りょう》ほおに飛来《ひらい》し、ぱっとマントの裾《すそ》がめくれあがってわたしの全身《ぜんしん》はもみくちゃにされ、かんかんに凍《こお》った無人《むじん》の道路《どうろ》の上《うえ》に、わたしは、自分《じぶん》の故郷《こきょう》にいまありながらも孤独《こどく》の旅芸人《たびげいにん》のような、マッチ売《う》りの娘《むすめ》のような心細《こころぼそ》さで立《た》ちすくみ、これが故郷《こきょう》か、これが、あの故郷《こきょう》か、と煮《に》えくりかえる自問自答《じもんじとう》を試みたのである。深夜《しんや》、人っ子《ひとっこ》ひとり通《とお》らぬ街路《がいろ》を、吹雪《ふぶき》だけが轟々《ごうごう》の音《おと》を立《た》て白《しろ》く渦《うず》まき荒《あ》れ狂《くる》い、わたしは肩《かた》をすぼめ、からだを斜《なな》めにして停車場《ていしゃば》へ急《いそ》いだ。青森駅《あおもりえき》まえの屋台店《やたいみせ》で、支那《しな》そば一ぱい食《た》べたきりで、そのままわたしは上野《うえの》行《ゆ》きの汽車《きしゃ》に乗《の》り、ふるさとの誰《だれ》とも会《あ》わず、まっすぐに東京《とうきょう》へ帰《かえ》ってしまったのだ。十年間《ねんかん》、ちらと、たった一度《いちど》だけ見《み》たふるさとは、わたしにこんなに、つらかった。いまは、なにやら苦《くる》しみに呆《ほう》け、めっきり弱《よわ》くなっているので、「黄金《おうごん》の波《なみ》、林檎《りんご》のほお。」というあまい言《こと》葉《ば》に乗《の》せられ、故郷《こきょう》へのむかしの憎悪《ぞうお》も、まるで忘《わす》れて、つい、うかうか、出席《しゅっせき》、と書《か》いてしまった。それが、理由《りゆう》の三つ。

出席《しゅっせき》、と返事《へんじ》してしまってから、わたしは、日《ひ》ましに不安《ふあん》になった。それは、「出世《しゅっせ》」という想念《そうねん》についてであった。故郷《こきょう》の新聞社《しんぶんしゃ》から、郷土《きょうど》出身《しゅっしん》の芸術家《げいじゅつか》として、招待《しょうたい》を受《う》けるということは、これは、衣錦還郷《いきんかんきょう》（出世《しゅっせ》して故郷《こきょう》に帰《かえ》ること）の一種《いっしゅ》なのではあるまいか。ずいぶん、名誉《めいよ》なことなのではないか。名士《めいし》、というわけのことになるのかもしれぬ、と思《おも》えば卒然《そつぜん》、狼狽《ろうばい》せずにはいられなかったのである。たくさんの汚名《おめい》を持《も》つわたしを、たちの悪《わる》い、いたずら心《ごころ》から、わざと丁重《ていちょう》に名士《めいし》扱《あつか》いにして、そうして、かげで舌《した》を出《だ》してたがいに目《め》まぜ袖引《そでひ》き、くすくす笑《わら》っている者《もの》たちが、たしかにふすまのかげに、うようよいるように思《おも》われ、わたしはすこぶる落《お》ちつかなかったのである。故郷《こきょう》の者《もの》は、ひとりもわたしの作品《さくひん》を読《よ》まぬ。読《よ》むとしても、主人公《しゅじんこう》の醜態《しゅうたい》を行《おこな》っている描写《びょうしゃ》の箇所《かしょ》だけを、憫笑《びんしょう》をもって拾《ひろ》い上《あ》げて、大《おお》いにあきれて人《ひと》に語《かた》り、郷里《きょうり》の恥《はじ》として罵倒《ばとう》、嘲笑《ちょうしょう》しているくらいのところであろう。四年《ねん》まえ、東京《とうきょう》で長兄《ちょうけい》とちょっと会《あ》ったときにも長兄《ちょうけい》は、おまえの本《ほん》を親戚《しんせき》の者《もの》たちへ送《おく》ることだけはよせ。おれだって読《よ》みたくない。親戚《しんせき》の者《もの》たちは、おまえの本《ほん》を読《よ》んで、どんなことを、と言《い》いかけ、ふっと口《くち》をつぐんで顔《かお》を伏《ふ》せたきりだったけれど、わたしには、すべての情勢《じょうせい》が、ありありとわかった。もう死《し》ぬまで一冊《さつ》も、郷里《きょうり》の者《もの》へ、本《ほん》を送《おく》らぬつもりである。郷土出身《きょうどしゅっしん》の文学者《ぶんがくしゃ》だって、甲野嘉一君《こうのかいちくん》を除《のぞ》いては、こぞってわたしを笑《わら》っている。文学《ぶんがく》に縁《えん》のない、画家《がか》、彫刻家《ちょうこくか》たちも、ときたま新聞《しんぶん》に出《で》るわたしの作品《さくひん》への罵言《ばげん》を、そのまま気軽《きがる》に信《しん》じて、りこうそうに、苦笑《くしょう》しているくらいのところであろう。わたしは、被害妄想狂《ひがいもうそうきょう》ではないのである。けっして、ことさらに、ひがんで考《かんが》えているのではないのである。事実《じじつ》は、あるいは、もっと苛酷《かこく》な状態《じょうたい》であるかもしれない。同《おな》じ芸術家仲間《げいじゅつかなかま》においてすら、そうである。いわんや、ふるさとの人々《ひとびと》の炉辺《ろへん》では、辻馬《つじうま》の家《いえ》の（D《ディー》というのはわたしの筆名《ひつめい》であって、辻馬《つじうま》というのが、わたしの家《いえ》の名《な》前《まえ》である。）末弟《まってい》は、東京《とうきょう》でいい恥《はじ》さらしをしているそうだのう、とただそれだけ、話題《わだい》に上《のぼ》って、ふっと消《き》え、火《ひ》を掻《か》き起《お》こしてお茶《ちゃ》を入《い》れかえ、秋祭《あきまつ》りのしたくについて話題《わだい》が移《うつ》ってゆく、という、そんな状態《じょうたい》ではないかと思《おも》う。そのようなわびしい状態《じょうたい》にあるのも知《し》らず、おろかな貧《まず》しい作家《さっか》が、故郷《こきょう》の新聞社《しんぶんしゃ》から招待《しょうたい》を受《う》け、さっそく出席《しゅっせき》と返事《へんじ》して、おれも出世《しゅっせ》したわいと、ほくそえんでいる図《ず》はあわれでないか。なにが出世《しゅっせ》だ。衣錦《いきん》之栄《のえい》も、へったくれもない。わたしの場合《ばあい》は、まさしく、馬子《まご》の衣装《いしょう》というものである。物笑《ものわら》いのたねである。それらのことに気《き》がついたときには、わたしははずかしさのあまりに、きりきり舞《ま》いをしたのである。しまった！　と思《おも》った。やっぱり、欠席《けっせき》、とすべきであったのである。いやいや、出席《しゅっせき》でも欠席《けっせき》でも、とにかく返事《へんじ》を出《だ》すということが、すでに卑劣《ひれつ》のすけべいである。招待《しょうたい》を受《う》けても、聞《き》こえぬふりして返事《へんじ》も出《だ》さず、ひそかに赤《せき》面《めん》し、小《ちい》さくなってふるえているのが、いまのわたしの状態《じょうたい》に、正《ただ》しく相応《そうおう》している作法《さほう》であった。

自身《じしん》の弱《よわ》さが――うかうか出席《しゅっせき》と返事《へんじ》してしまった自身《じしん》のだらしなさが、つくづくわたしにうらめしかった。悔《く》いて及《およ》ばぬことである。すべては、わたしのおろかさゆえである。いっそ、こうなれば、度胸《どきょう》を据《す》えて、堂々《どうどう》、袴《はかま》はいて出席《しゅっせき》し、人《ひと》が笑《わら》ってもなんでも、てんとして名士《めいし》のふりを装《よそお》い、大演説《だいえんぜつ》でも、ぶってやろうかと、やけくそに似《に》た荒《すさ》んだ根性《こんじょう》も頭《あたま》をもたげ、世《よ》の中《なか》は、力《ちから》だ、あくまでも強《つよ》く押《お》していけば、やがてその人《ひと》を笑《わら》わなくなり、ああ、あさはかだ、恥《はじ》を知《し》れ！　手《て》のひらをかえすがごとくその人《ひと》を賞讃《しょうさん》し、畏敬《いけい》の身《み》ぶりもいやらしく、ひそかに媚《こ》びてみつぎものを送《おく》ったりなにかするのだ。堂々《どうどう》、袴《はかま》をはいて出席《しゅっせき》し、大演説《だいえんぜつ》、などといきりたってみるのだが、わたしは、だめだ。人《ひと》に迷惑《めいわく》をかけている。よい作品《さくひん》を書《か》いていない。みんな、ごまかしだ。不正直《ふしょうじき》だ。卑屈《ひくつ》だ。うそつきだ。好色《こうしょく》だ。弱虫《よわむし》だ。神《かみ》の審判《しんぱん》の台《だい》に立《た》つまでもなく、わたしは、つねに、しどろもどろだ。告白《こくはく》する。わたしは、やっぱり袴《はかま》をはきたかったのである。大演説《だいえんぜつ》なぞと、いきりたち、天地《てんち》もゆらぐほどの空想《くうそう》に、ひとりで胸《むね》を轟《とどろ》かせ、はっとさめては自身《じしん》の虫《むし》けらを知《し》り、首《くび》をちぢめて消《き》えも入《い》りたく思《おも》うのだが、またむくむくと、せめて袴《はかま》くらいは、と思《おも》う。俗世《ぞくせ》のみれんを捨《す》てきれないのである。どうせ出《で》るのなら、袴《はかま》をはいて、きちんとして、わたしは歯《は》が欠《か》けてみにくいから、なるべく笑《わら》わず、いつもきゅっと口《くち》を引《ひ》きしめ、そうしてみなに、はっきりした言葉《ことば》でご無沙汰《ぶさた》のおわびをしよう。すると、あるいは故郷《こきょう》の人《ひと》も、辻馬《つじうま》の末弟《まってい》、うわさに聞《き》いていたよりは、ちゃんとしているではないかと、ひょっとしたら、そう思《おも》ってくれるかもわからない。出《で》よう。やっぱり、袴《はかま》をはいて出《で》よう。そうしてみなに、はきはきした口調《くちょう》で挨拶《あいさつ》して、末席《まっせき》につつましく控《ひか》えていたら、わたしは、きっと評判《ひょうばん》がよくて、話《はなし》がそれからそれへと伝《つた》わり、二百里《り》（約《やく》八百キロメートル）はなれた故郷《こきょう》の町《まち》までもかすかにひびいて、病身《びょうしん》の老母《ろうぼ》を、静《しず》かに笑《わら》わせることが、できるのである。絶好《ぜっこう》のチャンスではないか。行《い》こう、袴《はかま》をはいて行《い》こうと、またまたわたしは、胸《むね》が張《は》りさけるばかりに、いきりたつのだ。捨《す》てきれないのである。ふるさとを、わたしをあんなに嘲《あざわら》ったふるさとを、わたしは捨《す》てきれないでいるのである。病気《びょうき》がなおって、四年《ねん》このかた、わたしの思《おも》いはひとつであって、いよいよ熾烈《しれつ》になるばかりであったのである。所詮《しょせん》は心《こころ》のすみで、衣錦還郷《いきんかんきょう》というものを思《おも》っていたのだ。わたしは、ふるさとを愛《あい》している。わたしは、ふるさとの人《ひと》、すべてを愛《あい》している！

招待《しょうたい》の日《ひ》が来《き》た。その日《ひ》は、朝《あさ》から大雨《おおあめ》であった。けれどもわたしは、出席《しゅっせき》するつもりなのである。わたしは、袴《はかま》を持《も》っている。かなり、いい袴《はかま》である。紬《つむぎ》なのである。これは、わたしの結婚式《けっこんしき》のときに用《もち》いただけで、家内《かない》は、ものものしく油紙《あぶらがみ》に包《つつ》んで行李《こうり》（竹《たけ》・柳《やなぎ》などで編《あ》んだ箱形《はこがた》の物入《ものい》れ）の底《そこ》に蔵《ぞう》している。家内《かない》はこれを仙台平《せんだいひら》だと思《おも》っている。結婚式《けっこんしき》のときにはいていたのだから仙台平《せんだいひら》というものにちがいないと、独断《どくだん》しているようすなのである。けれども、わたしは貧《まず》しくて、とても仙台平《せんだいひら》など用意《ようい》できない状態《じょうたい》だったので、結婚《けっこん》式《しき》のときにも、この紬《つむぎ》の袴《はかま》でまにあわせておいたのである。それを家内《かない》が、どういうものだか、仙台平《せんだいひら》だとばかり思《おも》っているようすだから、いまさら、その幻想《げんそう》をぶちこわすのも気《き》の毒《どく》で、わたしは、いまだにその実相《じっそう》を言《い》えないでいるのである。その袴《はかま》を、はいて行《い》きたかった。わたしにとって、せめて錦衣《きんい》のつもりなのであった。

「おい、あの、いい袴《はかま》を出《だ》してくれ。」さすがに、仙台平《せんだいひら》を、とは言《い》えなかった。

「仙台平《せんだいひら》を？　およしなさい。紺《こん》がすりの着物《きもの》に仙台平《せんだいひら》は、へんです。」家内《かない》は、反対《はんたい》した。わたしには、よそゆきの単衣《ひとえ》としては、紺《こん》がすりのもの一枚《まい》しかないのである。夏羽《なつば》織《おり》が一枚《まい》あったはずであるが、いつのまにやらなくなった。

「へんなことはない。出《だ》しなさい。」仙台平《せんだいひら》なんかじゃないんだ、と真相《しんそう》をぶちまけようかと思《おも》ったがこらえた。

「こっけいじゃないかしら。」

「かまわない。はいて行《い》きたいのだ。」

「だめですよ。」家内《かない》は、頑固《がんこ》であった。その仙台平《せんだいひら》なるものの思《おも》い出《で》を大事《だいじ》にして、むやみにそとに出《だ》して粗末《そまつ》にされたくないエゴイズムでもあるようだ。「セルのが、あります。」

「あれは、いけない。あれをはいて歩《ある》くと、僕《ぼく》は活動《かつどう》の弁士《べんし》みたいに見《み》える。もう、よごれて、用《もち》いられない。」

「けさ、アイロンをかけておきましたの。紺《こん》がすりには、あのほうが似合《にあ》うでしょう。」

家内《かない》には、わたしのそのときの思《おも》いつめた意気込《いきご》みのほどが、わからない。よく説明《せつめい》してやろうかと思《おも》ったが、めんどうくさかった。

「仙台平《せんだいひら》、」と、とうとうわたしまでうそをついて、「仙台平《せんだいひら》のほうが、いいのだ。こんなに雨《あめ》が降《ふ》っているし、セルならば、すぐよれよれになってしまう。」どうしても、あれを、はいて行《い》きたかったのである。

「セルが、いいのよ。」家内《かない》は、歎願《たんがん》の口調《くちょう》になった。「濡《ぬ》れないようにふろしきにお包《つつ》みになって持《も》っていらっしゃったら？　向《む》こうに着《つ》いてから、おはきになればいい。」

「そうしよう。」わたしは、あきらめた。

ふろしきに、足袋《たび》と、セルの袴《はかま》とを包《つつ》んでもらって、尻《しり》はしょりし、雨《あめ》の中《なか》を傘《かさ》さして出《で》かけた。なんだか悪《わる》い予感《よかん》があった。

宴会《えんかい》の場所《ばしょ》は、日比谷公園《ひびやこうえん》の中《なか》の、有名《ゆうめい》な西洋料理屋《せいようりょうりや》である。午後《ごご》五時半《じはん》と指定《してい》されていたのであるが、途中《とちゅう》バスの連絡《れんらく》が悪《わる》くて、わたしは六時《じ》すぎに到着《とうちゃく》した。はきもの係《がかり》の青年《せいねん》に、こっそりたのんで玄関《げんかん》そばの小部屋《こべや》を借《か》り、そこで身《み》なりを調《ととの》えた。その部屋《へや》では、上品《じょうひん》な洋服《ようふく》の、青白《あおじろ》い顔《かお》をした十歳《さい》くらいの男《おとこ》の子《こ》が、だらしなくすわってもぐもぐ菓子《かし》を食《く》いながら、家庭教師《かていきょうし》に算術《さんじゅつ》を教《おし》えてもらっていた。この料理屋《りょうりや》の秘蔵息子《ひぞうむすこ》なのかもしれない。家庭教師《かていきょうし》のほうは、二十七、八の、白《しろ》く太《ふと》った、落《お》ちついている女性《じょせい》で、ロイド眼鏡《めがね》をかけていた。わたしが部屋《へや》のすみで帯《おび》を締《し》めなおし、ふろしき包《づつ》みをほどいて足袋《たび》をはき、それからもそもそ、セルの袴《はかま》をいじくっているのを、あわれと思《おも》ったのか、だまって立《た》ってきて、袴《はかま》はくのを手伝《てつだ》ってくれた。袴《はかま》の紐《ひも》を、まえに蝶《ちょう》の形《かたち》にきちんと結《むす》んでくれた。わたしは、簡単《かんたん》にお礼《れい》を言《い》って小走《こばし》りにその部屋《へや》を出《で》て、それから、わざとゆっくり正面《しょうめん》の階段《かいだん》を昇《のぼ》り、途中《とちゅう》で蝶《ちょう》の形《かたち》をほどいてしまった。よごれたよれよれの紐《ひも》で蝶《ちょう》の形《かたち》は、てれくさく、みじめで閉口《へいこう》であったのである。

会場《かいじょう》へ一歩《いっぽ》、足《あし》を踏《ふ》みこむときは、わたしは、鼻《はな》じろむほどに緊張《きんちょう》していた。いまである。故郷《こきょう》における十年来《ねんらい》の不名誉《ふめいよ》を回復《かいふく》するのは、いまである。名士《めいし》のふりをしろ、名士《めいし》の。とんとわたしの肩《かた》をたたいたものがある。見《み》ると、甲野嘉一君《こうのかいちくん》である。わたしは、自《じ》分《ぶん》の歯《は》の汚《きたな》いのも忘《わす》れて、笑《わら》ってしまった。甲野嘉一君《こうのかいちくん》とは、十年来《ねんらい》の友人《ゆうじん》である。同郷《どうきょう》のゆえをもって交《まじ》わっているのではない。甲野君《こうのくん》が、誠実《せいじつ》の芸術家《げいじゅつか》であるから、わたしが求《もと》めて友人《ゆうじん》にしてもらっているのである。甲野嘉一君《こうのかいちくん》も、笑《わら》った。わたしは、さらに笑《わら》った。つつましく控《ひか》えることを忘《わす》れてしまったのである。

宴会《えんかい》の席《せき》が定《さだ》まった。わたしは、まさしく文字《もじ》どおりの末席《まっせき》であった。どさくさして、まあまあなどと言《い》いあっているうちに、わたしは末席《まっせき》になっていたのである。けれども、十のうち三分《ぶ》は、意識《いしき》して、末席《まっせき》を選《えら》んだようなところもあった。それは、この会合《かいごう》への尊敬《そんけい》のゆえではなくして、かえって反発《はんぱつ》のゆえであったような気《き》もする。反発《はんぱつ》どころか、わたしは、不遜《ふそん》な蔑視《べっし》の念《ねん》をさえ持《も》っていたような気《き》もする。わたしにも、正確《せいかく》なところはわからない。とにかく、わたしは末席《まっせき》にいたのである。そうしてわたしは、たしかに居《い》ごこちがよかった。これでよし、いまからでも名誉挽回《めいよばんかい》ができるかもしれぬ、とわたしは素直《すなお》によろこんでいた。ところが、それからが、いけなかった。わたしの、それからの態《たい》度《ど》は、じつに悪《わる》かったのである。全然《ぜんぜん》、だめであったのである。

わたしは、よくよく、だめな男《おとこ》だ。少《すこ》しも立派《りっぱ》でないのである。わたしは故郷《こきょう》にあまえている。故郷《こきょう》の雰囲気《ふんいき》にふれると、まるでからだが、だるくなり、わがままが出《で》てしまって、ほとんど自制《じせい》を失《うしな》うのである。自分《じぶん》でも、おやおやと思《おも》うほどだめになって、意志《いし》のブレーキが溶《と》けて消《き》えてしまうのである。ただ胸《むね》が不快《ふかい》にごとごと鳴《な》って、全身《ぜんしん》のネジがゆるみ、どうしても気取《きど》ることができないのである。つぎつぎと、山海《さんかい》の珍味《ちんみ》が出《で》てくるのであるが、わたしは胸《むね》がいっぱいで、食《た》べることができない。なにも食《た》べずに、酒《さけ》ばかり飲《の》んだ。がぶ、がぶ飲《の》んだのである。雨《あめ》のため、部屋《へや》の窓《まど》が全部《ぜんぶ》しめきられてあるので、蒸《む》し暑《あつ》く、わたしは酒《さけ》が全身《ぜんしん》に回《まわ》って、ふうふう言《い》い、わたしの顔《かお》は、茹《ゆ》でだこのように見《み》えたであろう。いけない。こんな具合《ぐあい》では、いよいよ故郷《こきょう》の評判《ひょうばん》が悪《わる》くなる。わたしのこんな情《なさ》けないありさまを、母《はは》や兄《あに》が見《み》たなら、どんなに残念《ざんねん》がることか、地団駄《じだんだ》踏《ふ》んでくやしがることだろう、としきりにかなしく思《おも》っても、もはやわたしは、意志《いし》のブレーキを失《うしな》っている。ただ、酒《さけ》ばかり飲《の》むのである。わたしの態度《たいど》は、稚拙《ちせつ》であった。三十一にもなって、少《すこ》しもかわいげがなくなっているのに、それでも、でれでれあまえて、醜怪《しゅうかい》の極《きわ》みである。酔《よ》いが進《すす》むにつれて、ひとりで悲愴《ひそう》がって、この会合全体《かいごうぜんたい》を否定《ひてい》してみたり、きざに異端《いたん》を誇示《こじ》しようとたくらんだり、あるいは思《おも》いなおして、いやいやここに列席《れっせき》している人《ひと》たちは、みなひとかどの人物《じんぶつ》なのだ、優《やさ》しく謙虚《けんきょ》な芸術家《げいじゅつか》なのだ、誠実《せいじつ》に、苦労《くろう》して生《い》きてきた人《ひと》たちばかりだ。卑劣《ひれつ》なのは、僕《ぼく》だけだ。ああ、僕《ぼく》は臆病者《おくびょうもの》だ、女《おんな》の腐《くさ》ったみたいなものだ、そんなに、この会《かい》がいやならば、なぜ袴《はかま》をはいて出席《しゅっせき》したりなどするのだ、おまえのさもしい焦躁《しょうそう》は、見《み》えすいているぞ、と自分《じぶん》をしかったり、とにかく、そのときのわたしの心境《しんきょう》は、全然《ぜんぜん》なっていなかったのである。ただ、そわそわして落《お》ちつかず、たえずからだをゆらゆら左右《さゆう》に動《うご》かして、酒《さけ》ばかり飲《の》んでいるのである。酒《さけ》はおびただしく、からだに回《まわ》って全身《ぜんしん》かっかと熱《あつ》く、もはや頭《あたま》から湯気《ゆげ》が立《た》ちのぼるほどになっていた。

自己紹介《じこしょうかい》がはじまっている。みな、有名《ゆうめい》な人《ひと》ばかりである。日本画家《にほんがか》、洋画家《ようがか》、彫刻家《ちょうこくか》、戯曲家《ぎきょくか》、舞踏家《ぶとうか》、評論家《ひょうろんか》、流行歌手《りゅうこうかしゅ》、作曲家《さっきょくか》、漫画家《まんがか》、すべて一流《いちりゅう》の人物《じんぶつ》らしい貫禄《かんろく》をもって、自己《じこ》の名前《なまえ》を、こだわりなく涼《すず》しげに述《の》べ、軽《かる》い冗談《じょうだん》なども言《い》い添《そ》える。わたしはやけくそで、突拍子《とっぴょうし》ないときに大拍手《だいはくしゅ》をしてみたり、ろくに聞《き》いてもいないくせに、しかりとかなんとか、やたらに相槌《あいづち》打ってみたり、きっとみなは、あのすみのほうにいる酔《よ》っぱらいは薄汚《うすぎたな》いやつだ、と内心不快《ないしんふかい》、嫌悪《けんお》の情《じょう》をおぼえ、顰蹙《ひんしゅく》なされていたにちがいない。わたしは、それを知《し》っていたが、どうにも意志《いし》のブレーキが、きかないのである。自己紹介《じこしょうかい》が、めぐりめぐって、だんだん順番《じゅんばん》が、末席《まっせき》のほうに近《ちか》くなってきた。いまにわたしの番《ばん》になったら、わたしはこんな状態《じょうたい》で、いったいなんと言《い》って挨拶《あいさつ》したらいいのか。こんなに取《と》り乱《みだ》してしまって、大演説《だいえんぜつ》なぞは、思《おも》いも寄《よ》らぬことである。いよいよ酔漢《すいかん》の放言《ほうげん》として、嘲笑《ちょうしょう》されるくらいのところであろう。唐突《とうとつ》に、雪溶《ゆきど》けの小川《おがわ》が目《め》に浮《う》かぶ。岸《きし》に、青々《あおあお》と芹《せり》が。ああ、わたしには言《い》いたいことがあるのだ。やまやまあったのである。けれども、急《きゅう》に、いやになった。なぜか、いやになった。いいのだ。わたしは永久《えいきゅう》に故郷《こきょう》に理解《りかい》されないままで終《お》わっても、かまわないのだ。あきらめたのだ。衣錦還郷《いきんかんきょう》

を、あきらめた。酔《よ》いがぐるぐる駆《か》けめぐっている動乱《どうらん》の頭脳《ずのう》で、それでも、あれこれ考《かんが》え悩《なや》み、きょうは、どうも、ごちそうさまでした、と新聞社《しんぶんしゃ》の人《ひと》にお礼《れい》を言《い》って、それだけで引《ひ》きさがろうと態度《たいど》をきめた。そのときのわたしの心《こころ》でいちばん素直《すなお》に、いつわりなく言《い》える言葉《ことば》は、ただそのお礼《れい》だけであったのだ。けれども、とまた考《かんが》えて、ごちそうさまでした、とだけ言《い》って、それで引《ひ》きさがるのは、なんだか、ふだん自分《じぶん》の銭《ぜに》でお酒《さけ》を飲《の》めない実相《じっそう》を露悪《ろあく》しているようで、いやしくないか、よせよせという内心《ないしん》の声《こえ》も聞《き》こえて、わたしは途方《とほう》にくれていた。わたしの番《ばん》が、来《き》た。わたしは、くにゃくにゃと、どやしつけてやりたいほど不潔《ふけつ》な、醜女《しこめ》の媚態《びたい》をもって立《た》ちあがり、とっさのうちに考《かんが》えた。D《ディー》の名前《なまえ》は出《だ》したくない。D《ディー》って、なんだいと馬耳東風《ばじとうふう》、軽蔑《けいべつ》されるにちがいない。わたわたしの作品《さくひん》がかわいそうだ、読者《どくしゃ》にすまない。K町《ケーまち》の辻馬《つじうま》の末弟《まってい》です。と言《い》えば、母《はは》や兄《あに》に赤恥《あかはじ》かかせることになる、それにいま長兄《ちょうけい》は故郷《こきょう》のある事件《じけん》で、つらい大災厄《だいさいやく》に遭《あ》っているのを、わたしは知《し》っている。わたしの家《いえ》は、この五、六年《ねん》、わたしの不孝《ふこう》ばかりではなく、ほかのことでも、不幸《ふしあわ》せの連続《れんぞく》のようすなのである。おゆるしください。

「K町《ケーまち》の、辻馬《つじうま》……。」と言《い》うには言《い》ったつもりなのであるが、声《こえ》がのどにひっからまり、ほとんど誰《だれ》にも聞《き》きとれなかったにちがいない。

「もう、いっぺん！」というだみ声《ごえ》が、上席《じょうせき》のほうから発《はっ》せられて、わたしは自分《じぶん》の行《ゆ》きどころのない思《おも》いを一時《いちどき》にその上席《じょうせき》のだみ声《ごえ》に向《む》けて爆発《ばくはつ》させた。

「うるせえ、だまっとれ！」と、たしかに小声《こごえ》で言《い》ったはずなのだが、すわってから、あたりを見《み》まわすと、ひどく座《ざ》が白《しら》けている。もう、だめなのである。わたしは、救《すく》いがたき、ごろつきとして故郷《こきょう》に喧伝《けんでん》されるにちがいない。

その後《ご》のわたしの汚行《おこう》については、もはや言《い》わない。ぬけぬけ白状《はくじょう》するということは、それは、かえって読者《どくしゃ》にあまえているゆえんだし、わたしの罪《つみ》を、少《すこ》しでも軽《かる》くしようと計《はか》る卑劣《ひれつ》な精神《せいしん》かもしれぬし、わたしはだまってこらえて、神《かみ》のきびしい裁《さば》きを待《ま》たなければならぬ。わたしが、悪《わる》いのだ。持《も》っている悪徳《あくとく》のすべてを、さらけだした。帰途《きと》、吉祥寺駅《じょうじえき》から、どしゃ降《ぶ》りの中《なか》を人力車《じんりきしゃ》に乗《の》って帰《かえ》った。車夫《しゃふ》は、よぼよぼの老爺《ろうや》である。老爺《ろうや》は、びしょ濡《ぬ》れになって、よたよた走《はし》り、ううむ、ううむと苦《くる》しげにうめくのである。わたしは、ただ叱《しか》った。

「なんだ、苦《くる》しくもないのに大《おお》げさにうめいて、根性《こんじょう》が浅《あさ》ましいぞ！　もっと走《はし》れ！」わたしは悪魔《あくま》の本性《ほんしょう》を暴露《ばくろ》していた。

　わたしは、その夜《よ》、やっとわかった。わたしは、出世《しゅっせ》する型《かた》ではないのである。あきらめなければならぬ。衣錦還郷《いきんかんきょう》のあこがれを、この際《さい》はっきり思《おも》いきらなければならぬ。人間到《じんかんいた》るところに青山《せいざん》、と気《き》をゆったり持《も》って落《お》ちつかなければならぬ。わたしは一生《いっしょう》、路傍《ろぼう》の辻音楽師《つじおんがくし》で終《お》わるのかもしれぬ。ばかな、頑迷《がんめい》のこの音楽《おんがく》を、聞《き》きたい人《ひと》だけは聞《き》くがよい。芸術《げいじゅつ》は、命令《めいれい》することが、できぬ。芸術《げいじゅつ》は、権力《けんりょく》を得《え》ると同時《どうじ》に、死滅《しめつ》する。

　あくる日《ひ》、洋画《ようが》を勉強《べんきょう》している一友人《いちゆうじん》が、三鷹《みたか》のこの草舎《そうしゃ》に訪《おとず》れてきて、わたしは、やがて前夜《ぜんや》の大失態《だいしったい》について語《かた》り、わたしの覚悟《かくご》のほども打《う》ち明《あ》けた。この友人《ゆうじん》もまた、瀬戸内海《せとないかい》の故郷《こきょう》の島《しま》から追放《ついほう》されているのである。

「故郷《こきょう》なんてものは、泣《な》きぼくろみたいなものさ。気《き》にかけていたら、きりがない。手術《しゅじゅつ》したって痕《あと》が残《のこ》る。」この友人《ゆうじん》の右《みぎ》の目《め》の下《した》には、あずき粒《つぶ》くらいの大《おお》きな泣《な》きぼくろがあるのだ。

　わたしは、そんないいかげんの言葉《ことば》では、なぐさめられきれず、鬱然《うつぜん》として顔《かお》を仰向《あおむ》け、たばこばかり吸《す》っていた。

そのときである。友人《ゆうじん》は、わたしの庭《にわ》の八本《ぽん》のバラに目《め》をつけ、意外《いがい》の事実《じじつ》を知《し》らせてくれた。これは、なかなか優秀《ゆうしゅう》のバラだ、と言《い》うのだ。

「ほんとうかね。」

「そうらしい。これは、もう六年《ねん》くらいはたっています。ばら新《しん》あたりでは、一本《ぽん》一円《えん》以《い》上《じょう》は取《と》るね。」友人《ゆうじん》は、バラについては苦労《くろう》してきた人《ひと》である。大久保《おおくぼ》の自宅《じたく》の、狭《せま》い庭《にわ》に、四、五十本《ぽん》のバラを植《う》えている。

「でも、これを売《う》りにきた女《おんな》は、にせものだったんだぜ。」とわたしは、だまされた顚末《てんまつ》をさっそく、物語《ものがた》って聞《き》かせた。

「商人《しょうにん》というものは、不必要《ふひつよう》なうそまでつくやつさ。どうでも、買《か》ってもらいたかったんだろう。奥《おく》さん、はさみを貸《か》してください。」友人《ゆうじん》は庭《にわ》へ降《お》りて、バラのむだな枝《えだ》を、熱《ねっ》心《しん》にぱちんぱちんと剪《はさ》み取《と》ってくれている。

「同郷人《どうきょうじん》だったのかな？　あの女《おんな》は。」なぜだか、ほおが熱《あつ》くなった。「まんざら、うそつきでもないじゃないか。」

わたしは縁側《えんがわ》に腰《こし》かけ、たばこを吸《す》って、ひとかたならず満足《まんぞく》であった。神《かみ》は、ある。

きっとある。人間到《にんげんいた》るところ青山《せいざん》。見《み》るべし、無抵抗主義《むていこうしゅぎ》の成果《せいか》を。わたしは自分《じぶん》を、幸《こう》福《ふく》な男《おとこ》だと思《おも》った。かなしみは、金《かね》を出《だ》しても買《か》え、という言葉《ことば》がある。青空《あおぞら》は牢屋《ろうや》の窓《まど》から見《み》たときにもっとも美《うつく》しい、とか。感謝《かんしゃ》である。このバラの生《い》きてある限《かぎ》り、わたしは心《こころ》の王者《おうじゃ》だと、一瞬思《いっしゅんおも》った。

佳日《かじつ》

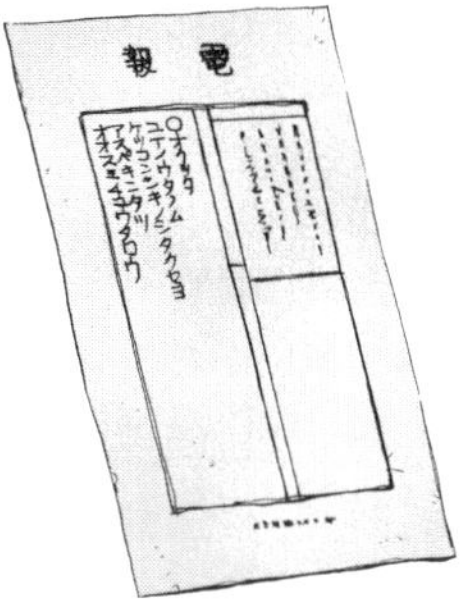

ひょんなことから、中国《ちゅうごく》で働《はたら》いている
大学《だいがく》の同期生《どうきせい》の縁談《えんだん》を
取《と》りもつ羽目《はめ》になった作家《さっか》。
結納《ゆいのう》から結婚式《けっこんしき》にいたるまでの
悪戦苦闘《あくせんくとう》ぶりを、しみじみと描《えが》く。

これは、いま、大日本帝国《だいにっぽんていこく》の自存自衛《じそんじえい》のため、内地《ないち》から遠《とお》くはなれて、おはたらきになっている人《ひと》たちに対《たい》して、お留守《るす》のことはまったくご安心《あんしん》ください、という朗報《ろうほう》にもなりはせぬかと思《おも》って、おろかな作者《さくしゃ》が、どもりながら物語《ものがた》るささやかな一挿話《いちそうわ》である。大《おお》隅忠太郎君《すみちゅうたろうくん》は、わたしと大学《だいがく》が同期《どうき》で、けれどもわたしのように不名誉《ふめいよ》な落第《らくだい》などはせずに、さっさと卒業《そつぎょう》して、東京《とうきょう》のある雑誌社《ざっししゃ》につとめた。人間《にんげん》には、いろいろのくせがある。大隅君《おおすみくん》には、学生時代《がくせいじだい》から少《すこ》しいばりたがるくせがあった。けれども、それはけっして大隅君《おおすみくん》の本心《ほんしん》からのものではなかった。ほんの外観《がいかん》における習癖《しゅうへき》にすぎない。気《き》の弱《よわ》い、情《じょう》に溺《おぼ》れやすい、好紳士《こうしんし》に限《かぎ》って、とかく、太《ふと》くたくましいステッキを振《ふ》りまわして歩《ある》きたがるのと同断《どうだん》である。大隅君《おおすみくん》は、野蛮《やばん》な人《ひと》ではない。厳父《げんぷ》は朝鮮《ちょうせん》の、某大学《ぼうだいがく》の教授《きょうじゅ》である。ハイカラな家庭《かてい》のようである。大隅君《おおすみくん》はひとり息子《むすこ》であるから、ずいぶんかわいがられて、十年《ねん》ほどまえにお母《かあ》さんが死《し》んで、それからは厳父《げんぷ》は、なにごとも大隅君《おおすみくん》の気《き》ままにさせていたようすで、いわば、おっとりと育《そだ》てられてきた人《ひと》であって、大学時代《だいがくじだい》にも、ビロードの襟《えり》の外套《がいとう》などを着《き》て、その物腰《ものごし》もけっして粗野《そや》ではなかったが、どうも、学生間《がくせいかん》の評判《ひょうばん》は悪《わる》かった。妙《みょう》に博識《はくしき》ぶって、いばるというのである。けれども、わたしから見《み》れば、そんな陰口《かげぐち》は、かならずしも当《とう》を得《え》ているとは思《おも》えなかった。大隅君《おおすみくん》は、不勉《ふべん》強《きょう》なわたしたちに比《くら》べて、事実《じじつ》、大《おお》いに博識《はくしき》だったのである。博識《はくしき》の人《ひと》が、おのれの知識《ちしき》を機会《きかい》あるごとに、残《のこ》りなく開陳《かいちん》するというのは、きわめて自然《しぜん》のことで、少《すこ》しもあやしむに及《およ》ばぬはずであるが、世《よ》の中《なか》は、おかしなもので、自己《じこ》の知《し》っていることの十分《ぶん》の一以上《いじょう》を発表《はっぴょう》すると、その発表者《はっぴょうしゃ》を物知《ものし》りぶると言《い》って非難《ひなん》する。ぶるのではない。事実《じじつ》、知《し》っているから、発表《はっぴょう》するのだ。それも大《おお》いに遠慮《えんりょ》しながら発表《はっぴょう》しているのだ。ほんとうは、その五倍《ばい》も六倍《ばい》も深《ふか》く知《し》っているのだ。けれども人《ひと》は、その十分《ぶん》の一以上《いじょう》の発表《はっぴょう》に対《たい》しては、かならず顔《かお》をしかめる。大隅君《おおすみくん》だって遠慮《えんりょ》しているのだ。わたしたち不勉強《ふべんきょう》の学《がく》生《せい》たちを気《き》の毒《どく》に思《おも》い、彼《かれ》の知識《ちしき》の全部《ぜんぶ》を公開《こうかい》することは慎《つつし》み、わずかに十分《ぶん》の三、あるいは四、五、六くらいのところまで開陳《かいちん》して、あとの大部分《だいぶぶん》の知識《ちしき》は胸中深《きょうちゅうふか》く蔵《ぞう》してあるつもりでいたのだろうけれども、それでも、どうも、周囲《しゅうい》の学生《がくせい》たちは閉口《へいこう》した。いきおい、大隅君《おおすみくん》は孤独《こどく》であった。大学《だいがく》を卒業《そつぎょう》して雑誌社《ざっししゃ》に勤務《きんむ》するようになってからも同《おな》じことで、大隅君《おおすみくん》はみなに敬遠《けいえん》せられ、意地《いじ》の悪《わる》い二、三の同僚《どうりょう》は、大隅君《おおすみくん》の博識《はくしき》をまったく無視《むし》して、ほとんど筋肉労働《きんにくろうどう》に類《るい》した仕事《しごと》などを押《お》しつける始末《しまつ》なので、大隅君《おおすみくん》は憤然《ふんぜん》、職《しょく》を辞《じ》した。大隅君《おおすみくん》はむかしから、けっして悪《わる》い人《ひと》ではなかった。ただすこぶる見識《けんしき》の高《たか》い人《ひと》であった。人《ひと》の無礼《ぶれい》な嘲笑《ちょうしょう》に対《たい》して、堪忍《かんにん》できなかった。いつでも人《ひと》に、無条件《むじょうけん》で敬《けい》服《ふく》せられていなければすまないようであった。けれどもこの世《よ》の中《なか》の人《ひと》たちは、そんなに容易《ようい》に敬服《けいふく》などするものでない。大隅君《おおすみくん》は転々《てんてん》と職《しょく》を変《か》えた。

ああ、もう東京《とうきょう》はいやだ、殺風景《さっぷうけい》すぎる、僕《ぼく》は北京《ペキン》に行《い》きたい、世界《せかい》でいちばん古《ふる》い都《みやこ》だ、あの都《みやこ》こそ、僕《ぼく》の性格《せいかく》に適《てき》しているのだ、なぜといえば、――と、れいの該博《がいはく》の知識《ちしき》の十分《ぶん》の七くらいを縷々《るる》とわたしに陳述《ちんじゅつ》して、そうしてまもなく飄然《ひょうぜん》と渡支《とし》した。そのころ、内地《ないち》において、彼《かれ》と交際《こうさい》を続《つづ》けていた者《もの》は、わたしと、それから二、三の学友《がくゆう》だけで、いずれも大隅君《おおすみくん》から、彼《かれ》の理解者《りかいしゃ》として選《えら》ばれたこの世《よ》でもっとも気《き》の弱《よわ》い男《おとこ》たちであった。わたしはそのときも、彼《かれ》の渡支《とし》についての論説《ろんせつ》に一も二もなく賛成《さんせい》した。けれども心配《しんぱい》そうに、口《くち》ごもりながら、「行《い》ってもすぐ帰《かえ》ってくるのでは意味《いみ》がない、それから、どんなことがあっても阿片《あへん》だけは吸《す》わないように。」という下手《へた》な忠告《ちゅうこく》を試《こころ》みた。彼《かれ》は、ふんと笑《わら》って、いやありがとう、と言《い》った。大隅君《おおすみくん》が渡支《とし》して五年《ねん》め、すなわちことしの四月中旬《がっちゅうじゅん》、とつぜん、彼《かれ》から次《つぎ》のような電報《でんぽう》が来《き》た。

○《まる》オクッタ」ユイノウタノム」ケツコンシキノシタクセヨ」アスペキンタツ」オオスミチユウタロウ

同時《どうじ》に電報為替《でんぽうがわせ》で百円送《えんおく》られてきたのである。

彼《かれ》が渡支《とし》してから、もう五年《ねん》。けれども、その五年《ねん》のあいだに、彼《かれ》とわたしとは、しばしば音信《おんしん》を交《か》わしていた。彼《かれ》の音信《おんしん》によれば、古都北京《ことペキン》は、まさしく彼《かれ》の性格《せいかく》にぴったり合《あ》ったようすで、すぐさま北京《ペキン》のある大会社《だいがいしゃ》につとめ、彼《かれ》の全能力《ぜんのうりょく》をあますところなく発《はっ》揮《き》して東亜永遠《とうあえいえん》の平和確立《へいわかくりつ》のため活躍《かつやく》しているということで、わたしは彼《かれ》のそのような誇《ほこ》らしげの音信《おんしん》に接《せっ》するたびごとに、いよいよ彼《かれ》に対《たい》する尊敬《そんけい》の念《ねん》をあらたにせざるを得《え》なかったわけであったが、わたしには故郷《こきょう》の老母《ろうぼ》のようなおろかな親心《おやごころ》みたいなものもあって、彼《かれ》の大抱負《だいほうふ》を聞《き》いてよろこぶとともに、また一面《いちめん》においては、ハラハラして、とにかくまあ、三日坊主《みっかぼうず》ではなく、飽《あ》かずに気長《きなが》にやってください、からだには充分《じゅうぶん》に気《き》をつけて、阿片《あへん》などは絶対《ぜったい》に試《こころ》みないように、というひどく興《きょう》ざめの現実的《げんじつてき》の心配《しんぱい》ばかり彼《かれ》に言《い》ってやるので、彼《かれ》もおもしろくなくなったか、わたしへの便《たよ》りもしだいに少《すく》なくなってきた。昨年《さくねん》の春《はる》であったか、わたしは山田勇吉君《やまだゆうきちくん》の訪問《ほうもん》を受《う》けた。

山田勇吉君《やまだゆうきちくん》という人《ひと》は、そのころ丸《まる》の内《うち》のある保険会社《ほけんがいしゃ》につとめていたようである。やはりわたしたちと大学《だいがく》が同期《どうき》であって、誰《だれ》よりも気《き》が弱《よわ》く、わたしたちはいつもこの人《ひと》のたばこばかりを吸《す》っていた。そうしてこの人《ひと》は、大隅君《おおすみくん》の博識《はくしき》に無条件《むじょうけん》に心服《しんぷく》し、なにかと大隅君《おおすみくん》の身《み》のまわりの世話《せわ》をやいていた。大隅君《おおすみくん》の厳父《げんぷ》には、わたしはいまだお目《め》にかかったことはないが、みごとなやかん頭《あたま》でいらっしゃるそうで、ひとり息子《むすこ》の忠太郎君《ちゅうたろうくん》もまた素直《すなお》に厳父《げんぷ》の先例《せんれい》にしたがい、大学《だいがく》を出《で》たころから、そろそろ前額部《ぜんがくぶ》が禿《は》げはじめた。男子《だんし》が年《とし》とともに前額部《ぜんがくぶ》の禿《は》げあがるのはあたりまえのことで、少《すこ》しも異《い》とするに及《およ》ばぬけれど、大隅君《おおすみくん》のは、ほかの学友《がくゆう》に比《くら》べて目立《めだ》って進捗《しんちょく》が早《はや》かった。そうしてそれが、やがて大隅君《おおすみくん》のあの鬱然《うつぜん》たる風格《ふうかく》の要因《よういん》にさえなったようすであったが、思《おも》いやりの深《ふか》い山田勇吉君《やまだゆうきちくん》は、あるとき、見《み》かねて、松葉《まつば》を束《たば》にしてそれでもって禿《は》げた部分《ぶぶん》をついて刺激《しげき》すると毛髪《もうはつ》が再生《さいせい》してくるそうです、と真顔《まがお》で進言《しんげん》して、かえって大隅君《おおすみくん》にぎょろりとにらまれたことがあった。

「大隅《おおすみ》さんのお嫁《よめ》さんが見《み》つかりました。」と山田君《やまだくん》は久《ひさ》しぶりにわたしの寓居《ぐうきょ》を訪《おとず》れて、すこぶる緊張《きんちょう》しておっしゃるのである。

「大丈夫《だいじょうぶ》ですか。大隅君《おおすみくん》は、あれで、なかなかむずかしいのですよ。」大隅君《おおすみくん》は大学《だいがく》の美《び》学科《がくか》を卒業《そつぎょう》したのである。美人《びじん》に対《たい》しても鑑賞眼《かんしょうがん》がきびしいのである。

「写真《しゃしん》を、北京《ペキン》へ送《おく》ってやったのです。すると、大隅《おおすみ》さんから、ぜひ、というお返事《へんじ》がまいりました。」山田君《やまだくん》は、内《うち》ポケットをさぐって、その大隅君《おおすみくん》からの返書《へんしょ》を取《と》りだし、「いや、これはお見《み》せできません。大隅《おおすみ》さんに悪《わる》いような気《き》がします。少《すこ》し感傷的《かんしょうてき》な、あまいことなども書《か》かれてありますから。まあ、ご推察《すいさつ》を願《ねが》います。」

「それは、よかった。まとめてやったら、どうですか。」

「僕《ぼく》ひとりではだめです。あなたにもご助力願《じょりょくねが》いたい。きょうこれから先方《せんぽう》へ、申《もう》しこみにいこうと思《おも》っているのですが、あなたのところに大隅《おおすみ》さんの最近《さいきん》の写真《しゃしん》がありませんか。先方《せんぽう》に見《み》せなければいけません。」

「最近《さいきん》は、大隅君《おおすみくん》からあまり便《たよ》りがないのですが、三年《ねん》ほどまえに北京《ペキン》から送《おく》ってよこした写真《しゃしん》なら、一、二枚《まい》あったと思《おも》います。」

はるかに紫禁城《しきんじょう》を眺《なが》めている横顔《よこがお》の写真《しゃしん》。碧雲寺《へきうんじ》を背景《はいけい》にして支那服《しなふく》を着《き》て立《た》っている写真《しゃしん》。わたしはその二枚《まい》を山田君《やまだくん》に手渡《てわた》した。

「これはいい。髪《かみ》の毛《け》も、濃《こ》くなったようですね。」山田君《やまだくん》は、なによりも先《さき》に、その箇所《かしょ》に目《め》をそそいで言《い》った。

「でも、光線《こうせん》の加減《かげん》で、そんなに濃《こ》く写《うつ》ったのかもしれませんよ。」わたしには、自信《じしん》がなかった。

「いや、そんなことはない。このごろ、いい薬《くすり》が発明《はつめい》されたようですからね。イタリア製《せい》の、いい薬《くすり》があるそうです。北京《ペキン》で彼《かれ》は、そのイタリア製《せい》をひそかに用《もち》いたのかもしれない。」

うまく、まとまったようすであった。すべて、山田君《やまだくん》のお骨折《ほねお》りのおかげであろう。しかるに、昨年《さくねん》の秋《あき》、山田君《やまだくん》から手紙《てがみ》が来《き》て、小生《しょうせい》は呼吸器《こきゅうき》を悪《わる》くしたので、これから一か年《ねん》、故郷《こきょう》において静養《せいよう》してくるつもりだ、ついては大隅氏《おおすみし》の縁談《えんだん》は貴君《きくん》にたのむよりほかはない、先方《せんぽう》のご住所《じゅうしょ》は左記《さき》のとおりであるから、よろしく連絡《れんらく》せよ、ということであった。臆病《おくびょう》なわたしには、人《ひと》の結婚《けっこん》の世話《せわ》など、おそろしくてたまらなかった。けれども、大隅君《おおすみくん》には友人《ゆうじん》も少《すく》ないし、いまはもうわたしが引《ひ》きうけなければ、せっかくの縁談《えんだん》もふいになってしまうにきまっているし、とにかくわたしは北京《ペキン》の大隅君《おおすみくん》に手紙《てがみ》を出《だ》した。

拝啓《はいけい》。山田君《やまだくん》は病気《びょうき》で故郷《こきょう》へ帰《かえ》った。貴兄《きけい》の縁談《えんだん》は小生《しょうせい》が引《ひ》き継《つ》がなければならなくなった。しかるに小生《しょうせい》は、きみもごぞんじのとおり、人《ひと》の世話《せわ》などできるがらの男《おとこ》ではない。素寒貧《すかんぴん》のその日暮《ひぐ》らしだ。役《やく》に立《た》ちやしないんだ。けれども、小生《しょうせい》といえども、貴兄《きけい》の幸福《こうふく》な結婚《けっこん》を望《のぞ》んでいることにおいては人後《じんご》に落《お》ちないつもりだ。なんでも言《い》いつけてくれたまえ。小生《しょうせい》は不精《ぶしょう》だから、人《ひと》のことについて自動的《じどうてき》にははたらかないが、言《い》いつけられた限《かぎ》りのことは、やってもよい。末筆《まっぴつ》ながら、おからだを大事《だいじ》にして、阿片《あへん》などには見向《みむ》きもせぬように、とまたしてもいらざる忠告《ちゅうこく》をひとことつけ加《くわ》えた。わたしのそのときの手紙《てがみ》が、大隅君《おおすみくん》の気《き》に入《い》らなかったのかもしれない。返事《へんじ》がなかった。少《すく》なからず気《き》になっていたが、わたしは人《ひと》の身《み》のうえについて自動的《じどうてき》に世話《せわ》をやくのは、どうもおっくうでできないたちなので、そのままにしておいた。ところへ、とつぜん、れいの電報《でんぽう》と電《でん》報為替《ぽうがわせ》である。命令《めいれい》を受《う》けたのである。こんどはわたしもはたらかなければならなかった。わたしは、かねて山田君《やまだくん》から教《おし》えられていた先方《せんぽう》のお家《うち》へ、速達《そくたつ》のはがきを発《はっ》した。

ただいま友人《ゆうじん》、大隅忠太郎君《おおすみちゅうたろうくん》から、結納《ゆいのう》ならびに華燭《かしょく》の典《てん》の次第《しだい》につき電報《でんぽう》をもって至急《しきゅう》の依頼《いらい》を受《う》けましたが、ただちに貴門《きもん》を訪《おとず》れご相談申《そうだんもう》し上《あ》げたく、ついてはご都合《つごう》よろしき日時《にちじ》、ならびに貴門《きもん》に至《いた》る道筋《みちすじ》の略図《りゃくず》などお示《しめ》しくださらば幸甚《こうじん》にぞんじます、とわたしも異様《いよう》に緊張《きんちょう》して書《か》き送《おく》ってやったのである。先方《せんぽう》のあて名《な》は、小坂吉之助氏《こさかきちのすけし》というのであった。あくる日《ひ》、眼光鋭《がんこうするど》く、気品《きひん》の高《たか》い老紳士《ろうしんし》がわたしの陋屋《ろうおく》を訪《おとず》れた。

「小坂《こさか》です。」

「これは。」とわたしは大《おお》いにおどろき、「僕《ぼく》のほうからお伺《うかが》いしなければならなかったのに。いや。どうも。これは。さあ。まあ。どうぞ。」

小坂氏《こさかし》は部屋《へや》へあがって、汚《きたな》い畳《たたみ》にぴたりと両手《りょうて》をつき、にこりともせず、厳粛《げんしゅく》な挨拶《あいさつ》をした。

「大隅君《おおすみくん》から、こんな電報《でんぽう》がまいりましてね、」わたしは、いまは、もう、なんでもぶちまけて相談《そうだん》するよりほかはないと思《おも》った。「〇《まる》オクツタとありますが、この〇《まる》というのは、百円《えん》のことです。これを結納金《ゆいのうきん》として、あなたのほうへ、差《さ》し上《あ》げよという意味《いみ》らしいのですが、なにせどうもとつぜんのことで、なにがなにやら。」

「ごもっともでございます。山田《やまだ》さんが郷里《きょうり》へお帰《かえ》りになりましたので、わたしどもも心細《こころぼそ》くぞんじておりましたところ、昨年《さくねん》の暮《く》れに、大隅《おおすみ》さんから直接《ちょくせつ》、わたしどものほうへお便《たよ》りがございまして、いろいろ都合《つごう》もあるから、式《しき》は来年《らいねん》の四月《がつ》まで待《ま》ってもらいたいということで、わたしどももそれを信《しん》じていままで待《ま》っておりましたようなわけでございます。」信《しん》じて、という言葉《ことば》が、へんに強《つよ》くわたしの耳《みみ》にひびいた。

「そうですか。それはさぞ、ご心配《しんぱい》だったでしょう。でも、大隅君《おおすみくん》だって、けっして無責《むせき》任《にん》な男《おとこ》じゃございませんから。」

「はい。ぞんじております。山田《やまだ》さんもそれは保証《ほしょう》していらっしゃいました。」

「僕《ぼく》だって保証《ほしょう》いたします。」

その、あてにならない保証人《ほしょうにん》は、その翌々日《よくよくじつ》、結納《ゆいのう》の品々《しなじな》を白木《しらき》の台《だい》に載《の》せて、小坂氏《こさかし》の家《いえ》へ、おとどけしなければならなくなったのである。

正午《しょうご》に、おいでくださるように、という小坂氏《こさかし》のお言葉《ことば》であった。大隅君《おおすみくん》には、ほかに友人《ゆうじん》もないようだ。わたしが結納《ゆいのう》を、おとどけしなければなるまい。その前日《ぜんじつ》、新宿《しんじゅく》の百《ひゃっ》貨店《かてん》へ行《い》って結納《ゆいのう》のおきまりの品々一式《しなじないっしき》を買《か》い求《もと》め、帰《かえ》りに本屋《ほんや》へ立《た》ちよって礼法全書《れいほうぜんしょ》をのぞいて、結納《ゆいのう》の礼式《れいしき》、口上《こうじょう》などを調《しら》べて、さて、当日《とうじつ》は袴《はかま》をはき、紋付《もんつ》き羽織《ばおり》と白足袋《しろたび》はふろしきに包《つつ》んで持《も》って家《いえ》を出《で》た。小坂家《こさかけ》の玄関《げんかん》においてさっと羽織《はおり》を着替《きか》え、紺足袋《こんたび》をすらりと脱《ぬ》ぎ捨《す》て白足袋《しろたび》をきちんとはいて水際立《みずぎわだ》ったお使者《ししゃ》ぶりを示《しめ》そうという魂胆《こんたん》であったが、これは完全《かんぜん》に失敗《しっぱい》した。省線《しょうせん》は五反田《ごたんだ》で降《お》りて、それから小坂氏《こさかし》の書《か》いてくださった略図《りゃくず》をたよりに、十丁《ちょう》（約《やく》一キロメートル）ほど歩《ある》いて、ようやく小坂氏《こさかし》の標札《ひょうさつ》を見《み》つけた。想像《そうぞう》していたより三倍以上《ばいいじょう》も大《おお》きい邸宅《ていたく》であった。かなり暑《あつ》い日《ひ》だった。わたしは汗《あせ》をぬぐい、ちょっと威容《いよう》を正《ただ》して門《もん》をくぐり、猛犬《もうけん》はいないかと四方八方《しほうはっぽう》に気《き》をくばりながら玄関《げんかん》の呼《よ》び鈴《りん》を押《お》した。女中《じょちゅう》さんがあらわれて、どうぞ、と言《い》う。わたしは玄関《げんかん》に入《はい》る。見《み》ると、玄関《げんかん》の式台《しきだい》には紋服《もんぷく》を着《き》た小坂吉之助氏《こさかきちのすけし》が、扇子《せんす》をひざに立《た》てて厳然《げんぜん》と正座《せいざ》していた。

「いや。ちょっと。」わたしはわけのわからぬ言葉《ことば》を発《はっ》して、携帯《けいたい》のふろしき包《づつ》みを下駄《げた》箱《ばこ》の上《うえ》に置《お》き、すばやくほどいて紋付《もんつ》き羽織《ばおり》を取《と》りだし、着《き》てきた黒《くろ》い羽織《はおり》と着替《きか》えたところまでは、まずまず大過《たいか》なかったのであるが、それからが、いけなかった。立《た》ったまま、紺足袋《こんたび》を脱《ぬ》いで、白足袋《しろたび》にはき替《か》えようとしたのだが、足《あし》が汗《あせ》ばんでいるので、するりと入《はい》らぬ。うむ、とりきんで足袋《たび》を引《ひ》っぱったら、わたしはからだの重心《じゅうしん》を失《うしな》い、みにくくよろめいた。

「あ。これは。」とわたしはやはり意味《いみ》のわからぬことを言《い》い、卑屈《ひくつ》に笑《わら》って、式台《しきだい》の端《はし》に腰《こし》をおろし、大《おお》あぐらの形《かたち》になって、なでたり引《ひ》っぱったり、さまざまに白足袋《しろたび》をなだめさすり、少《すこ》しずつ少《すこ》しずつ足《あし》にかぶせて、額《ひたい》ににじみでる汗《あせ》をハンケチで拭《ふ》いてはまたも無言《むごん》で足袋《たび》に取《と》りかかり、周囲《しゅうい》が真《ま》っ暗《くら》な気持《きも》ちで、いまはもうやけくそになり、いっそ素足《すあし》で式台《しきだい》に上《あ》がりこみ、大声《おおごえ》あげて笑《わら》おうかとさえ思《おも》った。けれども、わたしのそばには厳然《げんぜん》と、いささかも威儀《いぎ》を崩《くず》さず小坂氏《こさかし》

が控《ひか》えているのだ。五分《ふん》、十分《ぷん》、わたしは足袋《たび》と悪戦苦闘《あくせんくとう》を続《つづ》けた。やっと両方《りょうほう》はきおえた。

「さあ、どうぞ。」小坂氏《こさかし》はなにごともなかったような落《お》ちついたご態度《たいど》でわたしを奥《おく》の座敷《ざしき》に案内《あんない》した。小坂氏《こさかし》の夫人《ふじん》はすでにご他界《たかい》のようすで、なにもかも小坂氏《こさかし》おひとりで処置《しょち》なさっているらしかった。

わたしは足袋《たび》のために、もうへとへとであった。それでも、持参《じさん》の結納《ゆいのう》の品々《しなじな》を白木《しらき》の台《だい》に載《の》せて差《さ》しだし、

「このたびは、まことに、――。」と礼法全書《れいほうぜんしょ》で習《なら》いおぼえた口上《こうじょう》を述《の》べ、「幾久《いくひさ》しゅうお願《ねが》い申《もう》し上《あ》げます。」と、どうやら無事《ぶじ》に言《い》い納《おさ》めたときに、三十歳《さい》を少《すこ》し越《こ》えたくらいの美《うつく》しい人《ひと》があらわれ、しとやかに一礼《いちれい》して、

「はじめてお目《め》にかかります。正子《まさこ》の姉《あね》でございます。」

「は、幾久《いくひさ》しゅうお願《ねが》い申《もう》し上《あ》げます。」とわたしは少《すこ》しまごついてお辞儀《じぎ》した。続《つづ》いて、またひとり、三十ちょっとまえくらいの美《うつく》しい人《ひと》があらわれ、これもやはり、姉《あね》でございます、というご挨拶《あいさつ》をなさるのである。四方八方《しほうはっぽう》に、幾久《いくひさ》しゅう、幾久《いくひさ》しゅうとばか

り言《い》うのも、まがぬけているような気《き》がして、こんどは、「末長《すえなが》くお願《ねが》い申《もう》します。」と言《い》った。とたんにこんどは、いよいよ令嬢《れいじょう》の出現《しゅつげん》だ。緑色《みどりいろ》の着物《きもの》を着《き》て、はにかんで挨拶《あいさつ》した。わたしは、そのときはじめて、その正子《まさこ》さんにお目《め》にかかったわけである。ひどく若《わか》い。そうして美人《びじん》だ。わたしは友人《ゆうじん》の幸福《こうふく》を思《おも》って微笑《びしょう》した。

「や、おめでとう。」いまに親友《しんゆう》の細君《さいくん》になる人《ひと》だ。わたしは少《すこ》し親《した》しげな、ぞんざいな言葉《ことば》を遣《つか》って、「よろしく願《ねが》います。」

姉《ねえ》さんたちは、いろいろとごちそうを運《はこ》んでくる。上《うえ》の姉《ねえ》さんには、五つくらいの男《おとこ》の子《こ》がまつわりついている。下《した》の姉《ねえ》さんには、三つくらいの女《おんな》の子《こ》が、よちよちついて歩《ある》いている。

「さ、ひとつ。」小坂氏《こさかし》はわたしにビールをついでくれた。「あいにくどうも、お相手《あいて》を申《もう》し上《あ》げる者《もの》がいないので。――わたしも若《わか》いときには、大酒《おおざけ》を飲《の》んだものですが、いまはもう、さっぱりだめになりました。」笑《わら》って、そうして、みごとに禿《は》げて光《ひか》っているおつむを、つるりとなでた。

「失礼《しつれい》ですが、おいくつで？」

「九でございます。」

「五十？」

「いいえ、六十九で。」

「それは、お達者《たっしゃ》です。先日《せんじつ》はじめてお目《め》にかかったときから、そう思《おも》っていたのですが、ご士族《しぞく》でいらっしゃるのではございませんか？」

「おそれいります。会津《あいづ》の藩士《はんし》でございます。」

「剣術《けんじゅつ》なども、お小《ちい》さいころから？」

「いいえ、」上《うえ》の姉《ねえ》さんは静《しず》かに笑《わら》って、わたしにビールをすすめ、「父《ちち》にはなんにもできやしません。おじいさまは槍《やり》の、――。」と言《い》いかけて、自慢話《じまんばなし》になるのを避《さ》けるみたいに口《くち》ごもった。

「槍《やり》。」わたしは緊張《きんちょう》した。わたしは人《ひと》の富《とみ》や名声《めいせい》に対《たい》してはかつて畏敬《いけい》の念《ねん》を抱《いだ》いたことはないが、どういうわけか武術《ぶじゅつ》の達人《たつじん》に対《たい》してだけは、非常《ひじょう》に緊張《きんちょう》するのである。自分《じぶん》が人一倍《ひといちばい》、非力《ひりき》の懦弱者《だじゃくしゃ》であるせいかもしれない。わたしは小坂氏《こさかし》一族《いちぞく》に対《たい》して、ひそかに尊敬《そんけい》をあらたにしたのである。油断《ゆだん》はならぬ。調子《ちょうし》に乗《の》ってばかなことを言《い》って、無礼者《ぶれいもの》！　などとどなられてもつまらない。なにせ相手《あいて》は槍《やり》の名人《めいじん》の子孫《しそん》である。わたしは、めっきり口数《くちかず》を少《すく》なくした。

「さ、どうぞ。おいしいものは、なにもございませんが、どうぞ、お箸《はし》をおつけになってください。」小坂氏《こさかし》は、しきりにすすめる。「それ、お酌《しゃく》をせんかい。しっかり、ひとつ召《め》しあがってください。さ、どうぞ、しっかり。」しっかり飲《の》め、と言《い》うのである。男《おとこ》らしく、しっかりした態度《たいど》で飲《の》め、という叱咤《しった》の意味《いみ》にも聞《き》こえる。会津《あいづ》の国《くに》の方言《ほうげん》なのかもしれないが、どうもわたしには気味悪《きみわる》く思《おも》われた。わたしは、しっかり飲《の》んだ。どうも話題《わだい》がない。槍《やり》の名人《めいじん》の子孫《しそん》に対《たい》してわたしは極度《きょくど》に用心《ようじん》し、かじかんでしまったのである。

「あのお写真《しゃしん》は、」部屋《へや》の長押《なげし》に、四十歳《さい》くらいの背広《せびろ》を着《き》た紳士《しんし》の写真《しゃしん》がかけられていたのである。「どなたです。」まずい質問《しつもん》だったかな？　と内心《ないしん》ひやひやしていた。

「あら、」上《うえ》の姉《ねえ》さんは、顔《かお》を赤《あか》らめた。「きょうは、はずしておけばよかったのに。こんなおめでたい席《せき》に。」

「まあ、いい。」小坂氏《こさかし》は、振《ふ》りむいてその写真《しゃしん》をちらと見《み》て、「長女《ちょうじょ》の婿《むこ》でございます。」

「お亡《な》くなりに？」きっとそうだと思《おも》いながらも、そうあらわに質問《しつもん》して、これはいかんと狼狽《ろうばい》した。

「ええ、でも、」上《うえ》の姉《ねえ》さんは伏《ふ》し目《め》になって、「けっしてお気《き》になさらないでください。」言《い》いかたが少《すこ》しへんであった。「そりゃもう、みなさまが、もったいないほど、——。」口《くち》ごもった。

「兄《にい》さんがいらっしゃったら、きょうは、どんなにおよろこびだったでしょうね。」下《した》の姉《ねえ》さんが、上《うえ》の姉《ねえ》さんの背後《はいご》から美《うつく》しい笑顔《えがお》をのぞかせて言《い》った。「あいにく、わたしのところも、出張中《しゅっちょうちゅう》で。」

「ご出張《しゅっちょう》？」わたしはまったくぼんやりしていた。

「ええ、もう、長《なが》いんですの。わたしのことも子供《こども》のことも、ちっとも心配《しんぱい》していないようすで、ただ、お庭《にわ》の植木《うえき》のことばっかり言《い》ってよこします。」上《うえ》の姉《ねえ》さんといっしょに、笑《わら》った。

「あれは、庭木《にわき》が好《す》きだから。」小坂氏《こさかし》は苦笑《くしょう》して、「どうぞ、ビールを、しっかり。」わたしはただ、ビールをしっかり飲《の》むばかりである。なんという迂闊《うかつ》な男《おとこ》だ。戦死《せんし》と出《しゅっ》征《せい》であったのに。

その日《ひ》、小坂氏《こさかし》と相談《そうだん》して結婚《けっこん》の日取《ひど》りをきめた。暦《こよみ》を調《しら》べて仏滅《ぶつめつ》だの大安《たいあん》だのと騒《さわ》ぐ必要《ひつよう》はなかった。四月《がつ》二十九日《にち》。これ以上《いじょう》の佳日《かじつ》はないはずである。場所《ばしょ》は、小坂氏《こさかし》のお宅《たく》の近《ちか》くのある支那料理屋《しなりょうりや》。その料理屋《りょうりや》には、神前挙式場《しんぜんきょしきじょう》も設備《せつび》せられてある由《よし》で、とにかく、そのほうの交渉《こうしょう》はいっさい小坂氏《こさかし》にお任《まか》せすることにした。また媒妁人《ばいしゃくにん》は、大学《だいがく》でわたしたちに東洋美術史《とうようびじゅつし》を教《おし》え、大隅君《おおすみくん》の就職《しゅうしょく》の世話《せわ》などもしてくださった瀬川先生《せがわせんせい》がよろしくはないか、というわたしの口《くち》ごもりながらの提案《ていあん》を、小坂氏一族《こさかしいちぞく》は、気軽《きがる》に受《う》けいれてくれた。

「瀬川《せがわ》さんだったら、大隅君《おおすみくん》にも不服《ふふく》はないはずです。けれども瀬川《せがわ》さんは、なかなか気《き》むずかしいおかたですから、引《ひ》きうけてくださるかどうか、とにかく、きょうこれからわたしが先生《せんせい》のお宅《たく》へお伺《うかが》いして、懇願《こんがん》してみましょう。」

大《おお》きい失敗《しっぱい》のないうちに引《ひ》きあげるのが賢明《けんめい》である。思慮分別《しりょふんべつ》の深《ふか》い結納《ゆいのう》のお使者《ししゃ》は、ひどく酔《よ》いました、これは、ひどく酔《よ》いました、と言《い》いながら、紋付《もんつ》き羽織《ばおり》と白足袋《しろたび》をまたふろしきに包《つつ》んで持《も》って、どうやら無事《ぶじ》に、会津藩士《あいづはんし》の邸宅《ていたく》から逃《のが》れでることができたのである。けれども、わたしの役目《やくめ》は、まだすまぬ。

わたしは五反田駅《ごたんだえき》まえの公衆電話《こうしゅうでんわ》で、瀬川《せがわ》さんのご都合《つごう》を伺《うかが》った。先生《せんせい》は、昨年《さくねん》の春《はる》、同《おな》じ学部《がくぶ》の若《わか》い教授《きょうじゅ》と意見《いけん》の衝突《しょうとつ》があって、忍《しの》ぶべからざる侮辱《ぶじょく》を受《う》けたとかの理由《りゆう》をもって大学《だいがく》の講壇《こうだん》から去《さ》り、いまは牛込《うしごめ》のご自宅《じたく》で、それこそ晴耕雨読《せいこううどく》とでもいうべき悠々自適《ゆうゆうじてき》の生活《せいかつ》をなさっているのだ。わたしはすこぶる不勉強《ふべんきょう》な大学生《だいがくせい》ではあったが、けれどもこの瀬川先生《せがわせんせい》の飾《かざ》らぬご人格《じんかく》にはひそかに深《ふか》く敬服《けいふく》していたところがあったので、この先生《せんせい》の講義《こうぎ》にだけはつとめて出席《しゅっせき》するようにしていたし、研究室《けんきゅうしつ》にも二、三度顔《どかお》を出《だ》して突飛《とっぴ》な愚問《ぐもん》を呈出《ていしゅつ》して、先生《せんせい》をめんくらわせたこともあって、その後《ご》、わたしの小《ちい》さい著作集《ちょさくしゅう》をお送《おく》りして、鈍骨《どんこつ》もなお自重《じちょう》すべし、石《いし》に矢《や》の立《た》つ例《れい》も有之候云々《これありそうろううんぬん》、という激励《げきれい》のお言葉《ことば》を賜《たまわ》り、先生《せんせい》はどんなにわたしを頭《あたま》の悪《わる》いだめな男《おとこ》と思《おも》っているのか、その短《みじか》いお便《たよ》りによってさらにはっきりわかったような気《き》がして、ありがたく思《おも》うとともに、また深刻《しんこく》に苦笑《くしょう》したものであった。けれども、わたしは先生《せんせい》からそのようにだめな男《おとこ》と思《おも》われて、かえって気《き》が楽《らく》なのである。瀬川先生《せがわせんせい》ほどの人物《じんぶつ》に、見《み》こみのある男《おとこ》と思《おも》われては、かえって大《おお》いに窮屈《きゅうくつ》でかなわないのではあるまいか。わたしは、どうせ、だめな男《おとこ》と思《おも》われているのだから、先生《せんせい》に対《たい》して少《すこ》しも気取《きど》る必要《ひつよう》はない。かえってわたしは、勝手《かって》気《き》ままに振《ふ》る舞《ま》えるのである。その日《ひ》、わたしは久《ひさ》しぶりで先生《せんせい》のお宅《たく》へお伺《うかが》いして、大《おお》隅君《すみくん》の縁談《えんだん》を報告《ほうこく》し、ついてはひとつ先生《せんせい》に媒妁《ばいしゃく》の労《ろう》をとっていただきたいということをすこぶる無遠慮《ぶえんりょ》な口調《くちょう》でお願《ねが》いした。先生《せんせい》は、そっぽを向《む》いて、しばらくだまって考《かんが》えておられたが、やがて、しぶしぶ首肯《しゅこう》せられた。わたしは、ほっとした。もう大丈夫《だいじょうぶ》。

「ありがとうございます。なにせ、お嫁《よめ》さんのおじいさんは、槍《やり》の名人《めいじん》だそうですからね、大隅君《おおすみくん》だって油断《ゆだん》はできません。そこのところを先生《せんせい》から大隅君《おおすみくん》に、よく注意《ちゅうい》してやったほうがいいと思《おも》います。あいつは、どうも、のんきすぎますから。」

「それは心配《しんぱい》ないだろう。武家《ぶけ》の娘《むすめ》は、かえって男《おとこ》を敬《うやま》うものだ。」先生《せんせい》は、まじめである。「それよりも、どうだろう。大隅《おおすみ》の頭《あたま》はだいぶ禿《は》げあがっていたようだが。」やっぱり、そのことが先生《せんせい》にとっても、まず第一《だいいち》に気《き》がかりになるようすであった。まことに、海《うみ》よりも深《ふか》きは師《し》の恩《おん》である。わたしは、ほろりとした。

「たぶん、大丈夫《だいじょうぶ》だろうと思《おも》います。北京《ペキン》から送《おく》られてきた写真《しゃしん》を見《み》ましたが、あれ以上《いじょう》進捗《しんちょく》していないようです。なんでも、いまは、イタリア製《せい》のいい薬《くすり》があるそうですし、それに先方《せんぽう》の小坂吉之助《こさかきちのすけ》氏《し》だって、ずいぶんみごとな、——。」

「それは、年《とし》とってから禿《は》げるのはあたりまえのことだが。」先生《せんせい》は、浮《う》かぬ顔《かお》をしてそう言《い》った。先生《せんせい》も、ずいぶんみごとに禿《は》げておられた。


数日後《すうじつご》、大隅忠太郎君《おおすみちゅうたろうくん》は折《お》り鞄《かばん》ひとつかかえて、三鷹《みたか》のわたしの陋屋《ろうおく》の玄関《げんかん》に、のっそりとあらわれた。お嫁《よめ》さんを迎《むか》えに、はるばる北京《ペキン》からやってきたのだ。日焼《ひや》けした精悍《せいかん》な顔《かお》になっていた。生活《せいかつ》の苦労《くろう》にもまれてきた顔《かお》である。それはしかたのないことだ。誰《だれ》だって、いつまでも上品《じょうひん》な坊《ぼっ》ちゃんではおられない。頭髪《とうはつ》は、以前《いぜん》より少《すこ》し濃《こ》くなったくらいであった。瀬川先生《せがわせんせい》もこれでまったくご安心《あんしん》なさるだろう、とわたしは思《おも》った。

「おめでとう。」とわたしが笑《わら》いながら言《い》ったら、

「やあ、このたびはご苦労《くろう》。」と北京《ペキン》の新郎《しんろう》は大《おお》きく出《で》た。

「どてらに着替《きか》えたら？」

「うむ、拝借《はいしゃく》しよう。」新郎《しんろう》はネクタイをほどきながら、「ついでにきみ、新《あたら》しいパンツがないか。」いつのまにやら豪放《ごうほう》な風格《ふうかく》をさえ習得《しゅうとく》していた。ちっとも悪《わる》びれずに言《い》うその態度《たいど》は、かえって男《おとこ》らしく、たのもしく見《み》えた。

わたしたちはやがて、そろって銭湯《せんとう》に出《で》かけた。よいお天気《てんき》だった。大隅君《おおすみくん》は青空《あおぞら》を見《み》あげて、

「しかし、東京《とうきょう》は、のんきだな。」

「そうかね。」

「のんきだ。北京《ペキン》は、こんなもんじゃないぜ。」わたしは東京《とうきょう》の人全部《ひとぜんぶ》を代表《だいひょう》してしかられている形《かたち》だった。けれども、旅行者《りょこうしゃ》にとってはのんきそうに見《み》えながらも、帝都《ていと》の人《ひと》たちはすべて懸命《けんめい》の努力《どりょく》で生《い》きているのだということを、この北京《ペキン》の客《きゃく》に説明《せつめい》してやろうかしらと、ふと思《おも》った。

「緊張《きんちょう》の足《た》りないところもあるだろうねえ。」わたしは思《おも》っていることと反対《はんたい》のことを言《い》ってしまった。わたしは議論《ぎろん》を好《この》まないたちの男《おとこ》である。

「ある。」大隅君《おおすみくん》は昂然《こうぜん》と言《い》った。

銭湯《せんとう》から帰《かえ》って、早《はや》めの夕食《ゆうしょく》を食《た》べた。お酒《さけ》も出《で》た。

「酒《さけ》だってあるし、」大隅君《おおすみくん》は、酒《さけ》を飲《の》みながら、しかるような口調《くちょう》でわたしに言《い》うのである。「お料理《りょうり》だって、こんなにたくさんできるじゃないか。きみたちはめぐまれすぎているんだ。」

大隅君《おおすみくん》が北京《ペキン》から、やってくるというので、家《いえ》の者《もの》が、四、五日《にち》まえから、野菜《やさい》やさかなを少《すこ》しずつ買《か》い集《あつ》め貯蔵《ちょぞう》しておいたのだ。交番《こうばん》へ行《い》って応急米《おうきゅうまい》の手続《てつづ》きもしておいたのだ。お酒《さけ》は、その朝《あさ》、世田谷《せたがや》の姉《あね》のところへ行《い》って配給《はいきゅう》の酒《さけ》をゆずってもらってきたのだ。けれども、そんな実情《じつじょう》を打《う》ち明《あ》けたら、客《きゃく》は居《い》ごこちの悪《わる》い思《おも》いをする。大隅君《おおすみくん》は、結婚式《けっこんしき》の日《ひ》まで一週間《しゅうかん》、わたしの家《いえ》に滞在《たいざい》することになっているのだ。わたしは、大隅君《おおすみくん》にしかられてもだまって笑《わら》っていた。大隅君《おおすみくん》は五年《ねん》ぶりで東京《とうきょう》へ来《き》て、いわば興奮《こうふん》をしているのだろう。このたびの結婚《けっこん》のことについては少《すこ》しも言《い》わず、ひたすら世界《せかい》の大勢《たいせい》につき演説《えんぜつ》のような口調《くちょう》で、さまざまわたしを教《おし》え諭《さと》すのであった。ああ、けれども人《ひと》は、その知識《ちしき》の十分《ぶん》の一以上《いじょう》を開陳《かいちん》するものではない。東京《とうきょう》に住《す》む俗《ぞく》な友人《ゆうじん》は、北京《ペキン》の人《ひと》の諤々《がくがく》たる時事解説《じじかいせつ》を神妙《しんみょう》らしく拝聴《はいちょう》しながら、少《すこ》しく閉口《へいこう》していたのも事実《じじつ》であった。わたしは新聞《しんぶん》に発表《はっぴょう》せられていることをそのとおりに信《しん》じ、それ以上《いじょう》のことは知《し》ろうとも思《おも》わないきわめて平凡《へいぼん》な国民《こくみん》なのである。けれども、また大隅君《おおすみくん》にとっては、この五年《ねん》ぶりで会《あ》った東京《とうきょう》の友人《ゆうじん》が、相変《あいか》わらず迂愚《うぐ》な、のほほん顔《がお》をしているのを見《み》て、いたたまらぬ技癢《ぎよう》でも感《かん》ずるのであろうか、さかんにわたしたちの生活態度《せいかつたいど》をののしるのだ。

「疲《つか》れたろう。寝《ね》ないか。」わたしは大隅君《おおすみくん》の土産話《みやげばなし》のちょっと、とぎれたときにそう言《い》った。

「ああ、寝《ね》よう。夕刊《ゆうかん》を枕頭《ちんとう》に置《お》いてくれ。」

あくる朝《あさ》、わたしは九時《じ》ごろに起《お》きた。たいていわたしは八時《じ》まえに起床《きしょう》するのだが、大隅君《おおすみくん》のお相手《あいて》をして少《すこ》し朝寝坊《あさねぼう》したのだ。大隅君《おおすみくん》は、なかなか起《お》きない。十時《じ》ごろ、わたしはわたしのふとんだけ先《さき》にたたむことにした。大隅君《おおすみくん》は、わたしのどたばたはたらく姿《すがた》を寝《ね》ながら横目《よこめ》で見《み》て、

「きみは、めっきり尻《しり》の軽《かる》い男《おとこ》になったな。」と言《い》って、またふとんを頭《あたま》からかぶった。

その日《ひ》は、わたしが大隅君《おおすみくん》を小坂氏《こさかし》のお宅《たく》へ案内《あんない》することになっていた。大隅君《おおすみくん》と小坂《こさか》氏《し》の令嬢《れいじょう》とは、まだ一度《いちど》も会《あ》っていないのである。たがいの家系《かけい》と写真《しゃしん》と、それから中《なか》に立《た》った山田勇吉君《やまだゆうきちくん》の証言《しょうげん》だけにたよって、取《と》りきめられた縁《えん》である。なにせ北京《ペキン》と、東京《とうきょう》である。大隅君《おおすみくん》だって、いそがしいからだである。見合《みあ》いだけのために、ちょっと東京《とうきょう》へやってくるというわけにもいかなかったようである。きょうはじめて、相会《あいあ》うのだ。人生《じんせい》の、もっとも大事《だいじ》な日《ひ》といっていいかもしれない。けれども大隅君《おおすみくん》は、どういうものか泰《たい》然《ぜん》たるものであった。十一時《じ》ごろ、やっとお目《め》ざめになり、新聞《しんぶん》ないかあと言《い》い、寝床《ねどこ》に腹這《はらば》いになりながら、ひとしきり朝刊《ちょうかん》の検閲《けんえつ》をして、それから縁側《えんがわ》に出《で》て支那《しな》のたばこをくゆらす。

「鬚《ひげ》を、剃《そ》らないか。」わたしは朝《あさ》からなにかと気《き》をもんでいたのだ。

「そんな必要《ひつよう》もないだろう。」奇妙《きみょう》に大《おお》きく出《で》る。わたしのこせこせした心境《しんきょう》を軽蔑《けいべつ》しているようにも見《み》える。

「きょうは、でも、小坂《こさか》さんの家《いえ》に行《い》くんだろう?」

「うむ、行《い》ってみようか。」

行《い》ってみようかもないもんだ。ご自分《じぶん》のお嫁《よめ》さんと会《あ》うんじゃないか。

「なかなかの美人《びじん》のようだぜ。」わたしは、大隅君《おおすみくん》がも少《すこ》し無邪気《むじゃき》にはしゃいでくれてもいいと思《おも》った。

「きみが見《み》ない先《さき》に僕《ぼく》が拝見《はいけん》するのは失礼《しつれい》だと思《おも》ったから、ほんのちらと瞥見《べっけん》したばかりだが、でも、桜《さくら》の花《はな》のような印象《いんしょう》を受《う》けた。」

「きみは、女《おんな》には、あまいからな。」

わたしはおもしろくなかった。そんなに気乗《きの》りがしないのなら、なぜ、はるばる北京《ペキン》からやってきたのだ、と開《ひら》きなおって聞《き》きただしたかったが、わたしも意気地《いくじ》のない男《おとこ》である。ぎりぎりのところまでは、気《き》まずい衝突《しょうとつ》を避《さ》けるのである。

「立派《りっぱ》な家庭《かてい》だぜ。」わたしには、そう言《い》うのがせいいっぱいのことであった。きみにはもったいないくらいだ、とは言《い》えなかった。わたしは言《い》い争《あらそ》いは好《この》まない。「縁談《えんだん》などのときには、たいてい自分《じぶん》の地位《ちい》やら財産《ざいさん》やらをほのめかしたがるものらしいが、小坂《こさか》のお父《とう》さんは、そんなことはひとこともおっしゃらなかった。ただ、きみを信《しん》じる、と言《い》っていた。」

「武士《ぶし》だからな。」大隅君《おおすみくん》は軽《かる》く受《う》け流《なが》した。「それだから、僕《ぼく》だって、わざわざ北京《ペキン》から出《で》かけてきたんだ。そうでもなくっちゃあ、——。」言《い》うことが大《おお》きい。「なにしろ名誉《めいよ》の家《いえ》だからな。」

「名誉《めいよ》の家《いえ》？」

「長女《ちょうじょ》の婿《むこ》は三、四年《ねん》まえに北支《ほくし》で戦死《せんし》、家族《かぞく》はいま小坂《こさか》の家《いえ》に住《す》んでいるはずだ。次女《じじょ》の婿《むこ》は、これは小坂《こさか》の養子《ようし》らしいが、早《はや》くから出征《しゅっせい》していまは南方《なんぽう》に活躍中《かつやくちゅう》とか聞《き》いていたが、きみは知《し》らなかったのかい？」

「そうかあ。」わたしははずかしかった。すすめられるままに、ただあほうのように、しっかりビールを飲《の》んで、そうして長押《なげし》の写真《しゃしん》を見《み》て、無礼《ぶれい》きわまる質問《しつもん》を発《はっ》して、そうして意気揚々《いきようよう》と引《ひ》きあげてきたわたしの日本一《にっぽんいち》のまぬけた姿《すがた》を思《おも》い、ほおが赤《あか》くなり、耳《みみ》が赤《あか》くなり、胃腑《いふ》まで赤《あか》くなるような気持《きも》ちであった。

「いちばん大事《だいじ》のことじゃないか。どうしてそれを知《し》らせてくれなかったんだ。僕《ぼく》は大恥《おおはじ》をかいたよ。」

「どうだって、いいさ。」

「よかないよ。大事《だいじ》なことだ。」あからさまに憤怒《ふんぬ》の口調《くちょう》になっていた。けんかになってもいいと思《おも》った。「山田君《やまだくん》も山田君《やまだくん》だ。そんな大事《だいじ》なことをひとことも僕《ぼく》に教《おし》えてくれなかったというのは不親切《ふしんせつ》だ。僕《ぼく》は、こんどの世話《せわ》はごめんこうむる。僕《ぼく》はもう小坂《こさか》さんの家《いえ》へは顔出《かおだ》しできない。きみがきょう行《い》くんだったら、ひとりで行《い》けよ。僕《ぼく》はもう、いやだ。」

人《ひと》は、はずかしくて身《み》の置《お》きどころのなくなった思《おも》いのときには、こんな無茶《むちゃ》な怒《おこ》りかたをするものである。

わたしたちは、おそい朝《あさ》ごはんを、気《き》まずい思《おも》いで食《た》べた。とにかくわたしは、きょうは小坂氏《こさかし》の家《いえ》へ行《い》かぬつもりだ。はずかしくて、行《い》けたものでない。縁談《えんだん》がぶちこわれたってかまわぬ。勝手《かって》にしろ、という八《や》つあたりの気持《きも》ちだった。

「きみが、ひとりで行《い》ったらいいだろう。僕《ぼく》にはほかに用事《ようじ》もあるんだ。」わたしは、いかにも用事《ようじ》ありげに、そそくさと外出《がいしゅつ》した。

けれども、行《い》くところはない。ふと思《おも》いついた。ひとつ牛込《うしごめ》の瀬川《せがわ》さんを訪《おとず》れて、わたしのぐちを聞《き》いてもらおうかと思《おも》った。

さいわい先生《せんせい》はご在宅《ざいたく》であった。わたしは大隅君《おおすみくん》の上京《じょうきょう》を報告《ほうこく》して、

「どうも、あいつは、いけません。結婚《けっこん》に感激《かんげき》を持《も》っていません。てんで問題《もんだい》にしていないんです。ただもう、やたらに天下国家《てんかこっか》ばかり論《ろん》じて、そうしてわたしをしかるのです。」

「そんなことはあるまい。」先生《せんせい》は落《お》ちついている。「てれているんだろう。大隅君《おおすみくん》は、うれしいときに限《かぎ》って、不機嫌《ふきげん》な顔《かお》をする男《おとこ》なんだ。悪《わる》いくせだが、なくて七《なな》くせというから、まあ大目《おおめ》に見《み》てやるんだね。」まことに師《し》の恩《おん》は山《やま》よりも高《たか》い。「ときにどうだ、頭《あたま》のほうは。」それぱかりを気《き》にしておられる。

「大丈夫《だいじょうぶ》です。現状維持《げんじょういじ》というところです。」

「それは、大慶《たいけい》のいたりだ。」しんから、ほっとなされたごようすであった。「それではもう、なにも恐《おそ》れることはない。わたしも大《おお》いばりで媒妁《ばいしゃく》できる。なにせ相手《あいて》のお嬢《じょう》さんは、ひどく若《わか》くてきれいだそうだから、じつは心配《しんぱい》していたのだ。」

「まったく。」とわたしは意気込《いきご》んで、「あいつには、もったいないくらいのお嫁《よめ》さんです。だいいち家庭《かてい》が立派《りっぱ》だ。相当《そうとう》の実業家《じつぎょうか》らしいのですが、財産《ざいさん》やら地位《ちい》やらをひとこと

も広告《こうこく》しないばかりか、名誉《めいよ》の家《いえ》だってことさえ素振《そぶ》りにあらわさず、つつましく涼《すず》しく笑《わら》って暮《く》らしているのですからね。あんな家庭《かてい》は、めったにあるもんじゃない。」

「名誉《めいよ》の家《いえ》？」

わたしは名誉《めいよ》の家《いえ》のゆえんを語《かた》り、かさねてまた大隅君《おおすみくん》の無感動《むかんどう》の態度《たいど》を非難《ひなん》した。

「きょうはじめてお嫁《よめ》さんと会《あ》うんだというのに、十一時《じ》ごろまでゆうゆうと朝寝坊《あさねぼう》しているんですからね。ぶん殴《なぐ》ってやりたいくらいだ。」

「けんかをしちゃいかん。どうも、同《おな》じクラスの者《もの》は大学《だいがく》を出《で》てからも、仲《なか》のよいくせにつまらないところで張《は》りあってけんかをしたがる傾向《けいこう》がある。大隅君《おおすみくん》は、てれているんだよ。大隅君《おおすみくん》だって、小坂《こさか》さんのご家庭《かてい》を尊敬《そんけい》しているさ。きみ以上《いじょう》かもしれない。だから、なおさら、てれているんだよ。大隅君《おおすみくん》は、もう、いい年《とし》だし、頭髪《とうはつ》もそろそろ薄《うす》くなっているし、てれくさくって、どうしていいかわからない気持《きも》ちなんだろう。そこを察《さっ》してやらなければいけない。」まことに、弟子《でし》を知《し》ること師《し》にしかずであると思《おも》った。「表《ひょう》現《げん》がまずいんだよ。どうしていいかわからなくなって、天下国家《てんかこっか》を論《ろん》じてきみをしかってみたり、また十一時《じ》まで朝寝坊《あさねぼう》してみたり、さまざま工夫《くふう》しているのだろうが、どうも、あれはむかしから、感覚《かんかく》がいいくせに、表現《ひょうげん》のまずい男《おとこ》だった。いたわってやれよ。きみひとりをたのみにしているんだ。きみは、やいているんだろう。」

ぎゃふんとまいった。

わたしは帰途《きと》、新宿《しんじゅく》の酒《さけ》の店《みせ》、二、三軒《げん》に立《た》ちより、夜《よる》おそく帰宅《きたく》した。大隅君《おおすみくん》は、もう寝《ね》ていた。

「小坂《こさか》さんとこへ行《い》ってきたか。」

「行《い》ってきた。」

「いい家庭《かてい》だろう?」

「いい家庭《かてい》だ。」

「ありがたく思《おも》え。」

「思《おも》う。」

「あんまりいばるな。明日《あす》は瀬川先生《せがわせんせい》のとこへご挨拶《あいさつ》に行《い》け。仰《あお》げば尊《とうと》しわが師《し》の恩《おん》、という歌《うた》を忘《わす》れるな。」

四月二十九日《がつにち》に、目黒《めぐろ》の支那料理屋《しなりょうりや》で大隅君《おおすみくん》の結婚式《けっこんしき》が行《おこな》われた。その料理屋《りょうりや》において、この佳《よ》き日一日《ひいちにち》に挙行《きょこう》せられた結婚式《けっこんしき》は、三百組《くみ》を超《こ》えたという。大隅君《おおすみくん》には、礼服《れいふく》がなかった。けれども、彼《かれ》は豪放磊落《ごうほうらいらく》を装《よそお》い、かまわんかまわんと言《い》って背広服《せびろふく》で料理屋《りょうりや》に乗《の》りこんだものの、玄関《げんかん》でも、また廊下《ろうか》でも、会《あ》う人会《ひとあ》う人《ひと》、ことごとく礼服《れいふく》である。さすがに大隅君《おおすみくん》も心細《こころぼそ》くなったようすで、おい、この家《いえ》でモーニングかなにか貸《か》してくれないものかね、と怒《おこ》ったような口調《くちょう》でわたしに言《い》った。そんなら、もっと早《はや》くから言《い》えばなにか方法《ほうほう》もあったのに、いまさら、そんなことを言《い》いだしても無理《むり》だとは思《おも》ったが、とにかくわたしは控《ひか》え室《しつ》から料理屋《りょうりや》の帳場《ちょうば》に電話《でんわ》をかけた。そうして、やはり断《ことわ》られた。貸《かし》衣装《いしょう》の用意《ようい》もないことはないのだが、それも一週間《しゅうかん》ほどまえから申《もう》しこんでいただかないと困《こま》るのです、という返事《へんじ》であった。大隅君《おおすみくん》は、いよいよふくれた。いかにも、「おまえが悪《わる》いんだ。」と言《い》わぬばかりの非難《ひなん》の目《め》つきでわたしをにらむのである。結婚式《けっこんしき》は午後《ごご》五時《じ》の予定《よてい》である。もう三十分《ぷん》しか余裕《よゆう》がない。わたしは万策《ばんさく》つきた気持《きも》ちで、ふすまをへだてた小坂家《こさかけ》の控《ひか》え室《しつ》に顔《かお》を出《だ》した。

「ちょっと手《て》ちがいがありまして、大隅君《おおすみくん》のモーニングがまにあわなくなりまして。」わたしは、少《すこ》しうそを言《い》った。

「はあ、」小坂吉之助《こさかきちのすけ》氏《し》は平気《へいき》である。「よろしゅうございます。こちらで、なんとかいたしましょう。おい、」と二番《ばん》めの姉《ねえ》さんを小声《こごえ》で呼《よ》んで、「おまえのところに、モーニングがあったろう。電話《でんわ》をかけてすぐ持《も》ってこさせるように。」

「いやよ。」言下《げんか》に拒否《きょひ》した。顔《かお》を少《すこ》し赤《あか》くして、くつくつ笑《わら》っている。「お留守《るす》のあいだは、いやよ。」

「なんだ、」小坂氏《こさかし》はちょっとまごついて、「なにを言《い》うのです。他人《たにん》に貸《か》すわけじゃあるまいし。」

「お父《とう》さん、」と上《うえ》の姉《ねえ》さんも笑《わら》いながら、「そりゃあたりまえよ。お父《とう》さんには、わからない。お帰《かえ》りの日《ひ》までは、どんな親《した》しい人《ひと》にだって手《て》をふれさせずに、なんでも、そっくりそのままにしておかなければ。」

「ばかなことを。」小坂氏《こさかし》は、複雑《ふくざつ》に笑《わら》った。

「ばかじゃないわ。」そうつぶやいて一瞬《いっしゅん》、上《うえ》の姉《ねえ》さんは堪《た》えがたいくらい厳粛《げんしゅく》な顔《かお》をした。すぐにまた笑《わら》いだして、「うちのモーニングを貸《か》してあげましょう。少《すこ》しナフタリン臭《くさ》くなっているかもしれませんけど、ね、」とわたしのほうに向《む》きなおって言《い》って、「うちの人《ひと》には、もう、なんにもいらないのです。モーニングが、こんな晴《は》れの日《ひ》にお役《やく》に立《た》ったら、うちの人《ひと》だって、よろこぶことでございましょう。ゆるしてくださるそうです。」爽《さわ》やかに笑《わら》っている。

「は、いや。」わたしは意味不明《いみふめい》のことを言《い》った。

廊下《ろうか》へ出《で》たら、大隅君《おおすみくん》がズボンに両手《りょうて》を突《つ》っこんで仏頂面《ぶっちょうづら》してうろうろしていた。わたしは大隅君《おおすみくん》の背中《せなか》をどんとたたいて、

「きみは幸《しあわ》せものだぞ。上《うえ》の姉《ねえ》さんがきみに、家宝《かほう》のモーニングを貸《か》してくださるそうだ。」

家宝《かほう》の意味《いみ》が、大隅君《おおすみくん》にも、すぐわかったようである。

「あ、そう。」とれいの鷹揚《おうよう》ぶった態度《たいど》でうなずいたが、さすがに、感佩《かんぱい》したものがあったようすであった。

「下《した》の姉《ねえ》さんは、貸《か》さなかったが、わかるかい？　下《した》の姉《ねえ》さんも、えらいね。上《うえ》の姉《ねえ》さんより、もっとえらいかもしれない。わかるかい？」

「わかるさ。」傲然《ごうぜん》と言《い》うのである。瀬川先生《せがわせんせい》の説《せつ》によると、大隅君《おおすみくん》は感覚《かんかく》がすばらしくよいくせに、表現《ひょうげん》のひどくまずい男《おとこ》だそうだが、わたしもいまはまったくそのお説《せつ》に同感《どうかん》であった。

けれども、やがて、上《うえ》の姉《ねえ》さんが諏訪法性《すわほっしょう》の御兜《おんかぶと》のごとくうやうやしく家宝《かほう》のモーニングをささげ持《も》ってわたしたちの控《ひか》え室《しつ》に入《はい》ってきたときには、大隅君《おおすみくん》の表現《ひょうげん》もまんざらではなかった。彼《かれ》は涙《なみだ》を流《なが》しながら笑《わら》っていた。

解説《かいせつ》

西《にし》加《か》奈《な》子《こ》（作家《さっか》）

太宰治《だざいおさむ》という作家《さっか》について、みなさんはどんなイメージを持《も》っていますか？「人間失格《にんげんしっかく》」という有名《ゆうめい》な小説《しょうせつ》や、たび重《かさ》なる自殺未遂《じさつみすい》、そして最後《さいご》はとうとう女《おんな》の人《ひと》と川《かわ》に入《はい》って自殺《じさつ》をはたしてしまったというその人生《じんせい》から、暗《くら》い人《ひと》、世界《せかい》のさまざまなことに絶望《ぜつぼう》した人《ひと》、そんなふうに思《おも》っている人《ひと》が多《おお》いのではないでしょうか。それとも、そもそも、太宰治《だざいおさむ》を知《し》らない？

太宰治《だざいおさむ》は１９０９年《ねん》、青森県《あおもりけん》に生《う》まれました。本名《ほんみょう》は津島修治《つしましゅうじ》、おうちはお金持《かねも》ちで、お母《かあ》さまのからだが弱《よわ》かったこともあり、修治《しゅうじ》は乳母《うば》に育《そだ》てられました。自分《じぶん》の家族《かぞく》が、土地《とち》に住《す》んでいる貧《まず》しい農家《のうか》にお金《かね》を貸《か》し、やがてそれを取《と》りたてるさまを見《み》て、胸《むね》をいためていたといいます。家《いえ》を出《で》て、やがて政治活動《せいじかつどう》に身《み》を投《とう》じるのですが挫折《ざせつ》、それがのちのちまで彼《かれ》の胸《むね》に暗《くら》い影《かげ》を残《のこ》しました。

27歳《さい》で初《はじ》めて小説《しょうせつ》を出版《しゅっぱん》します。タイトルは『晩年《ばんねん》』。一生《いっしょう》の終《お》わりに近《ちか》い時期《じき》、という意味《いみ》ですが、前途《ぜんと》あるはずのデビュー作《さく》で、そんなタイトルをつけるなんて、なかなか一筋縄《ひとすじなわ》ではいかない人《ひと》ですよね。

　太宰治《だざいおさむ》はなるほど、たしかにさまざまなことに苦《くる》しんだ人《ひと》ではありました。恵《めぐ》まれた自分《じぶん》の階級《かいきゅう》、女性問題《じょせいもんだい》、戦争《せんそう》も経験《けいけん》していますし、人《ひと》に裏切《うらぎ》られ、傷《きず》つけられたこともたくさんあったでしょう。そうしてそれが、「人間失格《にんげんしっかく》」や「斜陽《しゃよう》」などの名作《めいさく》につながったことも事実《じじつ》です。ですが、太宰《だざい》は同時《どうじ》に、誰《だれ》よりも人《ひと》のうつくしさを信《しん》じた作家《さっか》、いや、信《しん》じようとした作家《さっか》でもあると、私《わたし》は思《おも》うのです。今回《こんかい》は、「人《ひと》を信《しん》じた、信《しん》じようとした」太宰《だざい》をテーマにして、作品《さくひん》を選《えら》んでみました。

　表題作《ひょうだいさく》の「走《はし》れメロス」などは、まさに、人《ひと》のうつくしさ、それを信《しん》じるこころを描《えが》いた作品《さくひん》です。

　村《むら》の牧人《ぼくじん》であったメロスは、妹《いもうと》の結婚式《けっこんしき》の衣装《いしょう》や贈《おく》り物《もの》を買《か》うために、シラクスというまちにやってきます。竹馬《ちくば》の友《とも》であるセリヌンティウスもこのまちに住《す》み、その友《とも》をたずねるという目的《もくてき》もありました。でもまちは、ひっそりとしています。暗《くら》く、やけに寂《さび》しい。道行《みちゆ》く人《ひと》にその理由《りゆう》をたずねると、王様《おうさま》が人《ひと》を殺《ころ》すのだと言《い》います。誰《だれ》も悪心《あくしん》を持《も》つている者《もの》などいないのに、人《ひと》の心《こころ》を信《しん》じられない王様《おうさま》が、自分《じぶん》の家族《かぞく》やまちの民《たみ》を殺《ころ》すのだと。メロスは激怒《げきど》します。

王《おう》を殺《ころ》そうと出向《でむ》いたメロスは、王《おう》の手下《てした》に捕《と》らえられ、尋問《じんもん》されます。そのときの、暴君《ぼうくん》ディオニスとのやり取《と》りに、著者《ちょしゃ》である太宰《だざい》のこころが表《あらわ》れていると思《おも》うので、書《か》きます。

「この短刀《たんとう》で、なにをするつもりであったか。言《い》え！」（略《りゃく》）
「市《し》を暴君《ぼうくん》の手《て》から救《すく》うのだ。」（略《りゃく》）
「おまえがか？（略《りゃく》）しかたのないやつじゃ。おまえなどには、わしの孤独《こどく》の心《こころ》がわからぬ。」
「言《い》うな！（略《りゃく》）人《ひと》の心《こころ》を疑《うたが》うのは、もっともはずべき悪徳《あくとく》だ。王《おう》は、民《たみ》の忠誠《ちゅうせい》をさえ疑《うたが》っておられる。」
「疑《うたが》うのが正当《せいとう》の心《こころ》がまえなのだと、わしに教《おし》えてくれたのは、おまえたちだ。人《ひと》の心《こころ》は、あてにならない。人間《にんげん》は、もともと私欲《しよく》のかたまりさ。信《しん》じては、ならぬ。」

王《おう》の想《おも》いとメロスの想《おも》い、私《わたし》はこの両方《りょうほう》が太宰《だざい》のものではなかったかと思《おも》います。

人《ひと》のこころを疑《うたが》うのはいちばんやってはいけないこと、人間《にんげん》として、いちばん恥《は》ずべきこと、そう強《つよ》く思《おも》いながら、信《しん》じては裏切《うらぎ》られ、苦《くる》しめられてきた過去《かこ》が、「最初《さいしょ》から誰《だれ》も信《しん》じないほうがいい。」という気持《きも》ちをもたらす。そうしてそれは、孤独《こどく》を生《う》みます。太宰《だざい》もこのような孤独《こどく》を感《かん》じた時期《じき》があったのではないでしょうか。

メロスは死刑宣告《しけいせんこく》を受《う》けますが、妹《いもうと》の結婚式《けっこんしき》だけは行《い》かせてほしいと懇願《こんがん》します。絶《ぜっ》対《たい》に死刑《しけい》の日《ひ》までには戻《もど》ってくる、その証拠《しょうこ》に、自分《じぶん》の友《とも》であるセリヌンティウスを、それまでの身代《みが》わりとして置《お》いてゆくと。それを聞《き》いて、王《おう》は残酷《ざんこく》な気持《きも》ちでほくそ笑《え》みます。そしてメロスに、「命《いのち》が大事《だいじ》だったら、おくれてこい。おまえの心《こころ》は、わかっているぞ。」と告《つ》げるのですが、メロスがどうしたか、王《おう》がどうしたか、セリヌンティウスの命《いのち》はどうなるのか、それはみなさんがお読《よ》みになったとおりです。

「走《はし》れメロス」を読《よ》んだのは、ずいぶん昔《むかし》のことです。

私《わたし》の印象《いんしょう》では、メロスという人間《にんげん》は心底《しんそこ》から正義《せいぎ》の人《ひと》で、一瞬《いっしゅん》たりとも自分《じぶん》の心《こころ》を、そして友《とも》を疑《うたが》うことなく、一心不乱《いっしんふらん》に走《はし》った人《ひと》でした。でも、今《いま》あらためて読《よ》み返《かえ》すと、メロスがこんなにも迷《まよ》っていることに驚《おどろ》きました。なるほどメロスはたしかに正義《せいぎ》の人《ひと》でしたが、そんなメロスでも迷《まよ》うことがある。自分《じぶん》の命《いのち》が惜《お》しい、つまり、ディオニスの言《い》うとおり「私欲《しよく》」を持《も》った人《ひと》でもある。ここに、太宰《だざい》の優《やさ》しさがあると思《おも》います。

太宰治《だざいおさむ》は、人間《にんげん》の弱《よわ》さを書《か》く作家《さっか》です。つまり、人間《にんげん》の弱《よわ》さを認《みと》めていた人《ひと》です。正義《せいぎ》の人《ひと》、最初《さいしょ》から徹頭徹尾《てっとうてつび》人《ひと》を信《しん》じて突《つ》きすすめる人《ひと》は強《つよ》い、そして素晴《すば》らしい。でも、そうではない人《ひと》もいる。傷《きず》つくのを恐《おそ》れ、迷《まよ》い、ときに道《みち》をそれながら、おそるおそる、怖《こわ》がりながら人《ひと》を信《しん》じようとする人間《にんげん》がいる。その弱《よわ》さを肯定《こうてい》しています。

「走《はし》れメロス」以外《いがい》に選《えら》んだ今回《こんかい》の作品《さくひん》でも、登場人物《とうじょうじんぶつ》（太宰治自身《だざいおさむじしん》と思《おも》われる人《ひと》もいますね。）は、迷《まよ》っています。「黄金風景《おうごんふうけい》」では、幼《おさな》い頃《ころ》いじめたのろくさい女中《じょちゅう》が自分《じぶん》をうらんでいるのではないかとおそれ、「新樹《しんじゅ》の言葉《ことば》」では、乳母《うば》の子《こ》どもたちの善意《ぜんい》そのものを疑《うたが》い、「善蔵《ぜんぞう》を思《おも》う」では、花《はな》を売《う》りつけにきた百姓女《ひゃくしょうおんな》が自分《じぶん》をだましたのではないかとあきらめている。「葉桜《はざくら》と魔笛《まてき》」「ろまん燈籠《どうろう》」「佳日《かじつ》」に登場《とうじょう》する人物《じんぶつ》たちは弱《よわ》く、非力《ひりき》であったり見栄《みえ》っ張《ぱ》りであったり、けっして心底《しんそこ》から「正義《せいぎ》の人《ひと》」ではありません。

強《つよ》くない。でも、強《つよ》くないからこそ、弱《よわ》いからこそ、つかみとった「信《しん》じるこころ」は美《うつく》しく、尊《とうと》いのです。それは作者《さくしゃ》太宰治《だざいおさむ》自身《じしん》のこころでもあります。

そういえば、「暗《くら》い」「絶望的《ぜつぼうてき》」というイメージの強《つよ》い代表作《だいひょうさく》「人間失格《にんげんしっかく》」でも、こういう文章《ぶんしょう》がありました。

「信頼《しんらい》は罪《つみ》なりや。」

信《しん》じたい人《ひと》、太宰治《だざいおさむ》。

迷《まよ》い、信《しん》じ、裏切《うらぎ》られ、苦《くる》しみながら、それでも信《しん》じようとした作家《さっか》が命《いのち》がけでつかんだ心《こころ》を、みなさんにも知《し》ってもらえたら幸《さいわ》いです。

＊著者紹介

太宰《だざい》　治《おさむ》

1909年、青森県に生まれる。本名、津島修治。青森中学校を経て弘前高等学校を卒業。中学校時代から作家を志し、小説を書く。1930年、東京大学仏文科に入学。井伏鱒二氏を訪ね、師事する。1933年、同人誌「海豹」創刊号に「魚服記」を発表、注目される。1936年、第一創作集『晩年』を刊行。1940年、『女生徒』で第4回北村透谷記念文学賞牌を受ける。1948年、「人間失格」を書き、38歳で死去。おもな作品には「ダス・ゲマイネ」「新釈諸国噺」「ヴィヨンの妻」「斜陽」「桜桃」などがある。

＊編者紹介

西《にし》　加奈子《かなこ》

1977年、イランのテヘラン市生まれ。カイロ、大阪で育つ。2004年、『あおい』でデビュー。2007年、『通天閣』で第24回織田作之助賞受賞。2013年、『ふくわらい』で第1回河合隼雄物語賞受賞。2015年、『サラバ！』で第152回直木賞を受賞した。他の著書に『さくら』『しずく』『炎上する君』『白いしるし』『円卓』『漁港の肉子ちゃん』『舞台』『まく子』『ｉ』などがある。

本書《ほんしょ》は「太宰治全集《だざいおさむぜんしゅう》」（筑摩書房刊《ちくましょぼうかん》）を底本《ていほん》に、ふりがなをつけ、新《しん》かなづかい、現代表記《げんだいひょうき》にあらため、文章《ぶんしょう》を読《よ》みやすくしたものです。また、内容《ないよう》の一部《いちぶ》に、現在《げんざい》では不適切《ふてきせつ》と思《おも》われる表現《ひょうげん》がありますが、時代背景《じだいはいけい》と作品価値等《さくひんかちとう》を考《かんが》え、そのままとしました。（編集部《へんしゅうぶ》）

講談社 青い鳥文庫

走《はし》れメロス

——太宰《だざい》治《おさむ》短編集《たんぺんしゅう》——

太宰《だざい》 治《おさむ》

西《にし》 加奈子《かなこ》 編《へん》

2017年2月15日 第1刷発行

2025年2月18日 第11刷発行

(定価はカバーに表示してあります。)

発行者 安永尚人

発行所 株式会社講談社

東京都文京区音羽2-12-21 郵便番号112-8001

電話 編集 (03) 5395-3536

販売 (03) 5395-3625

業務 (03) 5395-3615

N.D.C.913 250p 18cm

装 丁 坂川朱音 (krran)

久住和代

印 刷 TOPPANクロレ株式会社

製 本 TOPPANクロレ株式会社

本文データ制作 講談社デジタル製作

KODANSHA

ISBN978-4-06-285609-6

おもしろい話がいっぱい！

コロボックル物語

だれも知らない小さな国　佐藤さとる
豆つぶほどの小さないぬ　佐藤さとる
星からおちた小さな人　佐藤さとる
ふしぎな目をした男の子　佐藤さとる
小さな国のつづきの話　佐藤さとる
コロボックル童話集　佐藤さとる
小さな人のむかしの話　佐藤さとる

モモちゃんとアカネちゃんの本

ちいさいモモちゃん　松谷みよ子
モモちゃんとプー　松谷みよ子
モモちゃんとアカネちゃん　松谷みよ子
ちいさいアカネちゃん　松谷みよ子
アカネちゃんとお客さんのパパ　松谷みよ子
アカネちゃんのなみだの海　松谷みよ子

龍の子太郎　松谷みよ子
ふたりのイーダ　松谷みよ子

クレヨン王国 シリーズ

クレヨン王国の十二か月　福永令三
クレヨン王国の花ウサギ　福永令三
クレヨン王国　新十二か月の旅　福永令三
クレヨン王国　いちご村　福永令三
クレヨン王国 超特急24色ゆめ列車　福永令三
クレヨン王国　黒の銀行　福永令三
クレヨン王国のパトロール隊長　福永令三
クレヨン王国の白いなぎさ　福永令三
クレヨン王国　七つの森　福永令三
クレヨン王国　なみだ物語　福永令三
クレヨン王国　まほうの夏　福永令三

キャプテン シリーズ

キャプテンはつらいぜ　後藤竜二
キャプテン、らくにいこうぜ　後藤竜二
キャプテンがんばる　後藤竜二

ふしぎなおばあちゃん×12　柏葉幸子
りんご畑の特別列車　柏葉幸子
かくれ家は空の上　柏葉幸子

霧のむこうのふしぎな町　柏葉幸子

地下室からのふしぎな旅　柏葉幸子
天井うらのふしぎな友だち　柏葉幸子
魔女モティ (1)～(2)　柏葉幸子
大どろぼうブラブラ氏　角野栄子
ママの黄色い子象　末吉暁子
でかでか人とちびちび人　立原えりか
ユタとふしぎな仲間たち　三浦哲郎
さすらい猫ノアの伝説 (1)～(2)　重松　清
少年H (上)(下)　妹尾河童
南の島のティオ　池澤夏樹
だいじょうぶ3組　乙武洋匡
ぼくらのサイテーの夏　笹生陽子
楽園のつくりかた　笹生陽子
リズム　森　絵都
D《ダ》I《イ》V《ブ》E!! (1)～(4)　森　絵都
十一月の扉　高楼方子
ロードムービー　辻村深月

日本の名作

ノンフィクション

ほんとうにあった話

おもしろい話がいっぱい！

ムーミン シリーズ

ムーミン谷の彗星　ヤンソン
たのしいムーミン一家　ヤンソン
ムーミンパパの思い出　ヤンソン
ムーミン谷の夏まつり　ヤンソン
ムーミン谷の冬　ヤンソン
ムーミン谷の仲間たち　ヤンソン
ムーミンパパ海へいく　ヤンソン
ムーミン谷の十一月　ヤンソン
小さなトロールと大きな洪水　ヤンソン

ギリシア神話　遠藤寛子／文
聖書物語　旧約編　香山彬子／文
聖書物語　新約編　香山彬子／文
西遊記　呉　承恩
アラジンと魔法のランプ　川真田純子／訳

三国志（全1巻）　羅　貫中
三国志（1）～（7）　小沢章友

青い鳥　メーテルリンク

ニルスのふしぎな旅　ラーゲルレーフ
長くつしたのピッピ　リンドグレーン

赤毛のアン シリーズ

赤毛のアン　モンゴメリ
アンの青春　モンゴメリ
アンの愛情　モンゴメリ
アンの幸福　モンゴメリ
アンの夢の家　モンゴメリ

ピーター・パンとウェンディ　バリ
ふしぎの国のアリス　キャロル
鏡の国のアリス　キャロル
リトル プリンセス 小公女　バーネット

秘密の花園（1）ふきげんな女の子　バーネット
秘密の花園（2）動物と話せる少年　バーネット
秘密の花園（3）魔法の力　バーネット

若草物語　オルコット
若草物語（2）夢のお城　オルコット
若草物語（3）ジョーの魔法　オルコット
若草物語（4）それぞれの赤い糸　オルコット

大きな森の小さな家　ワイルダー
大草原の小さな家　ワイルダー

講談社　青い鳥文庫

あしながおじさん　ウェブスター
飛ぶ教室　ケストナー
賢者の贈り物　O・ヘンリー
クリスマス キャロル　ディケンズ
名作で読むクリスマス　青い鳥文庫／編
アルプスの少女ハイジ　スピリ
星の王子さま　サン＝テグジュペリ
オズの魔法使い　ドロシーとトトの大冒険　バーム

名犬ラッシー　ナイト
フランダースの犬　ウィーダ
レ・ミゼラブル　ああ無情　ユーゴー
巌窟王　モンテ＝クリスト伯　デュマ

三銃士　デュマ

トム・ソーヤーの冒険　トウェーン
シートン動物記　おおかみ王ロボ ほか　シートン
シートン動物記　岩地の王さま ほか　シートン
シートン動物記　タラク山のくま王 ほか　シートン
ファーブルの昆虫記　ファーブル
ガリバー旅行記　スウィフト
ジャングル・ブック　キプリング

十五少年漂流記　ベルヌ

海底2万マイル　ベルヌ
タイムマシン　ウェルズ
ロスト・ワールド　失われた世界　ドイル
宝島　スチーブンソン
ロビンソン漂流記　デフォー
ハヤ号セイ川をいく　ピアス
オリエント急行殺人事件　クリスティ
ルパン対ホームズ　ルブラン

名探偵ホームズ シリーズ

名探偵ホームズ　赤毛組合　ドイル
名探偵ホームズ　バスカビル家の犬　ドイル
名探偵ホームズ　まだらのひも　ドイル
名探偵ホームズ　消えた花むこ　ドイル
名探偵ホームズ　緋色の研究　ドイル
名探偵ホームズ　四つの署名　ドイル
名探偵ホームズ　ぶな屋敷のなぞ　ドイル
名探偵ホームズ　最後の事件　ドイル
名探偵ホームズ　恐怖の谷　ドイル
名探偵ホームズ　三年後の生還　ドイル
名探偵ホームズ　囚人船の秘密　ドイル
名探偵ホームズ　六つのナポレオン像　ドイル
名探偵ホームズ　悪魔の足　ドイル
名探偵ホームズ　金縁の鼻めがね　ドイル
名探偵ホームズ　サセックスの吸血鬼　ドイル
名探偵ホームズ　最後のあいさつ　ドイル

「講談社《こうだんしゃ》　青《あお》い鳥《とり》文庫《ぶんこ》」刊行《かんこう》のことば

太陽《たいよう》と水《みず》と土《つち》のめぐみをうけて、葉《は》をしげらせ、花《はな》をさかせ、実《み》をむすんでいる森《もり》。小《こ》鳥《とり》や、けものや、こん虫《ちゅう》たちが、春《はる》・夏《なつ》・秋《あき》・冬《ふゆ》の生活《せいかつ》のリズムに合《あ》わせてくらしている森《もり》。森《もり》には、かぎりない自然《しぜん》の力《ちから》と、いのちのかがやきがあります。

本《ほん》の世界《せかい》も森《もり》と同《おな》じです。そこには、人間《にんげん》の理想《りそう》や知恵《ちえ》、夢《ゆめ》や楽《たの》しさがいっぱいつまっています。

本《ほん》の森《もり》をおとずれると、チルチルとミチルが「青《あお》い鳥《とり》」を追《お》い求《もと》めた旅《たび》で、さまざまな体験《たいけん》を得《え》たように、みなさんも思《おも》いがけないすばらしい世界《せかい》にめぐりあえて、心《こころ》をゆたかにするにちがいありません。

「講談社《こうだんしゃ》　青《あお》い鳥《とり》文庫《ぶんこ》」は、七十年《ねん》の歴史《れきし》を持《も》つ講談社《こうだんしゃ》が、一人《ひとり》でも多《おお》くの人《ひと》のために、すぐれた作品《さくひん》をよりすぐり、安《やす》い定価《ていか》でおおくりする本《ほん》の森《もり》です。その一さつ一さつが、みなさんにとって、青《あお》い鳥《とり》であることをいのって出版《しゅっぱん》していきます。この森《もり》が美《うつく》しいみどりの葉《は》をしげらせ、あざやかな花《はな》を開《ひら》き、明日《あす》をになうみなさんの心《こころ》のふるさととして、大《おお》きく育《そだ》つよう、応援《おうえん》を願《ねが》っています。

昭和《しょうわ》五十五年《ねん》十一月《がつ》

講　談　社